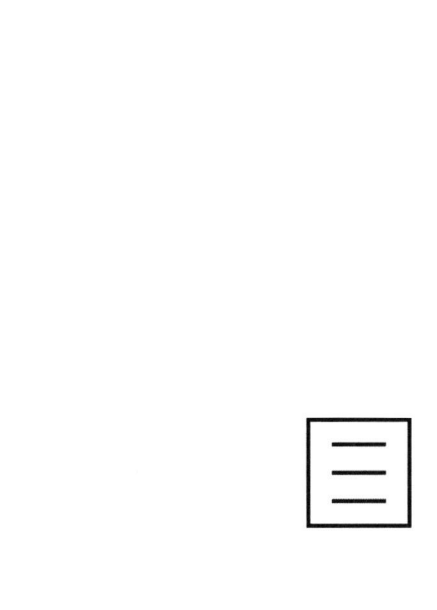

MELA HARTWIG, 80 CRASTER RD.,
BRIXTON, LONDON S.W.

INFERNO

1946 — 48

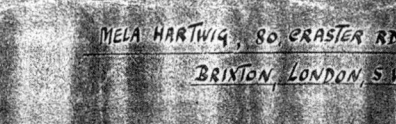

Mela Hartwig

Inferno

Roman

Mit einem Nachwort von
Vojin Saša Vukadinović

Literaturverlag Droschl

Straßen

Ziellos schlenderte Ursula durch die Straßen. Ihr Ziel war die Straße selbst. Irgendeine. Sie hatte herausgefunden, daß jede ein Ausschnitt aus der Vielfalt des Lebens ist, das Fragment einer Wirklichkeit, die sich geheimnisvoll hinter undurchsichtigen Mauern vor unserer Neugierde verbirgt, unserer Phantasie jedoch keine Schranken setzt, wenn sie versucht, ein verhängtes Fenster, ein vorüberhuschendes Lächeln zu Vermutungen, Möglichkeiten, Wahrscheinlichkeiten auszuspinnen, weil sie sich ihr niemals enthüllt und sie daher niemals widerlegt.

Von der Fassade der Häuser ließen sich Schicksale ablesen, die sich hinter den Mauern abspielten, wie man aus dem Ausdruck eines Gesichts auf die Stimmung schließen kann, die das Zusammenspiel seiner Züge bestimmt, und einem Mosaik vergleichbar setzten sich Häuser und Schicksale zur Straße zusammen, verwirrende Einzelheiten zu einer Idee der Gemeinschaft verflochten, die unaufhaltsame Bewegung der Zeit in die beruhigte Unbewegtheit von Mauern gebannt, der unendliche Raum zwischen Wänden eingefangen, wie ein wildes Tier, das man in einen Käfig sperrt, um es unschädlich zu machen.

Die Häuser in den stillen Seitenstraßen, schmucklose, zumeist dreistöckige Häuser, die bescheiden hinter winzige Vorgärten zurücktraten oder häufig, anspruchsloser noch, auf das bißchen graue Grün verzichteten und kahl den Gehsteig säumten, ließen erraten, daß hinter ihren bescheidenen Fassaden, farblos wie Federzeichnungen, ein Tag wie der andere eintönig verging, daß sie Menschen Obdach gewährten, die niemals mehr als ein Existenzminimum an Glück vom Leben verlangt und niemals mehr erhalten hatten, deren laue Herzen niemals von den Versuchungen heimgesucht wurden, mit denen Leidenschaft Herzen bedrängt, die niemals über Eitelkeiten straucheln, sich niemals in den Schlingen verstricken, die Ehrgeiz legt, die sich kaum je auch nur zu einem Wunsch versteigen, den eine magere Börse nicht erfüllen kann und die mit ihrem Los zufrieden sind, weil sie mit sich selbst zufrieden sind. An Blumentöpfen vorbei, die da und dort einen Fenstersims schmückten, an verblichenen Vorhängen aus billigem geblumtem oder gestreiftem Zeug vorbei, erlaubte zuweilen ein Fenster einem Blick, in eine der engen Stuben einzudringen, in der sich ängstlich behütete Möbel drängten, Lehnstühle und Sofa von Überzügen beschützt, erlaubte ihm über die Familienphotographien zu gleiten, die in gestanzten Rahmen steckten, die Silber vortäuschten, über Figuren aus Gips, aus billigem, farbig glasiertem Porzellan, zuweilen aus Bronze, in denen sich eine erschreckende Realität phantastisch mit Unnatur mischte, über einen Öldruck, der eine Wand schmückte, ein Hirschgeweih, über einen Vogelbauer, hinter dessen Stäben ein gelber Schimmer hin und her hüpfte, über eine Uhr, die zuweilen eine Glasglocke schützte und die der Spiegel, der ihren Hintergrund abgab, verdoppelte. Aber hinter diesem friedlichen Bild, das sich dem Blick des Vorübergehenden darbot, konnte Ursula erblicken, was Augen nicht sehen konnten, die bedrückende, die beklemmende Genügsamkeit, die sich in diesen Stuben eingenistet hatte und die, einem stehenden Wasser vergleichbar, das eine Brutstätte aller Keime ist, die Fäulnis nährt, eine Brutstätte jener furchtbaren, jener grauenhaften Zufriedenheit ist, die jede Energie, jedes Gefühl, jeden Wunsch, jeden Traum, aus denen Zukunft gesponnen wird, erstickt, die nur ein Heute ist, ein gespenstisches Heute, dem niemals ein Morgen folgt.

Die Häuser der Vorstadtstraßen, verwahrloste Zinskasernen, deren Fassaden Risse und Sprünge bedeckten, die Narben und Wunden der Not, deren Mauerwerk vergrindet war, wie Aussätzige es sind, deren klaffend geöffnete Tore den üblen Atem ausstießen, zu dem sich die Ausdünstung zusammengepferchter Menschen, Speisengerüche aus unzähligen Küchen, der ungesunde Dunst, der aus den Betten Kranker aufsteigt, und der ekelhafte Geruch, den Fusel verbreitet, mischt, die keine Heimstätten sind, sondern nur Obdach, Asyle, in denen das Elend haust, Hunger und Haß, und wie zum Sprung geduckt eine stumpfe, dumpfe Verzweiflung, diese unseligen Häuser starrten Ursula aus winzigen, trüben Fensterscheiben, die der Ruß naher Fabrikschlote verkleisterte, anklagend an. Kein Vorhang verwehrte es dem Blick, zwischen den zum Trocknen ausgehängten Wäschestücken in diese kahlen Kammern einzudringen und die nackten Wände zu betrachten, Gerümpel und Lumpen, und Gesichter, die sich wie Gesichte in der beängstigenden Enge dieser Stuben drängten, vergrämte Gesichter, in die Entbehrungen verfrühte Furchen und Runzeln eingegraben hatten, harte Gesichter, entschlossen zu einer Tat, die noch nicht reif war, verbitterte Gesichter und hoffnungslose und stumpfe, die kein Wunsch beseelte, kein Ehrgeiz, die nur wußten, daß es für sie kein Heute gibt, nur ein Morgen, an das sie noch nicht oder nicht mehr glaubten, hohlwangig alle und in der Vielfalt, in der sie unmenschlich-menschliches Elend widerspiegelten, ein Spuk, von dem sich der Blick nicht loszureißen vermochte, bis er den hungrigen Augen eines Kindes begegnete und sich beschämt senkte. Aber hinter diesen Holzschnitten der Not sah Ursula, was Augen nicht sehen konnten, sah den Tag, an dem diese Zinskasernen sich auftun werden, um die Heerscharen der Entrechteten auszuspeien, wie die Gräber sich auftun werden, um ihre Toten auszuspeien am Tag des Gerichts, den Tag, an dem Herzen aufflammen werden, wie Fackeln, und ausgemergelte Hände sich zur Faust ballen werden und Füße marschieren werden, marschieren, in das Morgen hinein.

Gußeiserne Gitter, deren Stäbe sich auf Betonsockel stützen, der in regelmäßigen Abständen Betonpfeiler aussendet, an den sich die beiden Stäbe, zwischen die er sich schiebt, anklammern, säumen die Villenstraßen. Aber es sind nicht jene Gitter, die einschließen, es sind Gitter, die ausschließen, die Barrikaden, hinter denen sich der Reichtum verschanzt und die sorgfältig verschnittenen lebenden Hecken hinter ihnen verwebten ihre Blätter zu einem dichten grünen Vorhang, der auch noch den Blicken der Vorübergehenden jeden Zutritt verwehrt. Nur da und dort gelingt es zuweilen einem unbefugten Blick, Gezweig und Laubwerk zu durchdringen und den Schimmer leuchtender Blumenbeete zu erspähen, eine Terrasse mit Korbsesseln und Liegestühlen besetzt, die freundlich zu Rast und Müßiggang einladen, einen Balkon, über dessen Einfassung die grüne Fülle wuchernder Blattpflanzen sich ergießt, ein Stück Mauer, das sich hinter einem Geflecht aus Schlingpflanzen versteckt. Aber was der Sommer verbirgt, enthüllt der Winter, der von Bäumen und Gesträuch die Blätter streift, enthüllt Fassaden, geschwätzige Fassaden, die jedes Geheimnis der Besitzer preisgeben, wenn der Beschauer es nur versteht, die Schriftzeichen aus Quadern und Säulen zu entziffern, die nicht nur den Geschmack des Eigentümers verraten und die Höhe seines Bankkontos, sondern auch noch und beredter als Worte ausplaudern, was sie verbergen sollten, das, was sich hinter ihnen, was sich in den verwöhnten Räumen abspielt, in die der Blick, von bekiesten Wegen in gebührender Distanz gehalten und von schweren Vorhängen behindert, nicht einzudringen vermag: und Ursula sah, was sie nicht sehen konnte, die Vitrinen, in denen sich die Kostbarkeiten vergangener Jahrhunderte einträchtig zusammenfanden, die Schalen, in denen sich das Licht staute und aus denen es gebändigt als gleichmäßig verteilte, gedämpfte Helle hervorsickerte und nur funkelnd und vielfarbig aufsprühte, wenn es sich in dem kostbaren Stein eines Schmuckstückes verfing, den Cézanne oder vielleicht war es ein Seurat, ein Corinth, ein Kokoschka, ein Sisley, dem der Architekt eine ganze Wand eingeräumt hatte, die Bücherregale, die fast bis zur Decke hinauf die Wände der Bibliothek verkleideten, sie hörte, was sie nicht hören konnte, die Schritte, die erlesene Teppiche dämpften, das leise Klirren von Porzellan, Glas und Kristall, das Bankette begleitet, das Knistern seidener Kleider, Musik und das unbekümmerte Lachen, in das sich auch nicht die leiseste Ahnung von dem Elend mischt, dem es seine Unbeschwertheit verdankt. Und Ursula erriet, daß sich mit Geld alles erkaufen läßt, alles, ohne Ausnahme, nicht nur Hände, die sich emsig rühren und regen, Ohren, die ehrfürchtig einer Stimme lauschen, in deren Klang sich der Klang klingender Münzen mischt, Augen, die von dem Glanz, den Gold ausstrahlt, geblendet, für Makel und Fehler erblinden und nur noch Vorzüge sehen, denen sie Bewunderung zollen dürfen, Rücken, die sich demütig krümmen, Zungen, die schmeicheln, und Lippen, die dienstfertig lächeln, auch noch willige Gehirne, die für den, der sie bezahlt, denken, auch noch schmählich willfährige Herzen, die dem, der sie bezahlt, Träume und Leidenschaften liefern. Aber Ursula erriet auch noch, was die Fassaden verschwiegen, erriet, daß für Reichtum ein Pönale zu entrichten ist, denn wir bekommen nichts geschenkt, daß teurer als mit Geld bezahlt werden muß, was Geld erkauft, die Befriedigung jeder Laune mit Langeweile, bis die Laune schal wird, die Erfüllung jedes Wunsches mit Überdruß, der den Wunsch zuletzt schon im Keim erstickt, bis die Phantasie, der nichts zu wünschen übrigbleibt, zu träumen verlernt und verkümmert. Aber furchtbarer noch, fühlte Ursula, war der Preis, der für Freundschaft, für

Liebe bezahlt werden mußte, wenn nichts, nichts, nichts dem Käufer verrät, ob ein zärtlicher Blick ihm oder seiner Brieftasche gilt, wenn jedes Wort, jedes Lächeln, jedes Gefühl, das ihm beschert wird, sich in seinen Händen in gelieferte Ware verwandelt und unüberbrückbar ein Abgrund aus Mißtrauen ihn von jedem trennt, der ihm teuer ist.

Aber mehr als Ausschnitte aus dem Leben, weit mehr als das, waren für Ursula die breiten Geschäftsstraßen, die der Gürtel, den Stadtbahn und verstaubte Anlagen um die inneren Bezirke ziehen, aussendet, die strahlenförmig dem Zentrum der Stadt zustreben und unter uralten Bäumen in den sanften Bogen der geräumigen Allee einmünden, die sich ringartig um das Stadtinnere schlingt. Diese Straßen, die schimmernde Schaufenster säumten und abends die erleuchteten Fensterreihen der Kaffeehäuser und Restaurants, in die hinein sich die Portale der Theater öffneten und die Vestibüle der Kinos, und durch die sich unversiegbar der Strom der Fahrzeuge ergoß und ein Strom eiliger Schritte, waren, wie Ursula es nannte, Spiegelungen des Lebens und ein Gleichnis seiner verwirrenden Vielfalt und Fülle.

Sie konnten, wie Ursula meinte, mit einem Film verglichen werden, der sich mit atemraubender Geschwindigkeit vor den Augen des Beschauers abrollt, nur hin und wieder von einer Aufnahme unter der Zeitlupe gehemmt, wenn ein Schutzmann an einer Straßenkreuzung den Verkehr aufhält, von einer Großaufnahme, wenn der Scheinwerfer eines Autos unversehens aus den dichten Dunkelheiten eines Abends ein Gesicht hervorreißt und es einen Augenblick lang in seinem Lichtkegel festhält, denn wie in einem Film gleiten die Bilder der Straße fast traumhaft, fast schattenhaft an uns vorbei, und was die Wirklichkeit, die sich auf der Leinwand abrollt, und die Wirklichkeit, die sich auf der Straße abspielt, in eine Scheinwelt ummünzt, hat hier wie dort seine Ursache darin, daß die Wiedergabe es an Vollständigkeit mangeln läßt: denn wie es den Film, der auf zwei Dimensionen beschränkt ist und die dritte durch Perspektive ersetzt, Tiefe vortäuscht, wo keine ist, an Raum fehlt, der unsichtbar Bewegungen und Konturen umspielt und ihnen Plastik verleiht, aber sich nicht photographieren läßt, so fehlt es dem Straßenbild an einer Dimension, die man die vierte nennen könnte, an zeitlicher Tiefe. Denn was in so bewegten und beständig wechselnden Bildern an dem Beschauer vorbeigleitet, sind unzählige vereinzelte Augenblicke, die sich unabsehbar aneinanderreihen, aber niemals zur Zeitfolge ineinanderfließen, niemals auch nur zu einer Stunde verschmelzen, denn keinen umspielt das Gestern, kaum das Heute und auch nicht der leiseste Hauch eines Morgen, die allein dem Augenblick zeitliche Tiefe und Perspektive verleihen. Doch was ihnen an Tiefe fehlt, wird ihnen an Weite geschenkt, und kein Bild kann umfassen, was in einem einzigen Moment Raum findet, den unzählige Menschen zugleich erleben, in dem sich unzählige Dinge zugleich ereignen, der in unendlichen Spiegelungen die Vielfalt und Fülle des Lebens einfängt, der alle seine Facetten spielen läßt und magisch aufleuchtet, ehe er und schon erlischt.

Genau besehen jedoch war es ein Vergleich, der hinkte, sah Ursula ein: denn was dem Bild, das die Straße dem Beschauer bietet, einen so eigenartigen, einen so bestrickenden Zauber verleiht, ist eben das, was es vom Film unterscheidet, der das Nacheinander der Ereignisse festhält, ihren logischen Ablauf, der keineswegs die Fülle spiegelt, sondern sparsam sichtet und wählt und die Einzelheiten zu jenem lückenlosen Stoff verarbeitet, aus dem man Reportagen und Geschichten zurechtschneidert, während die Straße das Nebeneinander der Geschehnisse enthüllt, ihre Gleichzeitigkeit, während sie Zufall und Willkür walten läßt und die Ereignisse in ihrer Vielfalt vor uns hinschüttet, während sie Einzelheiten aneinanderreiht, die nichts gemeinsam haben als den Augenblick, in den sie gebannt sind, denen es an jedem Zusammenhang fehlt und die es dem Zuschauer erlauben, seine Phantasie spielen zu lassen und in die losen Maschen des schütteren Gespinstes, zu dem sie sich verweben, seine Träume und Stimmungen hineinzuknüpfen.

Ob sie mehr als andere dazu neigte, Träumen nachzuhängen, wußte Ursula nicht, denn was wissen wir einer vom andern, aber sie wußte, daß nur die Straße, dieser Karneval des täglichen Lebens, dessen Wirklichkeit so traumhaft verkürzt, so von allen zeitlichen Zusammenhängen losgelöst ist, daß wir ihn nur traumhaft oder gar nicht erleben können, sie so tief in Träume hineinlockte, in denen sie sich so willig verlor. Denn was sonst als Träume, fragte sie sich, hat das Leben für eine junge Person, die 18 ist, eben ihr Abitur abgelegt hat und Malerin werden will, Malerin werden muß, weil alles, was sie bewegt, sich für sie in Erschautes verwandelt, sich zu Farben entzündet, sich zur Gestalt verdichtet, und die nur noch zögert, weil zuweilen grausame Zweifel sie quälen, ob ihre Hand, wenn sie nur erst ernsthaft nach dem Pinsel griff, festhalten konnte, was ihr Herz so inbrünstig, aber vielleicht zu flüchtig, wie sie manchmal fürchtete, erschaute.

Nicht jedem beschert die Straße, was sie Ursula beschert, denn für den, der ihr nicht rückhaltlos seine Aufmerksamkeit schenkt, der sie in Gedanken versunken durcheilt oder in ein Gespräch vertieft oder dessen Augen mit Gleichgültigkeit geschlagen sind, enthüllt sie ihre Geheimnisse nicht, und nur für den, der empfänglichen Herzens ist, der bereit ist, sich von ihr beschenken zu lassen, der sich nicht scheut, Traum und Wirklichkeit ineinander zu mischen, entfaltet sie gauklerisch alle ihre Künste, nur dem, dessen Augen wundersüchtig Unsichtbares erspähen, erschließt sie sich wie ein gigantisches Bilderbuch.

Ursula hatte Augen, die sehen konnten, was nicht jeder

sieht, für die sich die Farben und Züge, Schatten und Licht, Bewegung und Bewegtheit und auch noch Gesprächsfetzen, die ihre Ohren erlauschten, und Gefühle, die sie zu erraten glaubte, wie auf einer Palette zusammenmischten, ehe das Bild, verwandelt und gesteigert auf eine imaginäre Leinwand projiziert als tiefere, bedeutsamere und gültigere Wirklichkeit erstand.

Allen Wandlungen, die die Straße aus Tages- und Jahreszeiten schöpft, folgten ihre Augen bis in jene Tiefen, wo sie zur Vision umgemünzt in ihrem lautersten Widerschein erstrahlten, der nüchternen Geschäftigkeit, die sie am frühen Morgen entfaltet, wenn sich Kaskaden eilig dahinhastender Menschen, fahl und gespenstisch verfärbt im Frühlicht, in die Büros und Geschäfte hinein ergießen, die sie erst abends wieder welk und verbraucht ausspeien, dem fiebernden Glanz, mit dem sie sich abends schmückt, wenn die Schaufenster erlöschen und die Bogenlampen aufflammen, die festliche Beleuchtung der Vergnügungsstätten sich entzündet und an allen Ecken und Enden die Lichtreklame farbig auflodert und ihren Schimmer in verzückt aufleuchtende Gesichter hineinergießt. Aus den grauen Novembernebeln, hinter denen sich eine Straße versteckte, lösten sich für sie unheimlich und geheimnisvoll verengte Ausschnitte bildhaft los, Gebäude wie Phantome, eine wesenlose Wirklichkeit, die Pinsel und Blick narrte und sich nicht einfangen ließ; und die sommerlich verödete Straße flimmerte ihr vor den Augen als Quadern in Weißglut und zu Stein erstarrter Glanz.

Auch in allen ihren Einzelheiten verwandelte sich die Straße für Ursula in verzückt Erschautes. Die Auslagen. Zauberten Stilleben erlesener Früchte vor sie hin, die aus Kisten und Körben aufschwebten, schwellender und süßer wurden, von ihrem Blick berührt sich unversehens in schillernder Schüssel sammelten, hinter der sich Sonnenfäden mit verstaubten

Attrappen zu einem Hintergrund aus Brokat verwebten; gaukelten Blumenstücke vor sie hin, die wucherten und wuchsen und zum Garten wurden, zur südlichen Landschaft, und schon rauschte in ihren Ohren das Meer. Auch noch das Geräusch eines Motors verdichtete sich für sie zum Bild, schon war es ein Motor, der eine Maschine trieb, schon blickte sie in die Werkstatt hinein, in die Fabrik, in der die Räder kreisten, die an ihr vorbei rollten, und sah schwielige Hände, die zugriffen, wo es not tat, nackte Arme, deren Muskeln wie Knoten hervortraten, schweißbedeckte Gesichter und das furchtbare laufende Band, dieser Treibriemen, der Finger in wirbelnde Bewegung setzt zu dem einen entnervenden, bis zum Überdruß, bis zur Erschöpfung, bis zur Verzweiflung, bis zum Stumpfsinn wiederholten Handgriff.

Wie aus weiter Ferne kehrten ihre Blicke aus diesen Bildern in die Wirklichkeit zurück und schienen nichts zu sehen, bis aus der Fülle der Gesichte ein Gesicht auftauchte, auf dem ihre Augen haften blieben, weil irgend etwas darin ihre Neugierde erregte oder ihr Mitleid oder ihren Beifall und sie es festhalten wollte in dem imaginären Skizzenbuch ihrer Eindrücke. Aber ein Gesicht ergibt sich nicht einem einzigen Blick, mußte Ursula einsehen, auch wenn sie es noch so aufmerksam, noch so prüfend betrachtete. Sie mußte erst einmal versuchen, seine Züge zu entziffern, und schon entzündete sich ihre Phantasie und sie begann dem Schicksal nachzusinnen, das sich hinter ihnen verbergen mochte, sich den flüchtigen Augenblick, den ihre Augen erhaschten, zu den Jahren auszuspinnen, die es modelliert hatten.

Aber wie konnte sie Schicksale erraten, wenn sie nur aus ihrem eigenen Herzen Vermutungen schöpfte, fragte sie sich, wenn sie nicht in die vorüberhuschende Gestalt hineinschlüpfte und wenigstens einen Augenblick lang das unbekannte und erborgte Schicksal erlebte, wenn sie sich nicht aus dem Betrachter in den verwandelte, den sie betrachtete, und schon stand sie frierend an der Straßenecke und hielt mit steifen Fingern Streichhölzer feil, graue Haarsträhnen fielen ihr ins Gesicht, mit zitternden Händen zählte sie ihre Barschaft, die spärliche Einnahme endloser Stunden, und blickte mit müden, stumpfen Augen in die trostlosen Jahre hinein, die hinter ihr lagen, fragte sich, wie sie ein solches Leben hatte ertragen können, aber sie wurde der Antwort enthoben, denn schon bog sie, in den Arm ihres Geliebten geschmiegt, in jene stille, dunkle Seitenstraße ein und lauschte besinnungslos den zärtlichen Worten, die er in ihr Haar hineinflüsterte, eilte neben ihrer Mutter, denn die Aufführung hatte bereits begonnen, die Stufen empor, die ins Vestibül der Oper führten, malte sich aus, weshalb sie sich verspätet hatten, streckte eine verkrüppelte Hand nach einem Almosen aus, stieg dicht verschleiert in ein Auto und fuhr einem Abenteuer entgegen, das sie in Gedanken bis zur Neige erlebte, sah, wie die Drehtür eines Restaurants um Eintretende kreiste, und schon war sie es, die eintrat, sich niederließ, die Speisekarte studierte und bestellte, was gut und teuer war. Aber der Wein, den sie trank, stieg ihr nicht zu Kopf und die Speisen sättigten sie nicht, ganz im Gegenteil, nach jedem Gang verspürte sie nur noch quälender ihren Hunger, bis das Tischlein-deck-dich, das sie sich vorgegaukelt hatte, in nichts zerging und sie ernüchtert fühlte, daß ihr Magen knurrte.

Aber die Straße verlockte sie nicht nur dazu, sich von Schritt zu Schritt tiefer in Träume zu verstricken, sie nötigte sie förmlich dazu. Denn diese Menschen, die aus Jahren, von denen wir nichts wissen und die für uns zu einem Nichts zusammenschrumpfen, hervortreten, nur einen einzigen Augenblick lang für uns sichtbar werden, während sie an uns vorbeigleiten und, schon unseren Blicken entrückt, in Schicksale hineinschreiten, die wir nicht kennen, waren, schien ihr, Schemen, denen nur, was sie in sie hineinträumte, Leben verlieh; denn diese Gesichter, die unzählig wie in unendlichen Spiegelungen gespenstisch aus einem unbekannten Gestern auftauchen, an uns vorbeihuschen und, schon unseren Blicken entrückt, in ein unbekanntes Morgen hineintauchen, waren, schien ihr, Masken, denen nur ihre Phantasie Leben einhauchen konnte und die sich, nüchtern betrachtet, zur Fratze verzerrten, zu der furchtbaren Fratze maßloser und schamloser Gleichgültigkeit.

Diese Gleichgültigkeit war es, die Ursula mehr als alles andere fürchtete, der sie in Träumereien hinein zu entrinnen versuchte, die sie nicht wahrhaben wollte, weil sie ihr alles Unheil zuschrieb, das Menschen je erlitten hatten und noch erleiden sollten und weil jedes fremde Gesicht, das sie durchtränkte, noch fremder erschien, weil jede Straße, die sie erfüllte, zum Alpdruck wurde, zur Vision der Fremde, in der sie verloren dahintrieb, zum Symbol der Einsamkeit, die ihren magischen Kreis um jeden zieht, ihn unerbittlich in sein eigenes Schicksal bannt und ihn unüberbrückbar von jedem andern trennt, auch noch wenn Herz an Herz schlägt.

Nur als Ganzes gesehen, wollte es ihr scheinen, erlaubte es die Straße, nüchternen Blickes betrachtet zu werden, denn zur Einheit verschmolzen wurden die willkürlich hingestreuten Einzelheiten ohne jedes Zutun zum monumentalen Traumbild, zu dessen Bewegtheit jeder einzelne schattenhaft seine winzige Gebärde beisteuerte, während die vielfältigen Geräusche der Räder, Schritte und Stimmen, Hupensignale und Hufschlag, das Klingelzeichen der Autobusse, das Knattern und Surren von Motoren und dann und wann wie Fanfarenruf der Aufschrei einer Sirene zu einer betäubenden Symphonie des täglichen Lebens aufrauschen.

Erstes Buch

Die Mappe mit den Zeichnungen und Aquarellen unterm Arm stürmte Ursula selig erregt ins Zimmer, wo ihre Eltern und ihr Bruder schon um den Mittagstisch saßen, und teilte ihnen mit Worten, die sich nur so überstürzten, mit, daß die Blätter, die sie vorgelegt hatte, unerwartet freundlichen Beifall gefunden hatten, daß sie den erstrebten Freiplatz zweifellos erhalten würde und daß sie also endlich, endlich zeichnen lernen durfte. Während sie noch sprach, sprang ihr Bruder auf, stieß heftig seinen Stuhl zurück und brüllte sie an: »Lebst du denn auf dem Mond?«

Verwundert starrte sie ihn an. Er war zwei Jahre älter als sie und Student der Rechte. »Bist du verrückt?« fragte sie verletzt.

Seine Augen verengten sich zu tückischen Schlitzen. »Ich hoffe, du zwingst mich nicht dazu, daß ich mich meiner eigenen Schwester schämen muß«, stieß er heiser hervor.

Da erst gewahrte Ursula, daß er ein dunkles Hemd trug, das sich wie eine Uniform ausnahm und von dem sich kreisrund ein Abzeichen abhob. Auch sein Gesicht hatte sich, fiel ihr plötzlich auf, furchtbar verändert, seit sie es zum letzten Mal, Gott weiß wann, aufmerksam betrachtet hatte. Seine Züge waren hart und kantig und in seinen Augen flackerte unheimlich ein fanatischer Glanz. Hilfesuchend glitt ihr Blick ab und heftete sich auf ihren Vater, auf ihre Mutter. Beide saßen reglos und wie versteint und starrten verstört auf ihre Teller nieder.

Der Blick ihres Bruders folgte dem ihren und blieb auf dem Vater haften. »Du schweigst?« fragte der Sohn den Vater barsch. Der duckte sich tiefer über seinen Teller und murmelte müde: »Dein Bruder hat ganz recht.«

Ursula stellte die Mappe ab, streifte den Mantel ab, sank wie betäubt auf ihren Stuhl und begann zu essen. Sie erinnerte sich jetzt daran, bemerkt zu haben, daß in der Stadt eine ungemein festliche, ja geradezu trunkene Stimmung herrschte, der sie keine Beachtung geschenkt hatte, weil sie die ungewöhnlich erregte Bewegtheit des Straßenbildes und die Fahnen, die grell von allen Häusern flatterten, nur als Widerschein ihrer eigenen festlichen Stimmung erlebt hatte. Jetzt erst fiel ihr ein, daß die Stadt an eben diesem Tage den Einzug des Mannes feierte, an dessen Worten sich Abertausende so willig berauschten und von dem sie daher erwarteten, daß er Wunder tun konnte.

Aus diesen Gedanken, mit denen sie das bedrückende Schweigen, das den Rest der Mahlzeit begleitete, ausgefüllt hatte, wurde sie jäh herausgerissen, als sich eine Hand schwer auf ihre Schulter legte. Erschreckt fuhr sie auf, und als sie ihr Gesicht emporwandte, hing über ihr wie ein Alpdruck das verzerrte Gesicht ihres Bruders, der sich über sie beugte. Sekundenlang hielten seine brennenden Augen die ihren gebannt, dann wurde sein Blick unstet, trübte sich, seine Hand begann zu zittern, er ließ sie los, richtete sich auf, gewann seine Haltung zurück, während er sich von ihr entfernte, und sagte: »Lange kann ich nicht mehr zusehen, Ursula. Besinne dich endlich, was du mir, was du dir selbst schuldig bist.« Er legte ein kreisrundes Abzeichen vor sie auf den Tisch und verließ grußlos das Zimmer.

Das Schweigen, das dem Knall der zufallenden Tür folgte, war unheimlicher noch als vorher. Ursula starrte bestürzt erst das Abzeichen, dann ihre Eltern an und bemerkte, daß auch ihr Vater das Abzeichen trug. Ihre Mutter erhob sich lautlos, nahm eine Schüssel vom Tisch, schlich auf den Zehenspitzen zur Tür, öffnete sie, blickte hinaus, schloß sie wieder, kehrte an den Tisch zurück, stellte die Schüssel ab, setzte sich wieder und sagte gepreßt: »Er ist fort.«

»Täusche dich nur nicht«, entgegnete der Vater bitter. »In Zukunft werden alle Wände Ohren haben und hinter jeder Tür wird einer horchen. Dein Sohn aber hat es nicht nötig, hinter Türen zu horchen. Er tritt unhörbar ins Zimmer, wenn du ihn am wenigsten erwartest. Er sitzt mit dir am Tisch. Er liest in deinem Gesicht. Du bist ihm auf Gnade und Ungnade ausgeliefert.«

Die Mutter schlug die Hände vors Gesicht und begann leise zu weinen. Der Vater erhob sich mühsam und sagte: »Ich gehe ins Amt.« An der Tür blieb er noch einmal stehen, wandte sich um und sagte zu Ursula: »Du wirst gut daran tun, das Ding da schleunigst anzustecken. Denk dir dabei, was du willst, aber halt deinen Mund. Gesinnung können wir uns jetzt nicht mehr leisten.« Dann schloß sich die Tür hinter ihm.

»Mutter«, begann Ursula, aber die Angeredete blickte sie entsetzt an, warf einen scheuen Blick auf die Tür und flüsterte: »Du sollst deinen Mund halten, hast du nicht gehört?« Dann begann sie klappernd Teller und Schüsseln aufeinanderzustellen und trug sie in die Küche. Auch Ursula erhob sich, nahm das Abzeichen, Mappe und Mantel, und zog sich in ihr Zimmer zurück.

Die Ereignisse, die den Hintergrund zu den eben geschilderten Unstimmigkeiten abgaben und die oft genug zu heftigen Auseinandersetzungen zwischen Vater und Sohn geführt hatten, waren Ursula nicht unbekannt. Doch erst seit einigen Monaten, nach abgelegtem Abitur, der Schule entronnen und ganz erfüllt von der Ungeduld, ihr persönliches Leben zu beginnen und nach Pinsel und Palette zu greifen, ganz erfüllt von den Bildern, die sich in ihrem Herzen aufgestaut hatten, hatte sie nicht bemerkt, wie das ferne Grauen immer drohender anschwoll, wie es sich in trüben Wellen unabwendbar immer näher heranwälzte. Ihr nach innen gerichteter Blick hatte bisher immer nur traumhafte Spiegelungen der Wirklichkeit erschaut, immer nur vereinzelte, aus allen Zusammenhängen losgelöste Abschnitte, die sie sich zu einer inneren Wirklichkeit zusammengesponnen hatte, aus der sie jede Vorstellung, die ihre Traumwelt verletzte, unerbittlich verbannt hatte, ein Dornröschen, das hinter einer selbstgepflanzten Rosenhecke

ihren Märchenschlaf hält. Die halb beschwörende, halb dro-
hende Stimme ihres Bruders im Ohr, war ihr zumute wie einer
Schlafwandlerin, die angerufen wird und aus schwindelnden
Höhen abstürzt.

Sie ließ das eben Erlebte noch einmal an sich vorbeiziehen
und das Bild, auf dem ihre blicklosen Augen dabei haften blieben, von dem sie sich nicht loszureißen vermochten, war das
Gesicht ihres Vaters, das sich mit einem so erschütternd hilflosen Ausdruck, in dem sich alle Gefühle mischten, die eine
Niederlage begleiten, über den Teller duckte. Es war, erst als
Vision erschaut erkannte sie es, ein jäh gealtertes, verfallenes
Gesicht, aber eines, das noch nicht zu heucheln gelernt hatte, eines, das sie dabei ertappt hatte, wie es sich Zug um Zug
verwandelte, in dem vorerst noch mißglückten Versuch, jenen
andern zu gleichen, die schon zur Fratze oder auch nur zur
Maske ekstatischer Zustimmung erstarrt waren. Beredter als
Worte verriet dieses Gesicht, daß ihr Vater den Staatsstreich,
der die Macht in die Hände einer fanatisierten Minderheit
gespielt hatte, gelinde gesagt, nicht billigte und sich der voll-
endeten Tatsache, vor die er ihn gestellt hatte, wenn auch vielleicht nur zögernd, wenn auch anscheinend nur widerwillig,
dennoch unterwarf.

Durfte sie ihn bemitleiden oder mußte sie ihn verachten,
fragte sie sich. Mußte er für das, woran er, zu Recht oder zu Unrecht, glaubte, einstehen, seine Stellung als Verwaltungsbeamter
aufgeben, den vermutlich hoffnungslosen Versuch machen, der
Gewalt in den Arm zu fallen, mußte er, mit einem Wort, zum
Märtyrer werden oder durfte er, etwa aus Rücksicht auf seine
Familie oder weil er jeden Widerstand als aussichtslos erkannt
hatte, klein beigeben? Die Antwort, die sie schließlich fand, erlaubte es ihr, Mitleid mit ihm zu haben, denn sie begriff, daß er
keine Wahl hatte, weil das, woran er glaubte, das Gestern war,
und für ein Gestern kann keiner zum Märtyrer werden.

Da verstand sie auch plötzlich, warum ihr Herz, wenn sie den Auseinandersetzungen zwischen Vater und Bruder, den bedächtigen Argumenten des einen, den hitzigen des andern, gelauscht hatte, weder für diesen noch für jenen je Partei ergriffen hatte. Es hatte sich dabei niemals um die unversöhnlichen Gegensätze gehandelt, um die es in Wahrheit ging, sondern immer nur um die unvermeidliche Auseinandersetzung zwischen den Generationen, zwischen einem Gestern, dem sie entwachsen, und einem Morgen, das ein Alpdruck war. Nur zwischen diesem Morgen, an das ihr Bruder glaubte, und dem Morgen, das sie nur eben ahnte und zuweilen in fiebernden Visionen erschaute, konnte es, aber mußte es auch, zu einer entscheidenden Auseinandersetzung kommen.

Sie griff nach dem Abzeichen, entschlossen, es in die Hände zurückzulegen, die es ihr aufgedrängt hatten, da stand auch schon ihr Bruder, wie aus dem Boden gewachsen, im Rahmen der Tür, die er lautlos geöffnet hatte. Sekundenlang blieb sein Blick auf dem Abzeichen haften, das sie allem Anschein nach eben hatte anlegen wollen, dann glitten seine Augen, in die ein lauernder Ausdruck trat, zu ihrem Gesicht empor, während er sie fragte, ob er damit rechnen dürfe, daß sie ihn um 6 Uhr abends zum Ausgehen bereit erwarten wolle, um ihn zu der Versammlung zu begleiten, die er das historische Ereignis der Einzugs-Ansprache nannte, und der er selbstverständlich beizuwohnen beabsichtigte. Seine Frage war unmißverständlich ein Befehl, der Ursulas Widerstände aufs Äußerste anfachte. Sie schwieg, weil sie zu ihrem Glück nach einem Wort suchte, das ihn tiefer verletzen sollte als ein bloßes NEIN und wollte ihm eben das Abzeichen vor die Füße schleudern: da sprang etwas auf sie zu, sprang ihr an die Kehle, würgte sie. Nicht ihr Bruder. Der rührte sich nicht. Nur in seinen Augen loderte unversöhnlicher Haß auf, in den sich, grauenhafter noch, eine lüsterne Grausamkeit mischte, die seinen Mund zu einem entsetzlichen Lächeln geilen Spottes verzerrte. Was sie an der Kehle gepackt hielt, waren nicht Hände, begriff sie, sondern Angst, eine wilde, mystische Angst, die aus Urtiefen aufzusteigen schien und ihr fast die Besinnung raubte. Mechanisch befestigten ihre bebenden Hände das Abzeichen an ihrem Kleid, als wäre es ein Schild, den sie emporhoben, um einen tödlichen Stoß abzuwehren, und während ihre Hände noch daran nestelten, formte der Atem, mit dem sie NEIN hatte sagen wollen, ohne ihren Willen und gegen ihren Willen das Wort »Gewiß«. Da jedoch im Gesicht ihres Bruders zu lesen war, daß dieses Wort ihm nicht genügte, ihm ganz und gar nicht genügte, daß er mehr forderte und entschlossen war, mehr zu erhalten, fügte sie, plötzlich bereit, auch noch ein Übriges zu tun, mit einem rätselhaften Lächeln hinzu: »Das versteht sich doch von selbst.« Dann erst zog er sich, von ihren Worten einigermaßen befriedigt und von ihrem Lächeln ein wenig aus der Fassung gebracht, zurück.

Erst als sich die Tür hinter ihm geschlossen hatte, fühlte sie, daß ihr die Knie fast versagten, und sie ließ sich erschöpft auf einen Stuhl sinken. Daß sich ihr Bruder nicht damit begnügt hatte, ein kahles Wort der Zustimmung zu hören, daß er vielleicht sogar halb und halb erraten hatte, daß sich ihr aus Angst ein Nein auf der Zunge in ein Ja verwandelt hatte und daß sie seinen Argwohn mit Worten, die eine bedingungslose Zustimmung vortäuschten, hatte beschwichtigen müssen, hatte ihr die Augen geöffnet, hatte sie darüber belehrt, daß offener Widerstand nicht nur aussichtslos war, sondern auch zur Katastrophe führen mußte. Daß ihr Bruder vielleicht nicht davor zurückscheuen würde, sie zu denunzieren, wollte sie nicht wahrhaben, aber daß ihm kein Mittel zu schlecht sein würde, wenn es sich nur dazu eignete, ihren Widerstand zu brechen, daß er es sich zur Aufgabe machen würde, sie ununterbrochen unter dem Druck der eben erlebten Angst zu halten, ohne ihr auch nur je die kleinste Atempause zu gönnen, um sie mürbe zu machen, daran konnte sie nicht länger zweifeln. Sie hatte also keine Wahl, sie mußte heucheln.

Es graute ihr vor der Erkenntnis, daß es für sie kein Zurück gab, es graute ihr davor, sich immer tiefer in das Ja verstricken zu müssen, hinter das sie sich in ihrer Angst verschanzt hatte, denn schon der Anschein, mit dem Brandmal der Zustimmung gezeichnet zu sein, schien ihr ein Makel. Auch fürchtete sie, daß sogar vergebliche Zustimmung für den, der sie heuchelt, zur Gefahr werden konnte, daß sie sich wie eine ätzende Flüssigkeit nach und nach in die rebellische Überzeugung, die sie schützen sollte, hineinfressen und sich in jenen Tiefen des Bewußtseins einnisten konnte, wo Willkür und Chaos ihren Sitz in uns haben und der Eindruck nicht mehr von uns zum Erlebnis geformt wird, sondern uns formt. Aber darauf mußte sie es, entschied sie, ankommen lassen, denn ihre Widerstände waren nicht einfach der Ausdruck einer Gesinnung, sie waren der Widerschein ihrer inneren Welt, untrennbar verbunden mit dem, was sie ihr künstlerisches Gewissen nannte. Wenn sie Malerin werden wollte, und sie fühlte, daß nichts anderes für sie zählte, durfte sie nicht offen Widerstand leisten, durfte sie es nicht auf eine Kraftprobe zwischen sich und ihrem Bruder ankommen lassen, mußte sie sich mit Heuchelei wie mit einem luftleeren Raum umgeben, wie sehr es ihr auch davor graute, und was immer sie damit heraufbeschwören mochte.

Um Punkt 6 Uhr, als sie eben ihren Hut vor dem Spiegel aufsetzte, öffnete sich die Tür und ihr Bruder trat ein. Diesmal hatte er angeklopft, wenn er sich auch auf diese Andeutung der Höflichkeit beschränkt und ihre Aufforderung einzutreten nicht abgewartet hatte. Er musterte sie kritisch und es entging ihm nicht, daß sie ihren besten Mantel angelegt und sich, obwohl sie, wie er wußte, sonst nur wenig Wert auf ihr Äußeres legte, äußerst sorgfältig zurechtgemacht hatte. Diese Konzession, die sie ihm damit machte und die darauf berechnet war, seinen Argwohn einzuschläfern, verfehlte nicht ihre Wirkung und spiegelt sich als ein beifälliges Lächeln in seinem Gesicht.

Während sie zusammen die Treppen hinunterstiegen, murmelte er zu ihrer Verwunderung nur ein paar ganz belanglose Worte, statt, wie sie erwartet hatte, von dem bevorstehenden Ereignis zu sprechen und neuerlich ihre Gefühle zu sondieren. Erst als sie auf die Straße hinaustraten, verstand sie, daß die Wirkung dieser belanglosen Worte genau berechnet war. Der Anblick, der sich ihr bot, sollte sie unvorbereitet treffen, damit ihr Mienenspiel, hatte sie etwas zu verbergen, sie verraten sollte. Seine Augen waren, sie ertappte ihn dabei, als sie ihm den Kopf zuwendete, lauernd auf ihr Gesicht gerichtet.

Ob sich darin sekundenlang der Widerwille, den sie empfand, verräterisch gespiegelt hatte, wußte sie nicht. Aber das fragende Lächeln, hinter dem sie sich versteckte, war durch das, was sich eben vor ihr abgespielt hatte, zweifellos gerechtfertigt. Vor dem Haus stand ein großer, äußerst eleganter Wagen, aus dem sich, kaum waren sie ihrer und ihres Bruders ansichtig geworden, vier junge Burschen im dunklen Hemd hervorgestürzt hatten, um in unnachahmlich straffer Haltung zwei zur Rechten und zwei zur Linken des offenen Wagenschlags Spalier zu bilden, das ihre grüßend vorwärtsgeschnellten Arme wie einen Baldachin überdachten, während der vierstimmige Ruf, der die Armbewegung begleitete, fast ungehört im Straßenlärm verhallte.

Nur den Bruchteil einer Sekunde später als ihr Bruder hob auch Ursula den Arm, entschlossen, an diesem Abend das Vertrauen ihres Bruders, ein für allemal, wie sie hoffte, zu gewinnen, und sie hatte daher auch für jeden der Herren, als sein Name ihr genannt wurde, ein bestrickendes Lächeln. Während der Fahrt war sie zwar ein wenig wortkarg, da sie es nicht über sich brachte, sich an dem äußerst enthusiastischen Gespräch, das ihre Begleiter führten, zu beteiligen, aber sie verstand es geschickt, ihr Schweigen hinter der Maske mädchenhafter Schüchternheit zu verstecken, oder zuweilen auch hinter jenem rätselhaften Lächeln, von dem sie wußte, daß es ihren Bruder aus der Fassung brachte. Ihre Aufmerksamkeit jedoch ließ nichts zu wünschen übrig, denn ihre Augen glitten von einem zum andern und blieben immer auf dem jeweiligen Sprecher haften, aber nicht, weil seine Worte sie, wie es den Anschein hatte und auch haben sollte, fesselten, sondern nur um einen nach dem andern zu betrachten und herauszufinden, wessen sie sich von jedem einzelnen zu versehen hatte.

Gewohnt, in jedem Gesicht auf den ersten Blick den persönlichen Zug zu entdecken, der es von jedem andern unterschied, verblüffte es sie, daß diese vier Gesichter, flüchtig betrachtet, eine ganz eigentümliche, eine geradezu verwirrende Ähnlichkeit zu haben schienen, aber in tiefste Bestürzung versetzte es sie, als sie nach einer Weile wahrzunehmen glaubte, daß eines dem andern nur noch rätselhafter glich, je länger man sie betrachtete, und daß auch das Gesicht ihres Bruders den andern zum Verwechseln glich. Ihre Augen, denen es gegeben war, die leiseste Schattierung zu verzeichnen, erblickten, wohin sie sich auch wendeten, immer nur das gleiche harte und kantige Gesicht, in dessen Augen unheimlich ein fanatischer Glanz flackerte, erblickten es wie in gespenstischen Spiegelungen, dieses eine, dieses entseelte Gesicht, aus dem jede leiseste Erinnerung daran, daß es so etwas wie Liebe, so etwas wie Erbarmen gab, ausgetilgt war, in dem jedes Gefühl persönlicher Verantwortlichkeit erloschen war und das bis an den Rand mit Haß angefüllt war, der seine Züge zu einem Ausdruck verschmolz, der allen gemeinsam war und in den sich nur noch ekstatischer Gehorsam und Mordlust mischten.

Schon fürchtete Ursula, daß sie den gellenden Aufschrei, der sich angesichts dieser beklemmenden, dieser spukhaften

Vision hinter ihren zusammengebissenen Zähnen angestaut hatte, und der sie verraten mußte, nicht länger zurückdrängen konnte, da hielt das Auto, der Chauffeur riß den Schlag auf, sie stiegen aus und schon verschluckte sie der Strom vorwärtsdrängender Menschen, der sich am Eingang staute.

Als sie sich endlich bis an den Eingang vorgedrängt hatten, war der ungeheure Saal schon fast zum Bersten voll, und sie konnten sich nur eben noch hineinzwängen, doch von Nachdrängenden vorwärts geschoben, standen sie schließlich eingekeilt und konnten sich kaum regen. In weiter Ferne sah Ursula ein Podium, das emporstieg, von Fahnenträgern flankiert, die reglos und wie aus Erz gegossen, Statuen glichen. Aber schon hoben sich die schweren Fahnen in gestreckten Armen dem noch Unsichtbaren entgegen, der eben ganz hinten das Podium betreten hatte, und schon schnellten alle Arme im Saal, die sich regen konnten, zum Gruß empor und ein einziger Schrei aus tausend und abertausend Kehlen stieg betäubend empor, ein gellender Schrei, der nicht enden wollte, während der Führer durch das Spalier der Fahnen bis an die Rampe schritt, und der zu einem irren Geheul anschwoll, als er grüßend den Arm erhob. Da verknüpften sich für Ursulas seherische Augen die grüßend dem Podium entgegengereckten Arme zu Strängen, die der eine dort oben in seiner zum Gruße ausgereckten Hand hielt, Rasende, die mit speichelnden Lefzen und Schaum vor dem Mund sprungbereit nur darauf warteten, losgelassen zu werden und sich auf ihr wehrloses Opfer stürzen zu dürfen und endlich, endlich morden zu dürfen, morden.

Längst schon waren die Arme herabgesunken, längst schon war Stille eingetreten, eine erwartungsvolle, eine lautlose Stille, in die hinein eine Stimme zu sprechen begann, und noch immer hingen Ursulas Augen verstört an dem furchtbaren Bild und konnten nicht in die Wirklichkeit zurückfinden. Erst nach und nach drangen vereinzelte Worte, die der Lautsprecher ihr zutrug, bis an ihr Ohr, begannen ihr in den Ohren zu dröhnen, begannen ihr in den Schläfen zu hämmern, vor ihren Augen flimmerte es, der Boden schwankte ihr unter den Füßen, wich zurück, sie klammerte sich an ihren Bruder an und stürzte in bodenlose Dunkelheiten hinab.

Sie war nicht die Einzige, die in dem überfüllten Saal ohnmächtig wurde, hinausgetragen und gelabt werden mußte. Aber als sie sich erholt hatte und ihr Bruder sie zu dem Auto begleitete, das sie nach Hause bringen sollte, fühlte sie, daß der Vorfall neuerlich sein Mißtrauen erweckt hatte, und sie flüsterte ihm zu: »Was mir das Bewußtsein nahm, war nicht die Hitze. Es war das ungeheure, das erschütternde Erlebnis, das dieser Abend mir gebracht hat.« Und das war, richtig gehört, keine Lüge.

Die Entscheidung, ob sie den Freiplatz, um den sie sich beworben hatte, erhalten sollte oder nicht, ließ auf sich warten. Endlich erhielt sie einen Brief, in dem sie aufgefordert wurde, sich an dem und dem Tag, zu der und der Stunde in der Lehranstalt einzufinden, da man ihr Gesuch um einen Freiplatz, obwohl er von so fragwürdiger Seite befürwortet war, nicht ohne weiteres verwerfen wolle, sondern vielmehr bereit sei, es in Erwägung zu ziehen, wozu es jedoch unerläßlich sei, ihre Blätter einer neuerlichen und maßgeblicheren Prüfung zu unterziehen.

Dieser Brief, der nicht ganz verständlich für sie war, weil sie nicht wußte, was sich inzwischen an der Lehranstalt abgespielt hatte, beunruhigte sie. Eine Zeitungsnotiz klärte sie darüber auf, welchem Umstand sie Verzögerung und Brief zu verdanken hatte. Der Leiter der Lehranstalt, dem sie ihre Blätter vorgelegt hatte und der ihr den Freiplatz halb und halb zugesagt hatte, ein Maler von Rang, hatte die Unvorsichtigkeit begangen, sich von seinem künstlerischen Gewissen leiten zu lassen, und hatte nicht nur für die Richtlinien, nach denen in Zukunft Wert und Unwert künstlerischer Leistungen beurteilt werden sollten, keinerlei Verständnis gezeigt, sondern hatte alle diesbezüglichen Vorschläge, wie man derartige Befehle zu nennen beliebte, kurzer Hand abgelehnt. Ob er damit gerechnet hatte, für seinen Mut bezahlen zu müssen, oder ob er nur zu sehr darauf gebaut hatte, sich mit dem guten Klang seines Namens die Nachgiebigkeit derjenigen zu erzwingen, die ihm unbefugte Vorschriften zu machen sich anmaßten, muß dahingestellt bleiben. Die Zeitung jedenfalls scheute keine Mühe, um den Nachweis zu erbringen, daß sein Name zu Unrecht einen guten Klang habe. Sie spielte erfolgreich menschliche Schwächen und eine zweifellos anrüchige politische Gesinnung gegen ihn aus, woraus schon, wie sie meinte, zur Genüge hervorging, daß seine Bilder, die zu Recht aus Museen entfernt worden waren, gelinde gesagt Machwerke, einer entarteten

Phantasie entsprungen, genannt werden müßten, und behaupteten schließlich, daß er noch billig davongekommen sei, denn er hatte nebst verhängtem Malverbot nur seine Stelle verloren.

Diese Nachricht erschütterte Ursula zutiefst, nicht nur weil sie den Maler, dessen Sturz aus Höhen des Ruhms ins Nichts der Vergessenheit die Notiz meldete, leidenschaftlich verehrte, sondern auch weil dieser Vorfall sie zum ersten Mal mit dem vollen Ausmaß künstlerischer Verantwortlichkeit konfrontierte, die sich nicht, wie sie bisher geglaubt hatte, auf die kompromißlose Wahrung künstlerischer Überzeugungen beschränkte, sondern sich auch auf die Wirkung erstreckte, die von dem Kunstwerk ausgeht, weil es, beredter als Worte, die geheimsten Regungen des Schaffenden spiegelt und weil das Bekenntnis, das er in Worten, Farben, Tönen und Marmor ablegt, ein weithin sichtbares Monument seiner Gesinnung ist. Aber darüber hinaus erstreckte sich, wie sie einsehen mußte, diese Verantwortlichkeit auch auf die geistige Haltung des Künstlers, der eindeutig und ohne Vorbehalte der öffentlichen Meinung, wenn sie irre geht, entgegentreten muß, weil er dazu berufen ist, der Mund der Stummen zu sein und das Auge der Blinden und das Herz der Fühllosen, weil er zum Führer im Geiste berufen ist, auf den sich die Augen der Schwachen und Schwankenden und Mutlosen heften, um sich offen oder im Geheimen um ihn zu scharen.

Unter dem Eindruck dieser Erkenntnis konnte für Ursula gar kein Zweifel darüber bestehen, daß sie dem wenig ehrenvollen Ruf, sich zwecks neuerlicher Prüfung ihrer Blätter in der Lehranstalt einzufinden, keine Folge leisten durfte, denn jäh und schmerzhaft kam es ihr zum Bewußtsein, daß künstlerische Überzeugungen nicht isoliert bestehen können, sondern daß sie untrennbar sind von der menschlichen Gesinnung und der geistigen Haltung des Künstlers, daß sie mit diesen zu einer Einheit verschmelzen, wie Farben, die man auf der Palette zu einem einzigen Farbton mischt. Wenn sie auch nur als Mensch den Abscheu, den die Ereignisse der letzten Wochen ihr einflößten, hinter Heuchelei versteckte, wenn sie sich auch nur den Anschein gab, den erfolgten Massenverhaftungen und dem Spitzelsystem, das jede frei Meinungsäußerung vollkommen drosselte, beizustimmen, an der aus Panik und Rausch gemischten Stimmung teilzuhaben und die schauerlichen Dinge, die sich, wie Gerüchte es wissen wollten, hinter Gefängnismauern und in Konzentrationslagern abspielten, gutzuheißen, übte sie Verrat an ihrer innersten Welt. Sie durfte also nicht nur als Künstlerin nicht gemeinsame Sache machen mit denen, die diesen entwürdigenden Zuständen Beifall zollten, sie durfte auch als Mensch den Ekel, den sie empfand, nicht länger hinter dem Schein der Zustimmung verbergen, weil sie damit zugleich an ihrer künstlerischen Sendung Verrat übte.

An Gelegenheit, ihren Mut zu bezeigen und sich dazu zu bekennen, daß sie verurteilte, was vorging, fehlte es ihr nicht, denn die Nachgiebigkeit, mit der ihr Vater sich seit einigen Wochen dem Diktat des Sohnes gefügt hatte, schien zu zerbröckeln, immer drohender wurde das Schweigen, das sich herabsenkte, sobald ihr Bruder das Zimmer betrat und jedes Wort, das in dieses Schweigen hineinfiel, konnte zum Zündstoff werden, dem unvermeidlich eine Explosion folgen mußte. Aber immer noch schwieg auch sie. Da gab ihr Bruder ihr das Stichwort, erhob sich nach beendeter Mahlzeit und erteilte in knappen Worten den Befehl, daß seine Angehörigen in einer Stunde bereit zu sein hatten, ihn zu einer Versammlung zu begleiten, bei welcher der Gauleiter, dessen Adjutant er sei, eine Rede halten würde. Das Auto sei bestellt. Auch ihr Vater war aufgesprungen. Sein Gesicht war verzerrt. »Ich muß ins Amt«, stieß er heiser hervor. »Mußt du?« fragte der Sohn spöttisch. Da hob der Vater den Arm, seine Hand ballte sich zur Faust, der Sohn sprang zurück, packte einen Stuhl und

hob ihn in die Höhe, und Ursula, die die beiden entsetzt anstarrte, schwieg immer noch. Da ertönte ein gellender Schrei,
und die Mutter, die bisher keiner beachtet hatte, glitt vornü-
ber zu Boden. Der erhobene Arm sank herab, zitternde Hände
setzten sachte den erhobenen Stuhl nieder. »Wasser«, verlangte
eine Stimme, »Cognac«, eine andere. Ursula öffnete das Kleid
der Ohnmächtigen, ihr Bruder stürzte aus dem Zimmer. Das
Mädchen wurde nach dem Arzt geschickt. Ursula netzte Stirn
und Gesicht der Bewußtlosen mit Wasser. Ihr Bruder kehrte
ins Zimmer zurück und die beiden Männer trugen die Ohnmächtige ins Schlafzimmer, wo sie wieder zu sich kam, noch
ehe der Arzt erschien, der vollkommene Ruhe verordnete, so
daß der geplante Besuch der Versammlung notwendigerweise
entfiel.

Als Ursula sich, während sie neben dem Bett der Mutter
saß und nachdenklich in das fahle Gesicht der Schlafenden
blickte, fragte, warum sie sich die Gelegenheit, ein Bekenntnis
ihrer wahren Gesinnung abzulegen, hatte entgehen lassen, warum sie angesichts eines so ungeheuerlichen Vorfalls gegen ihre
bessere Einsicht und gegen ihren Willen geschwiegen hatte,
mußte sie sich eingestehen, daß ihr immer noch die Angst im
Nacken saß, die ihr Bruder verstanden hatte ihr einzuflößen.
Sie hatte, warum es beschönigen, aus Feigheit geschwiegen.
Wie durfte sie je hoffen, fragte sie sich, das Ziel zu erreichen,
das sie sich als Künstlerin gesteckt hatte, wenn sie schon beim
ersten Schritt strauchelte, wenn sie es nicht wagte, aus dem
Schlupfwinkel, den sie sich aus Lügen zurechtgezimmert hatte, hervorzukommen, wenn sie dieser verächtlichen Schwäche
nachgab und sich immer tiefer in Heuchelei hineinverkroch.
Wie aber, fiel ihr ein, sollte sie dieses Ziel erreichen, wenn sie
sich *nicht* hinter Heuchelei verkroch.

Ursula hatte Zeit genug darüber nachzudenken, denn der
Zustand ihrer Mutter verschlechterte sich und die Kranke

mußte tagelang das Bett hüten. Ursula verbrachte Stunden und Stunden in dem dämmrigen Krankenzimmer, denn Umschläge mußten gewechselt, Medikamente verabreicht werden, aber auch die Sorge um die Mutter hielt Ursula dort fest, auch der Wunsch, ihrem Bruder auszuweichen, auch das Bedürfnis, ihren Gedanken nachzuhängen und eine Antwort zu finden auf die eine Frage, um die alle ihre Gedanken kreisten: Wie aber sollte sie dieses Ziel erreichen, wenn sie sich nicht hinter Heuchelei verkroch?

Je näher der Tag heranrückte, an dem sie sich in der Lehranstalt einfinden sollte, desto unruhiger wurde sie, denn so sehr sie auch darüber nachgegrübelt hatte, so hatte sie doch noch keine Antwort auf diese Frage gefunden. Als jedoch ihre Mutter das Bett verlassen durfte und zum ersten Mal wieder bei Tisch erschien und daher auch Ursula wieder ihren gewohnten Platz einnahm und ihrem Bruder gegenübersaß, begriff sie plötzlich, während sie seine Augen auf sich ruhen fühlte, daß sie keine Antwort gefunden hatte, weil es keine gab, begriff verstört, daß ihr, wenn sie nicht ein für allemal den Pinsel mit der Schreibmaschine, das Atelier mit einem Büro vertauschen wollte, nur dieser eine Weg offen stand, der durch diese Lehranstalt führte, weil die wachsamen Augen ihres Bruders jedem ihrer Schritte folgten, daß sie also darauf verzichten mußte, Malerin zu werden, wenn sie nicht bereit war zu heucheln, Konzessionen zu machen und an ihrer künstlerischen Sendung Verrat zu üben. Damit hatte sie bisher nicht gerechnet, und der Gedanke betäubte sie förmlich, denn sie wußte, daß sie sich selbst aufgab, wenn sie es aufgab, Malerin zu werden. Sie mußte wählen und sie hatte keine Wahl. Sie war verloren, wenn sie dem Ruf Folge leistete, sie war verloren, wenn sie Vorsicht leistete, weil ein Künstler, der seine Überzeugung aufgibt, ganz ebenso wie ein Künstler, der nicht schaffen darf, kein Künstler mehr ist.

Sie hatte also zwischen zwei Übeln zu wählen und wie immer sie wählte, versündigte sie sich gegen sich selbst. Sie durfte sich daher, schien ihr, fragen, welches von beiden das geringere Übel sei. Daß diese Frage schon der erste verhängnisvolle Schritt war, mit dem sie einen abschüssigen Pfad betrat, kam ihr nicht zum Bewußtsein. Sie erlaubte ihr, die Argumente zu suchen, die sie finden wollte. Es waren fadenscheinige Argumente, aber für sie verwandelten sie sich in triftige Gründe, denn es war keine leichte Aufgabe für sie, ihr künstlerisches Gewissen zum Schweigen zu bringen, und triftige Gründe waren es, was sie brauchte.

War sie nur eine Abtrünnige, wenn sie künstlerische Konzessionen machte, fragte sie sich, oder war sie nicht vielmehr erst eigentlich eine Abtrünnige, wenn sie Pinsel und Palette von sich warf und fahnenflüchtig wurde, bloß weil der Preis, der für den Freiplatz gefordert wurde, ihr zu hoch erschien? Denn Fahnenflucht war es, warum sollte sie es beschönigen, wenn sie das, was ihr zu tun auferlegt war, wozu sie berufen war, wie eine lästige Bürde abwarf, war es auch noch, wenn sie es Vorsicht nannte. Wenn sie das Ziel, das ihr gesetzt war, nur auf krummen Wegen erreichen konnte, dann mußte sie, wie hatte sie nur je daran zweifeln können, krumme Wege gehen. Als Verfemter konnte man enden, aber nicht beginnen.

Diese Argumente im Ohr machte sich Ursula, die Mappe unterm Arm, auf den Weg, um dem Ruf Folge zu leisten, dem sie noch vor wenigen Tagen nicht Folge leisten zu dürfen geglaubt hatte. Daß sie damit schon den zweiten verhängnisvollen Schritt auf dem abschüssigen Pfad machte, der steil in bodenlose, mystische Finsternisse abstürzte, kam ihr nicht zum Bewußtsein, denn ihr Blick war starr auf das Ziel gerichtet und achtete nicht des Weges.

Der neue Leiter der Lehranstalt, der sie empfing, ein verhältnismäßig noch junger Mensch, hatte ein helles, brennendes Gesicht, das langes, strohfarbenes Haar umrahmte, ein schmales, asketisches Gesicht, das eine Flamme von innen her aufzuzehren schien, und helle Augen, in denen jener fanatische Glanz glühte, der denen eigen ist, die eine Mission zu erfüllen haben.

Als sie eintrat, ließ er lange seinen durchdringenden Blick prüfend auf ihr ruhen, dann bat er sie Platz zu nehmen, verlangte ihr Parteibuch zu sehen, und erst als sie dieser Aufforderung Genüge geleistet hatte, schlug er die Mappe auf und begann darin zu blättern.

Ursulas Augen ließen sein Gesicht nicht los, versuchten darin zu lesen, versuchten es dabei zu ertappen, daß es den Eindruck verriet, den ihre Arbeiten auf ihn machten, die Meinung, die er sich über ihre Begabung bildete, aber in seinem Gesicht regte sich kein Zug, es glich einer Maske.

Eingehend betrachtete er Blatt für Blatt, ohne auch nur eine einzige Frage an sie zu richten, nahm dieses noch einmal vor und jenes, blätterte noch einmal alle durch, dann schloß er schweigend die Mappe und seine Blicke schweiften nachdenklich in unendliche Fernen ab.

Von Minute zu Minute wuchs Ursulas Unruhe und verwandelte sich unversehens in Verzweiflung, während dieses beharrliche, dieses furchtbare Schweigen sich wie ein Alpdruck auf sie herabsenkte, ihr den Atem benahm, sie würgte. Schon gab sie alles verloren, da kehrte sein Blick aus Traumfernen zu ihr zurück und blieb an ihr haften.

»Eine wunderbare Gabe ist Ihnen verliehen, und was haben sie daraus gemacht?« sagte er endlich. »Ihnen sind Augen gegeben, aber was sehen Sie? Visionen, die zu nichts taugen, als Unfug anzurichten, zur Unzufriedenheit aufzureizen, Halluzinationen einer entarteten Phantasie. Ihnen ist ein Herz gegeben, aber was fühlen Sie? Mitleid, wo Grausamkeit not tut, weil Grausamkeit tiefstes Mitleid ist. Ihnen sind begnadete

Hände gegeben, aber was tun Sie? Sie führen den Pinsel, als wäre er nichts als ein Pinsel. Haben Sie denn nicht verstanden, was um Sie vorgeht, oder wollen Sie es nicht verstehen?«

So leidenschaftlich war die Stimme, die diese Worte sprach, daß Ursula ihr hingerissen lauschte. Die leisen Bedenken, die sich noch in ihren Entschluß gemischt hatten, als sie sich auf den Weg machte, verstummten. Eine solche Stimme, fühlte sie, konnte nicht lügen. Vielleicht hatte sie wirklich nicht verstanden, was vorgegangen war, hatte es nur deshalb nicht verstehen wollen, weil es sich so häßlich in dem verzerrten Gesicht ihres Bruders gespiegelt hatte. In diesem Gesicht spiegelte es sich als verklärter Widerschein eines inbrünstigen Glaubensbekenntnisses, und schon war sie bereit, sich belehren zu lassen. »Ich möchte es verstehen«, stammelte sie.

Er erhob sich. Er stand auf dem Podium, das seinen Schreibtisch trug, wie auf der Kanzel, ein blonder Savonarola, und sein Arm, den er vorstreckte, schien eine flammende Fackel zu halten. So begann er zu sprechen, entrückten Gesichts: »Vielleicht kann es keiner verstehen als der eine, der uns führt. Wir sind zu klein, um seine Größe zu verstehen. An uns ist es, zu glauben, inbrünstig und ohne dem leisesten Zweifel Raum zu gönnen. Wir waten durch Blut und uns schaudert, kleinmütig wie wir sind. Er schaudert nicht, denn er sieht nur das Ziel, das tausendjährige Reich, das er uns schenken will. Er schenkt es uns, wie nur Könige schenken, als den Gedanken, den nur einer fassen kann. An uns ist es, diesen Traum der Macht in Wirklichkeit zu verwandeln, ihn uns zu erkämpfen. Jedes Gefühl muß zum Fanfarenruf werden, jeder Gedanke zum Messer, jede Feder zum Degen, jeder Fiedelbogen zum Schwert. Tauchen Sie Ihren Pinsel in Blut ein, dann wird er malen, was ein Pinsel malen soll: Zukunft. Unsere Zukunft.« Er schwieg erschöpft.

Ursulas Augen waren feucht. Nicht die Worte hatten sie bezwungen. Die lodernde Leidenschaft eines unerschütterlichen Glaubens hatte ihr Herz entzündet. »Ich will es tun«, versprach sie erschüttert. Noch ganz benommen griff sie nach ihrer Mappe und wollte sich verabschieden.

Da ließ er noch einmal lange seinen durchdringenden Blick prüfend auf ihr ruhen, durchforschte ihr Gesicht Zug um Zug, und als er auch nicht die leiseste Erinnerung an den Freiplatz darin entdecken konnte, sagte er: »Sie sollen den Freiplatz haben.«

Was dieser Entscheidung folgte, ob sie Worte des Dankes stammelte, ob sich ihr eine Hand entgegenstreckte, die sie ergriff, oder ob sie nur einfach davonstürzte, erreichte ihr Bewußtsein nicht. Erst später, viel später ertappte sie sich dabei, daß sie durch die Straßen irrte, nein, nicht irrte, denn ihre Füße, schien ihr, berührten den Boden nicht. Flügel trugen sie. Sie schwebte in einer Wolke aus Glück. Aber es war nicht der Freiplatz, an den sie dabei dachte. Was sie berauschte, war der Überschwang, der jeder Bekehrung folgt. Sie war nicht länger eine Ausgestoßene, sie durfte sich wieder eins fühlen mit denen, die in dem Boden wurzelten, in dem sie wurzelte. Sie war in die Irre gegangen und eine gütige Hand hatte sie heimgeführt.

Als sie an diesem Tag nach Hause kam und, die Mappe mit den Zeichnungen und Aquarellen unterm Arm, selig erregt ins Zimmer stürmte, bot sich ihren Augen und Ohren eine erschütternde Szene dar. Der Sohn, dem Blut aus der Nase quoll, das vermutlich von einem Faustschlag ins Gesicht herrührte, umklammerte mit beiden Händen den Hals des Vaters und keuchte, während der Angegriffene sich röchelnd zur Wehr setzte: »Das sollst du bereuen. Du dachtest, daß ich meinen eigenen Vater nicht … Du dachtest, daß ich vergessen habe, daß es für deinesgleichen Konzentrationslager gibt? Du hast dich verrechnet, und bereuen sollst du es, bereuen.«

Diesmal trennte kein gellender Schrei die Unversöhnlichen, denn die Mutter war nicht im Zimmer, aber Ursula ließ die Mappe fallen, sprang auf die beiden zu, wie ein wildes Tier sich auf seine Beute stürzt, und biß ihren Bruder in den Arm, bis er aufheulend losließ und sich wie rasend gegen sie kehrte, während der Vater erschöpft auf einen Stuhl sank. Aber vor dem Gesicht der Schwester wich der junge Mensch verstört zurück. Es war ein Gesicht, das er nicht kannte, ein fanatisches und zugleich verklärtes Gesicht, das wie eine Fackel flammte. »Du wagst es, du«, rief sie, »den Vater anzurühren? Wer denn als du trägt die Schuld daran, daß er an das, was uns verheißen ist, nicht glauben konnte? Wer denn als du trug die Schuld daran, daß ich nicht daran glauben konnte, ehe nicht einer, der reinen Herzens ist, mein zweifelndes bekehrte. Du bist das Blut, durch das wir waten müssen, du bist der Mörder, den wir dingen müssen und vor dem uns graut. Nutznießer bist du und Werkzeug, weiter nichts.«

Während Ursula sprach, drückte sich ihr Bruder scheu die Wand entlang, und noch ehe sie geendet hatte, erreichte er mit einem Satz die Tür und stürzte davon.

Noch einen Augenblick lang zögerte Ursula, um ganz gewiß zu sein, daß ihr Vater seine Haltung zurückgewonnen hatte. Dann erst blickte sie ihn an und lächelte ihm zu.

Der Tag, an dem Ursula, infolge verspäteter Erledigung ihres Gesuches um einen Freiplatz lange nach Beginn der Kurse, zum ersten Mal einen der Zeichensäle betrat, sollte ihr einiges zu denken geben. Sie hatte nur eben das kurze Verhör hinter sich, dem der Lehrer sie als Neuankömmling unterworfen hatte, und hatte gerade den Platz, den er ihr zugewiesen hatte, eingenommen, als sich die Tür öffnete und der Schulwart eintrat, der mit dem Lehrer einige Worte wechselte. Dann wurde ein Name aufgerufen und dem Aufspringenden in sonderbar barschen Worten mitgeteilt, daß er sich unverzüglich beim Leiter der Lehranstalt einzufinden habe. Ursulas Augen folgten mechanisch den Blicken der andern, die sich auf den hefteten, an den diese barschen Worte gerichtet waren, und blieben bestürzt an einem Gesicht haften, das sich grünlich verfärbt hatte. Als der junge Mensch mit schwankenden Schritten vom Schulwart gefolgt den Raum verlassen hatte, senkte sich sekundenlang eine geradezu bedrückende Stille auf die Zurückgebliebenen herab. Erstaunt und ein wenig beunruhigt bemerkte Ursula, daß Zeichenstifte zwischen kraftlosen Fingern zitterten, hier eine Hand den Stift krampfhaft umklammerte, dort eine andere, der er entglitten war, wie gelähmt auf dem Tisch lag, daß sich unter dem Gewicht dieser Stille alle Köpfe tief über Zeichenblock und Skizzenbuch beugten, und sie erriet, daß jeder bestrebt war, Gefühle zu verbergen, die sich im Gesichtsausdruck verräterisch spiegeln mochten. Noch konnte sie weder die Erregung verstehen, die so offensichtlich alle ergriffen hatte, noch den Vorfall selbst, auch nicht, als etwas später neuerlich der Schulwart erschien, Mantel und sonstige Habseligkeiten des Verschwundenen übernahm und sich damit wortlos entfernte. Unverständlicher noch fand sie es, daß sich zu Beginn der Pause jeder einzelne hinter einer schrillen, offensichtlich erkünstelten Heiterkeit verschanzte, in die sich zuweilen hysterisches Gelächter mischte, während das, was sich ereignet hatte und was anscheinend noch jedem einzelnen in den Gliedern saß, auch nicht mit einem einzigen Wort berührt wurde. Aber vollends verwirrte es sie, daß die Frage, was für eine Bewandtnis es denn mit dem ihr unverständlichen Auftritt eigentlich habe, die sie an diesen oder jene, mit denen sie ins Gespräch kam, richtete, vollkommen taube Ohren fand, daß die eine, statt zu antworten, sie einfach stehen ließ und sich unter die andern mischte, daß ein anderer, um sich die Antwort zu ersparen, von ganz belanglosen Dingen zu reden anfing, und daß schließlich, geheimnisvoll gewarnt, jeder ihr auszuweichen schien, zweifellos um der unbequemen Frage auszuweichen.

Dieser Frage, mit der sie allem Anschein nach unbewußt einen heiklen, vielleicht sogar einen wunden Punkt berührt hatte, schrieb Ursula das Mißtrauen zu, das sie in den nächsten Tagen zu fühlen bekam, das in jedem Blick flackerte, dem der ihre begegnete, sich hinter jeder Frage lauernd versteckte, sich tückisch in jedes Lächeln mischte und auch noch hinter den harmlosesten Bemerkungen im Hinterhalt zu liegen schien. Erst einige Wochen später, als sie schon mit der einen oder dem andern auf vertrauterem Fuße stand, öffnete ein an sich geringfügiger Vorfall ihr die Augen. Sie betrat den dunklen und winkeligen Korridor, der zu einem der Waschräume führte, und hörte, daß ihr Name genannt wurde. Da sie die Stimme, die ihn nannte, als die einer jungen Person erkannte, die sich sehr darum bemühte, ihre Freundschaft zu gewinnen, glaubte sie sich angerufen, blieb stehen und blickte sich suchend um. Zu ihrer Bestürzung jedoch fuhr die Stimme fort: »Das ist natürlich kein Beweis, aber man muß sie im Auge behalten. Ich trau ihr nicht über den Weg.«

Ursula widerstand der zornigen Versuchung, sich bemerkbar zu machen und die andere zur Rede zu stellen. Ihr Instinkt sagte ihr, daß sie dabei nichts gewinnen, aber viel verlieren konnte, daß sie die andere in Sicherheit wiegen mußte, wenn sie hinter ihre Schliche kommen wollte, und sie zog sich daher lautlos zurück. Dieser Vorfall, der sie vorerst nur in der Annahme bestärkte, daß sie sich ganz unerklärlicherweise das allgemeine Mißtrauen zugezogen hatte, zwang sie dazu, etwas mehr auf ihrer Hut zu sein und die Augen offen zu halten. So kam es, daß sie zugleich erleichtert und bestürzt erkannte, daß sich dieses Mißtrauen keineswegs auf sie beschränkte, sondern sich vielmehr gegen alle und jeden kehrte, ausnahmslos, daß jeder einzelne förmlich davon besessen war und daß es alle zu einer unheimlichen, einer geradezu grotesken Solidarität zusammenschweißte. Denn keiner wagte es, auch nur einen einzigen der andern lange aus den Augen zu verlieren, einer beobachtete verstohlen den andern und wurde von ihm verstohlen beobachtet, oder vielmehr, jeder belauerte jeden und wurde von jedem belauert, und wem man am meisten mißtraute, um den scharten sich die meisten.

Dieser Argwohn, mit dem einer den andern betrachtete, ließ, schien es Ursula, nur eine Deutung zu. Es mußten sich Dinge ereignet haben, die vermuten, die befürchten ließen, daß ehedem gemachte, längst bereute, vertrauliche Äußerungen denen zu Ohren gekommen waren, für die sie nicht bestimmt waren, daß sich dieser oder jener unter ihnen befand, der, sei es aus Fanatismus, sei es, um einem Groll, den er hegte, ein Ventil zu schaffen, sei es, weil er dafür bezahlt wurde, den Aufpasser machte. Da erinnerte sie sich auch schon an das grünlich verfärbte Gesicht, dessen Anblick sie so beunruhigt hatte, und endlich konnte sie sich aus allen diesen Wahrnehmungen halb und halb zusammenreimen, daß es sich bei dem damals erlebten Vorfall um jene Maßnahmen gehandelt haben mußte, die ergriffen wurden, um sich unverläßliche oder auch nur unwillkommene Elemente vom Halse zu schaffen, und die man Säuberungsaktion nannte.

Diese ungesunde Atmosphäre, die das angestaute Mißtrauen, das sich beständig hinter einer gemachten, schrillen Heiterkeit versteckte, förmlich durchtränkte, erfüllte Ursula mit einem Unbehagen, das künstlerischer Arbeit nicht eben förderlich war, wie sie fühlte. Aber nicht nur dieses Unbehagen lähmte ihre Phantasie, hemmte ihre Hand und trübte ihren Blick. Es war, noch wollte sie es nicht wahrhaben, die Aufgabe, die ihr gestellt wurde, die nach und nach die schlafwandlerische Sicherheit erschütterte, die bisher ihre Augen und ihre Hände beseelt hatte. Die Gestaltung der inneren Wahrheit der Dinge, die allein sie erschauen konnte, während die äußere Form für sie transparent wurde, ihrer inneren Wirklichkeit, der sie bisher bedenkenlos die äußere untergeordnet hatte, ohne davor zurückzuschrecken, Farbe, Umriß und Perspektive umzuwerten, wo immer eines oder das andere die Vision zu verfälschen drohte, wurde ihr als entartet verwiesen. Sie habe sozusagen den Boden unter den Füßen verloren, wurde ihr geheimnisvoll bedeutet, mußte erst in die Erde hineinwachsen, Wurzel schlagen in der Scholle, aus der allein ihr jene mystischen Kräfte zuströmen konnten, die ihr fehlten.

Diese Rüge, oder wie man es nennen will, war keineswegs dazu angetan, das allgemeine Mißtrauen, insoweit es sich gegen sie richtete, zu vermindern, hatte vielmehr zur Folge, daß die einen oder die andern noch stärker von ihr abrückten. Umso dankbarer stimmte es sie, ab und zu einen bewundernden Blick auf sich ruhen zu fühlen, der es jedoch offensichtlich vermied, dem ihren zu begegnen. Es war keineswegs ein Mensch, dessen Äußeres bestechend war und dem sie Gleiches mit Gleichem zu vergelten irgendwelche Neigung verspürte, der ihr seine Aufmerksamkeit schenkte. Aber es beruhigte sie ungemein, die Nähe eines Menschen zu spüren, zu dem sie allem Anschein nach Vertrauen haben durfte.

Sie sollte bald genug der Versuchung erliegen, dieses Vertrauen auf die Probe zu stellen, denn ein ganz sonderbares

Erlebnis, das sie hatte, erschreckte sie zutiefst. Sie ging durch den düsteren Korridor, der zu dem Waschraum führte, als sie plötzlich eine Stimme vernahm, die ihr zuflüsterte, »Sie werden beobachtet«. Sie drehte sich bestürzt um, aber niemand war zu erblicken. »Sie können mich nicht sehen«, fuhr die unheimliche Stimme fort, die aus der Wand hervorzudringen schien, »aber ich sehe Sie, und ich sehe Sie, wenn Sie es am wenigsten vermuten. Vergessen Sie das nie.« Von Panik ergriffen stürzte Ursula hinaus, während das Hohngelächter, das der Unsichtbare anstimmte, ihr in den Ohren gellte. Als sich kurz darauf, nach Beendigung des Unterrichtes, alles zu den Waschräumen drängte, näherte sie sich zum ersten Mal jenem jungen Menschen und stieß heiser vor Erregung hervor: »Ich muß mit Ihnen sprechen.« »Nicht hier«, entgegnete er, ohne sie anzublicken, und ging weiter. Verdutzt blickte sie ihm nach, dann folgte auch sie den andern.

Erst als sie den Autobus, mit dem sie heimfuhr, verließ, erblickte sie ihn wieder. Sie eilte auf ihn zu: »Woher wissen Sie, wo ich wohne?« fragte sie bestürzt. Er lächelte nur, aber dieses Lächeln, in dem sich Güte und eine leise und überlegene Ironie seltsam mischten, verwandelte so sehr sein Gesicht, daß sie es zum ersten Mal zu erblicken vermeinte. Aber schon witterte sie hinter diesem Lächeln eine Falle, glaubte, daß er sich damit in ihr Vertrauen einschleichen wolle. »Warum wollten Sie dort nicht mit mir sprechen?« fragte sie, und im Klang ihrer Stimme verriet sich verhaltener Argwohn. Er blickte sie forschend an und sein Gesicht erlosch. »Es ist besser so«, murmelte er. Dann gingen sie schweigend nebeneinander her einem nahen Park zu, wo sie bei so unfreundlichem Wetter damit rechnen durften, einigermaßen ungestört zu sein.

»Was wollten Sie mir sagen?« fragte er endlich, nachdem er sich mit einem Blick vergewissert hatte, daß kein Lauscher in der Nähe sei.

Ursula schwieg. Sie konnte nicht mehr verstehen, wie sie nur daran hatte denken können, diesem Menschen, den sie nicht kannte, ihr unheimliches Erlebnis anzuvertrauen, sich vielleicht mit diesem Geständnis in seine Hand zu geben. Sie versuchte verzweifelt, sich irgend etwas auszudenken, was sie ihm sagen konnte und was glaubhaft genug klang, um ihre so fassungslos vorgebrachte Bitte um eine Unterredung zu rechtfertigen. »Ich habe …«, begann sie zögernd und wußte nicht weiter.

»Sie haben die Stimme gehört«, sagte er leise, um ihr das Geständnis, das ihr, wie er glaubte, so schwer fiel, abzunehmen.

»Woher wissen Sie …?« stammelte sie entsetzt, wich zurück und starrte ihn mißtrauisch an.

Er schien es nicht zu bemerken. »Man konnte es Ihnen ansehen, wie man es jedem ansehen kann, der sie hört«, erwiderte er.

»Auch andere haben sie gehört, auch Sie?« flüsterte sie erleichtert.

»Wir nennen sie die Stimme unseres Gewissens«, fuhr er fort, »denn nur der bekommt sie zu hören, dessen Begeisterung nachzulassen beginnt, dessen Eifer erlahmt, bekommt sie in eben dem Augenblick zu hören, in dem es ihm wie Schuppen von den Augen fallen will, und gerade noch rechtzeitig, ehe er auf den Gedanken verfällt, daß etwas faul im Staate Dänemark sei.«

Ursula verfärbte sich. »Aber ich habe doch nicht«, stotterte sie, »ich schwöre Ihnen, ich habe nicht …« Die Stimme versagte ihr vor Entsetzen.

»Der Unsichtbare, dessen Stimme Sie vernommen haben, weiß, was Sie denken, noch ehe Sie selbst es wissen«, versetzte er.

»Wer sind Sie?« rief Ursula außer sich, diesmal völlig übermannt von dem Argwohn, daß er sie nur aushorchen wolle, auch wenn sie es war, die ihn, und nicht er, der sie um diese

45

Unterredung gebeten hatte. »Wer sind Sie?« wiederholte sie noch heftiger, »und was wollen Sie von mir?«

»Ich will Sie warnen«, entgegnete er. »Sie haben es nötig.«

Seine Stimme hatte einen so beschwörenden Klang, daß sie beschämt die Augen niederschlug und ihm stumm Abbitte leistete für den eben gehegten Verdacht. Dann blickte sie sich scheu um und flüsterte verstört: »Ich habe Angst, Angst.«

»Aber durchschauen Sie denn noch immer nicht den Trick?« flüsterte auch er. »Das ist es doch eben, was man bezweckt. Wer Angst hat, ist ihnen verfallen. Angst macht Augen blind, die sehen könnten, macht Ohren taub, die hören könnten, und Hände, die helfen könnten, lähmt sie. Herzen, die sie erfüllt, schlagen wild, aber nicht für andere. Begreifen Sie denn nicht, daß Sie keine Angst haben *dürfen*?«

Ursula glaubte sich verhört zu haben. Hinter einem so ungeheuerlichen Geständnis mußte eine Absicht stecken. »Ich verstehe Sie nicht«, murmelte sie, um Zeit zu gewinnen.

»Doch, Sie wissen ganz genau, was ich meine«, widersprach er. »Nur glauben Sie, daß ich notwendigerweise ein Falschspieler bin, weil ich meine Karten offen auf den Tisch lege, kurz, daß ich Sie in die Hand bekommen will, weil ich mich anscheinend in Ihre Hand gebe. Aber Sie vergessen, oder vielleicht wissen Sie es gar nicht, daß es nicht den geringsten Unterschied macht, ob Sie etwas auf dem Kerbholz haben oder nicht, wenn Sie denunziert werden. Wer denunziert, liefert den Vorwand, weiter nichts. Zugepackt wird nur, wenn man zupacken *will*.«

Eine Weile gingen sie schweigend nebeneinander her. Er schien auf ein Wort von Ursula zu warten, das jedoch ausblieb. Endlich begann er wieder zu sprechen, gestand ihr, daß er sie um eine Unterredung gebeten hätte, wäre sie ihm nicht zuvorgekommen, denn sie bedürfe dringend einer Warnung. Sie dürfe sich nicht länger so sehr von allen andern absondern, dürfe ihr Mißtrauen und ihre Verwirrung nicht so offen zur Schau tragen. Es sei unbedingt nötig für sie, sich mit dieser und jenem, er nannte die Namen, anzufreunden, denn diese seien es, vor denen sie am meisten auf ihrer Hut zu sein habe, nur im Gespräch mit ihm dürfe sie sich nicht ertappen lassen, er habe gute Gründe dafür, das könne sie ihm glauben, heimliche Zusammenkünfte vorzuschlagen, denn er hoffe, fügte er flehend hinzu, daß er sie zuweilen sehen dürfe, wie heute, und er schloß mit der Bitte, sie möge ein wenig Vertrauen zu ihm haben.

Ursula, völlig unter dem Bann seiner Worte und vielleicht auch von dem eindringlichen Klang seiner Stimme bezwungen, versprach es. Aber schon wenige Minuten später, als sie sich, ehe sie die schützende Dunkelheit des Parkes verließen, eben getrennt hatten, kamen ihr wieder Bedenken. Das Mißtrauen, das sich seit Wochen in ihrem Herzen angesammelt und eingenistet hatte, erhob neuerlich seine Stimme und warnte sie.

Nur wenige Tage später erblickte sie ihn wieder, als sie den Autobus verließ, und immer häufiger fand er sich zu dem abendlichen Spaziergang ein. Schon vermißte sie ihn, wenn er nicht kam, schon wurden ihre Gespräche persönlicher. Sie erfuhr, daß er unter unsäglichen materiellen Schwierigkeiten die Mittelschule absolviert hatte, sodann begonnen hatte, Medizin zu studieren, das Studium jedoch nach der zweiten Staatsprüfung endgültig an den Nagel gehängt hatte, um Maler zu werden, bereit, sich durchzuhungern. Gespräche über Kunst waren das erste Band, das sie inniger verknüpfte.

Inniger noch verknüpfte sie der Frühsommer, der einem kalten und unfreundlichen Frühling folgte und ihnen strahlendere Tage bescherte, als Ursula je erlebt zu haben glaubte. Aber vielleicht war es gar nicht die Sonne, die über jede Blume, jeden Halm einen so überirdischen Glanz hinschüttete, vielleicht war es nur der Widerschein des beglückenden Gefühls der Geborgenheit, das sie erfüllte, wenn sie neben ihm durch

Wiesen und Wälder wanderte oder neben ihm im Grase lag und hingerissen seiner Stimme lauschte, denn seine Stimme, die auch noch den unbeträchtlichsten Bemerkungen einen so bestrickend zärtlichen Klang verlieh, berührte sie tiefer noch als seine Worte, hüllte sie in einen Nebel aus unbestimmter Glückseligkeit ein. Sie bemerkte es kaum, als sich auf einem dieser Spaziergänge unversehens das Sie in ein Du verwandelte.

Noch kam es Ursula nicht zum Bewußtsein, daß sie mehr als Freundschaft für ihn empfand. Erst ein furchtbares, ein tragisches Ereignis sollte sie darüber belehren, daß sie seiner zutiefst bedurfte. Sie hatte sich inzwischen, von seinen Ratschlägen geleitet, einigermaßen in die verwirrende und bedrückende Atmosphäre, die in der Lehranstalt herrschte, eingelebt, und das Gefühl der Sicherheit, das ihr abhanden gekommen war, begann sich eben wieder schüchtern in ihr zu regen, da sollte sie noch einmal die unheimliche Stimme vernehmen, die sie schon einmal so ganz aus der Fassung gebracht hatte. Aber diesmal ertönte sie nicht in dem dunkeln Korridor und nicht für sie allein. Diesmal ertönte sie mitten im Unterricht im Zeichensaal, über den zwei Dutzend Köpfen, die entsetzt auffuhren, und während Gesicht um Gesicht zu einer aschgrauen Maske aus Grauen erstarrte, während Hände sich um Stuhllehnen krampften oder schlaff herabsanken, rief sie, ein in gespenstischen Klang verwandeltes Menetekel, einen Namen auf. Der Aufgerufene erhob sich taumelnd. Erst dann öffnete sich die Tür und der Schulwart trat ein, wechselte einige Worte mit dem Lehrer und ersuchte den Taumelnden, ihm zu folgen. Da geschah das Furchtbare. Ein Schuß fiel. Was folgte, läßt sich nur als ein Nacheinander und nicht in seiner Gleichzeitigkeit beschreiben. Alles sprang auf, hysterische Schreie ertönten, der Schulwart stürzte vorwärts, um sich seiner Beute zu versichern, die bereits röchelnd auf dem Boden lag. Der Lehrer stützte sich schwer auf seinen Tisch und seine

Züge zerbröckelten zu einem Ausdruck ungläubigen Entsetzens. Erst einige Sekunden später bemerkte jemand, daß eine junge Person ohnmächtig geworden war. Sie wurde hinausgetragen. Das gab den Anstoß dazu, alle Personen weiblichen Geschlechts, von denen einige immer noch hysterisch kreischten und schluchzten, nach Hause zu schicken.

Ursula war so benommen, als sie sich plötzlich auf der Straße befand und kaum wußte, wie sie hingekommen war, daß es ihr gar nicht einfiel, nach Hause zu fahren. Mechanisch bog sie in eine Seitenstraße ein, ging ziellos weiter. Sie versuchte nicht, diese Benommenheit abzuschütteln, sie gab sich vielmehr ganz hin, denn sie erlaubte ihr, das eben Erlebte für einen bösen Traum zu halten. Sie flüchtete sich förmlich in diesen Zustand der Betäubung hinein, nur um nicht denken zu müssen, um es wenigstens hinauszuschieben, sich mit diesem furchtbaren Erlebnis auseinandersetzen zu müssen, denn in ihres Herzens Herzen ahnte sie, daß sie früher oder später die entscheidende Frage an sich richten mußte, welche Konsequenzen sie aus dem bedauerlichen Vorfall zu ziehen habe. Aus dieser Ahnung heraus formte sich der erste Gedanke in ihrem von Entsetzen ausgehöhlten Gehirn und es fiel ihr ein, daß sie besser daran getan hätte heimzufahren, da ihr Freund, dessen tröstlichen Rat sie noch nie so dringlich wie eben jetzt benötigt hatte, sie vielleicht erwartet hatte. Aber vielleicht hatte sie auch nur seine Nähe gefühlt und hatte nur dieses Gefühl ihr den Gedanken eingegeben, denn schon hörte sie ihn sagen: »Ich wollte dich heute nicht allein lassen.«

So unvermutet von dem Klang seiner Stimme berührt, löste sich ihre Erstarrung und zwar so jäh, daß sie alle Fassung verlor, sich an ihn klammerte, in Tränen ausbrach und schluchzend ausrief: »Ich halte es nicht mehr aus, ich halte es nicht mehr aus.«

»Nimm dich zusammen«, sagte er schroff und umschloß

ihr Handgelenk mit einem so eisernen Griff, daß der Schmerz sie einigermaßen zur Besinnung brachte. Dann setzte er ihr in hastigen und überstürzten Worten auseinander, daß es mit Rücksicht auf den überreizten Zustand, in dem sie sich verständlicherweise befand, nicht ratsam sei, das Gespräch auf der Straße fortzusetzen, wo jeder leiseste Mangel an Beherrschung die Aufmerksamkeit der Vorübergehenden auf sich ziehen müsse, wo jeder unbedachte Ausruf, der einem entschlüpfe, ein lauschendes Ohr erreichen könne. Übrigens sei auch ihm die Sache in die Glieder gefahren und er fürchte, er könne nicht einmal für sich selbst ganz einstehen. Sie hätten daher, seiner Meinung nach, nur die Wahl, entweder die Aussprache, die ihnen beiden am Herzen liege, für heute abzubrechen und sie auf so lange zu verschieben, bis sie beide ruhiger waren, oder das Gespräch auf seinem Zimmer fortzusetzen. Die Entscheidung läge selbstverständlich bei ihr.

Einen Augenblick lang zögerte Ursula, schien unschlüssig, aber sie bedurfte so sehr seines Rates und seines Trostes, daß dieses Bedürfnis alle ihre Hemmungen überwand, und sie erklärte sich bereit, das Gespräch auf seinem Zimmer fortzusetzen. Dann winkte er ein Auto heran.

Erst als Ursula schon sein Zimmer betrat, das halb Dachstube, halb Atelier war, und in diesem Raum, in dem sich sein Leben abspielte, doppelt nah seine Nähe fühlte, wurde ihr bewußt, daß es nicht sein Rat, nicht sein Trost war, deren sie bedurfte, nur seine Nähe, daß es sie nur darnach verlangte, sich besinnungslos in seine Arme stürzen zu dürfen. So jäh leuchtete diese Gewißheit in ihrem Herzen auf, daß jede Erinnerung darin erlosch, auch die Erinnerung an den Toten, und sie begann zu zittern. Aber sie zitterte nicht vor ihm, nur vor sich selbst.

»Was ist dir?« fragte er heiser, und dann hielten sie sich auch schon umschlungen und Mund suchte Mund.

Nach einer Weile machte er sich sanft los und sagte mühsam: »Erst sollst du wissen …«

»Ich will nur wissen, ob du mich liebst, weiter nichts«, unterbrach ihn Ursula und lächelte selbstvergessen.

»Und der Tote?« fragte er.

»Welcher Tote?« fragte Ursula verwundert.

Dann schwiegen beide.

»Warum hast du mich daran erinnert?« flüsterte Ursula erloschenen Gesichts.

»Wolltest du denn nicht wissen, warum er gestorben ist?« fragte er leise.

»Weißt du es denn?« schrie Ursula auf.

»Ich weiß es«, gestand er.

»Warum?« rief Ursula außer sich. »Warum? War das, was ihm bevorstand, furchtbarer als der Tod?«

»Furchtbarer«, entgegnete er tonlos. »Furchtbarer, wenn er entschlossen war, keine Namen zu nennen.«

»Ich verstehe dich nicht«, stammelte Ursula.

»Die Namen seiner Mitschuldigen«, erklärte er.

Ursula starrte ihn verstört an und wich langsam zurück. »Woher weißt du das?« fragte sie fast unhörbar.

Er hielt ihren Blick aus und gestand tonlos: »Mein Name war darunter.«

Einen Augenblick lang schloß Ursula die Augen, dann stürzte sie sich in seine Arme hinein.

Der Selbstmord im Zeichensaal hatte sich etwa vierzehn Tage vor Beginn der Sommerferien zugetragen und da es Ursula davor graute, in diesen Raum zurückzukehren, in dem sich die Tragödie abgespielt hatte und es sich kaum verlohnte, einer so kurzen Zeitspanne wegen dieses Grauen zu überwinden, hatte sie halb und halb daran gedacht, eine Erkrankung vorzuschützen und sich vor Kursschluß nicht mehr blicken zu lassen. Diesen Gedanken ließ sie zwar fallen, ehe sie ihn auch nur zu Ende gedacht hatte, weil sie nicht darauf verzichten wollte, ganze Tage lang die beglückende Nähe eines Menschen zu fühlen, den sie liebte, aber keinesfalls hätte sie es über sich gebracht, den Schauplatz dieser schauerlichen Szene schon am nächsten Tag wieder zu betreten, hätten nicht die dringlichen Vorstellungen, die ihr Freund ihr machte, ehe sie ihn an jenem Abend verließ, sie davon überzeugt, daß es unumgänglich war, sich nach dem erschütternden Ereignis wieder einzufinden, wollte sie nicht den gefährlichen Verdacht erwecken, mit dem Toten zu sympathisieren.

Auch die andern hatten sich offenbar von ähnlichen Vorstellungen leiten lassen, denn nicht einer fehlte, obwohl es allen anzusehen war, daß ihnen der erlittene Schock noch in den Gliedern saß. Wie sie einer um den andern hereinhuschten und hastig und stumm an ihre Plätze eilten, glichen sie, wäre das vorstellbar, gehetztem und in die Enge getriebenen Wild, das von allen Seiten herbeistürzt und sich unterwürfig um den Jäger schart, um ihn milde zu stimmen und so dem tödlichen Schuß zu entgehen. Nicht einem einzigen gelang es, Gleichgültigkeit zu heucheln, sich den Anschein der Unbefangenheit zu geben und die leiseste Spur einer auch nur erkünstelten Heiterkeit verhüllte schützend die fahlen, verfallenen Gesichter. Unstete Blicke irrten von einem zum andern, senkten sich, wenn sie einander begegneten oder richteten sich flehend ins Leere. Hände nestelten beständig an diesem und jenem, lockerten einen beengenden Halsausschnitt, strichen Haare glatt, zupften an dem kleinen seit kurzem traditionellen Schnurrbart, der dem oder jenem noch ungewohnt auf der Oberlippe saß, und als wäre die klägliche Angst, die sich in dieser Rastlosigkeit verriet, ansteckend, nahm sie im Zusammensein nicht ab, sondern multiplizierte sich förmlich.

Von Gefühlen erfüllt, die Angst nicht recht aufkommen ließen, weil einer, der wahrhaft liebt, als wäre Liebe ein Talisman, sich gegen jedes Unheil, das nicht jene selbst bedroht, gefeit glaubt, empfand Ursula diese gedrückte und zugleich zerfahrene Stimmung, die fast unverändert bis Kursschluß anhielt, wie etwas, das sie nichts anging, und auch das Grauen, von dem sie befürchtet hatte, daß es sie überwältigen würde, sobald sie nur den Zeichensaal betrat, stellte sich nicht ein, denn nichts, was nicht unmittelbar mit dem zusammenhing, was sich in ihrem Herzen abspielte, konnte in diesen ersten Tagen ihrer Liebe ihr Bewußtsein erreichen. Dahingegen machte ihr eine Schwierigkeit, die sie nicht vorausgesehen hatte, soviel zu schaffen, daß ihr zuweilen die Stunden viel zu langsam vergingen, denn sie mußte nach und nach einsehen, daß diese trägen, diese quälend trägen Stunden sie nicht, wie sie gehofft hatte, mit dem Freund vereinigten, sondern sie von ihm trennten. Sie hatte nicht vorausgesehen, wie unendlich schwer es ihr fallen würde, beständig seine beglückende Nähe zu fühlen und mit keiner Miene, keinem Blick, keinem auch noch so flüchtigen Lächeln verraten zu dürfen, was sie für ihn empfand.

Sie bewunderte seine Fähigkeit, seine Gefühle für sie hinter einer so undurchdringlichen Maske aus Gleichgültigkeit zu verstecken, daß nicht einmal sie, wenn ihr Blick einmal zufällig sein Gesicht streifte, darin auch nur eine Spur davon zu erschauen vermochte, daß nicht einmal sie, wenn ihre Blicke sich einmal zufällig begegneten, in seinem auch nur die leiseste Botschaft zu lesen vermochte, auch keinen Tadel, wenn dabei ihre eigenen Augen sekundenlang verräterisch aufschimmerten, nichts, gar nichts. Sie bewunderte es, daß er sich anscheinend ganz mühelos so vollkommen in der Gewalt hatte, aber es beunruhigte sie auch, denn wenn sie auch allabendlich, wenn sie sich zu einem längeren oder kürzeren Zusammensein in seinem Zimmer zusammenfanden, sein wahres Gesicht zu sehen bekam, ein so leidenschaftliches Gesicht, daß sie an seiner Liebe nicht zweifeln konnte, so fühlte sie doch unbestimmt, daß ihr diese fast fanatische Selbstzucht, der er frönte, gefährlich werden konnte, weil Menschen dieser Art dazu berufen sind, sich für eine Idee aufzuopfern.

Vielleicht waren es vor allem diese beseligenden abendlichen Zusammenkünfte, die ihr den Zwang, den sie sich während der Unterrichtsstunden auferlegen mußte, so schmerzhaft fühlbar machten, daß sie zuweilen den Beginn der Ferien herbeigesehnt hätte, wenn sie nicht Ursache gehabt hätte, sich davor noch mehr zu fürchten als vor den letzten Unterrichtsstunden, die so quälend träg und doch viel zu schnell vergingen, denn nur wenige Tage nach Abschluß der Kurse sollte sie mit ihrer Mutter wegfahren, um mit ihr den Sommer an dem kleinen See zu verbringen, wo sie ihn alljährlich verbrachten und wohin ihnen ihr Vater etwas später für die Dauer seines Urlaubs folgen sollte.

Sie suchte verzweifelt nach einem Vorwand, um sich diesem äußerst unerwünschten Sommeraufenthalt zu entziehen und in der Stadt bleiben zu dürfen, erwog und verwarf die abenteuerlichsten Pläne, und dachte schließlich sogar einen Augenblick lang daran, eine Freundin, die einzige, der sie sich anzuvertrauen vermocht hätte, aufzusuchen, um ihren Rat und ihre Hilfe zu erbitten. Sie ließ diesen Gedanken allerdings gleich wieder fallen, denn die sehr innige Freundschaft, die sie mit der um zwei Jahre Älteren während der Schulzeit und noch darüber hinaus verbunden hatte, war vor einiger Zeit in die

Brüche gegangen. Sie hatten sich seit der Hochzeit der andern, die etwas über ein halbes Jahr zurücklag und zu der Ursula ganz unverständlicherweise keine Einladung erhalten hatte, nicht mehr gesehen. Ursula hätte der Freundin, der sie sehr zugetan war, vermutlich diese kränkende Zurücksetzung verziehen, hätte die andere wenigstens nachträglich versucht, diesen schweren Verstoß gegen Freundschaft und Höflichkeit zu erklären, hätte sie die Hand der Versöhnung ausgestreckt, aber sie hatte, und das war das Unverständlichste, einfach nichts mehr von sich hören lassen.

Wenn Ursula aber auch einsah, daß sie unter solchen Umständen nicht daran denken konnte, die Freundin aufzusuchen, kehrten ihre Gedanken doch immer wieder zu ihr zurück, und sei es, daß das dringliche Bedürfnis von der andern Rat und Hilfe zu erbitten, ihr eine Annäherung begehrenswerter als sonst erscheinen ließ, sei es, daß ihr Herz, weil es liebte versöhnlicher gestimmt war, kurz sei es, daß Selbstsucht oder Güte oder beide ihr den Gedanken einflüsterten, sie verfiel zum ersten Mal darauf, daß die Freundin äußerst triftige Gründe für ihre rätselhafte Haltung gehabt haben mochte, daß sie möglicherweise damit gerechnet hatte, daß es zwischen Freunden keiner Worte bedarf, sehnsüchtig darauf gewartet hatte, daß die Gekränkte auch ihr Schweigen verstehen werde, das vielleicht hatte besagen wollen: »Ich darf nicht reden, Du fragtest mich denn.«

Als sich Ursula solcherart bewiesen hatte, daß sie die Freundin nicht nur aufsuchen durfte, sondern geradezu aufsuchen mußte, verschob sie es, ebenso sehr von der Unruhe, die sie erfüllte, bedrängt, als von dem Wunsch nach Versöhnung beseelt, nicht länger, zu ihr zu eilen. Die Freundin selbst öffnete, als sie schellte, verfärbte sich, als sie Ursula erblickte, taumelte zurück und stammelte: »Bist Du es wirklich, endlich Du?«

Soviel angestautes, sehnsüchtiges Gefühl sich auch in diesen Worten, die der Überraschten entschlüpft waren, verriet, machte sie jedoch keinerlei Anstalten, Ursula in die Arme zu schließen, ja sie zog sogar die Hand, die sich unwillkürlich der Besucherin entgegenstreckte, zurück, ehe diese sie erfassen konnte, bat sie einzutreten, weiterzukommen, Platz zu nehmen. Sie selbst blieb stehen, die Hand auf die Lehne eines Stuhles gestützt. Beide schwiegen und forschend blickte eine die andere an.

Je länger Ursula das Gesicht der Freundin betrachtete, desto fremder erschien es ihr. Es hatte sich furchtbar verändert, seit sie es zuletzt erblickt hatte, war ein abgezehrtes, vergrämtes fahles Gesicht, in das ein tiefer Kummer seine Spuren hineingezeichnet hatte und das nur der versonnene Ausdruck, der Frauen eigen ist, die in sich hineinlauschen, weil ihr Schoß ein keimendes Leben behütet, mit einem Schimmer von Hoffnung überstrahlte.

»Weißt Du es und bist Du trotzdem gekommen?« fragte die andere endlich fast unhörbar. »Weißt Du es und bist Du deshalb gekommen? Oder weißt Du es nicht?«

Ursula starrte sie so verblüfft an, daß die andere ihre Antwort gar nicht abwartete, sondern fortfuhr: »Bist Du gekommen, weil Du es wissen willst?«

»Auch deshalb«, gab Ursula zu.

»Wie drängt es mich, Dich in meine Arme zu schließen«, flüsterte die andere und blickte versonnen vor sich hin. »Wie drängt es mich, das Schweigen zu brechen, das uns trennt, das Geheimnis, um das Fremde wissen, endlich auch der Freundin zu enthüllen. Aber ich habe Angst. Ich habe geschwiegen, weil ich Angst habe. Ich konnte es ertragen, Dich zu verlieren, weil ich schwieg und glauben durfte, daß nur ein Mißverständnis uns trennt. Aber ich könnte es nicht ertragen, Dich zu verlieren, weil ich Dir vertraue und mich Dir anvertraue, ich könnte es nicht ertragen, Ursula, einsehen zu müßen, daß alles, was uns je verbunden hat, Lüge war, und daß uns in Wahrheit ein Abgrund trennt.«

»Wie kannst Du nur so etwas sagen?« fiel Ursula ihr entsetzt ins Wort. »Womit habe ich es verdient, daß Du an mir zweifelst, daß Du Bedenken hast, Dich mir anzuvertrauen?«

Nur den Bruchteil einer Sekunde noch zögerte die andere, dann sagte sie schlicht, während ein Ausdruck, in dem sich Liebe und Würde rührend mischten, ihr Gesicht verklärte: »Mein Mann ist Jude.«

Eben noch von dem einzigen Wunsch beseelt, sich der Freundin, in die Arme zu werfen, taumelte Ursula wie betäubt zurück und der Abgrund, von dem die andere gesprochen hatte, schien sich in Wahrheit zwischen den beiden aufzutun, denn der Aufruhr der Gefühle, in den Ursula dieses Geständnis gestürzt hatte, spiegelte sich deutlich in ihrem Gesicht. Soweit sie nur zurückdenken konnte, hatte sie, erst von ihren Eltern dazu angehalten, dann in der Schule und später auch noch von jedem, der ihren Kreisen angehörte, darin bestärkt, eine heftige Abneigung gegen diese, wie man sagte, artfremden Menschen empfunden, die sich Juden nannten, und wenn sie es auch keineswegs billigte, daß letzthin diese Abneigung zur Siedehitze gebracht und nur politischen Leimrute gemacht wurde, zum Dogma, ja förmlich zum Prüfstein nationaler Gesinnung, so hatte sie sich doch so tief in dieser Haltung verstrickt, daß sie, vor die furchtbare Wahl gestellt, der Freundin dieses Gefühl oder das Gefühl der Freundin aufzuopfern, darin wie in einem Netz zappelte und sich verzweifelt fragte, wie sie diese Abneigung und die Zuneigung, die sie für die Gefährtin ihrer Kindheit empfand, unter einen Hut bringen konnte.

»Hast Du Dich auch nur ein einziges Mal in Deinem ganzen Leben gefragt, warum Du eine so heftige Abneigung gegen diese Menschen empfindest, die sich Juden nennen? Kennst Du sie denn? Kennst Du denn auch nur einen von ihnen?« hörte sie plötzlich eine fast tonlose Stimme sagen, von der sie kaum wußte, ob es die ihrer Freundin war oder eine innere Stimme, die ihr diese Worte warnend, beschwörend zuflüsterte und ihre Züge zerbröckelten zu einem Ausdruck tiefer Betroffenheit. Aber während sie noch diesen Worten nachsann, immer noch eine Beute einander widersprechender Gefühle, wurde sie auch schon gewahr, daß sich das Gesicht der andern jäh verdunkelte, daß ihre Augen vereisten, daß sich schon, vorerst noch unhörbar, das Wort GEH auf ihren Lippen formte, daß sie die eben erst Wiedergefundene fast schon verloren hatte. Erst in diesem Augenblick, als sich die Entscheidung auch nicht mehr um den Bruchteil einer Sekunde hinausschieben ließ, stellte sich wie Erleuchtung der rettende Gedanke ein. Aufschluchzend stürzte sie sich in die Arme der Freundin und rief: »Bist Du denn deshalb nicht die, die Du warst?«

Die andere machte sich sanft los und sagte leise: »Nein, Ursula, täusche Dich nicht, das bin ich nicht. Nicht einer Lüge will ich Deine Freundschaft verdanken. Ich bin kein Ich mehr, nur noch ein halbes Wir. Verstehst Du das nicht, Du, die Du liebst?«

»Woher weißt Du das?« fragte Ursula bestürzt.

»Wußte ich denn nicht immer, was Dich bewegt?« erwiderte die andere und ein leises Lächeln umspielte ihren Mund.

Die Erinnerungen, die diese Worte heraufbeschworen, erhöhten Ursulas Bestürzung. Beschämt fühlte sie, und zum ersten Mal, daß sie, bis an den Rand von den Gesichten erfüllt und bedrängt, die ihre innere Welt ausmachten, immer nur Verständnis gefordert und empfangen, aber nie bezeigt hatte und erschüttert gestand sie: »Wieviel bin ich Dir schuldig geblieben.«

Die andere wollte widersprechen, aber sie ließ sie nicht zu Worte kommen. »Ich weiß nichts von Dir, gar nichts. Nur deshalb kann ich die Wahl, die Dein Herz getroffen hat, nicht verstehen und auch das wußtest Du, und deshalb hast Du geschwiegen. Ich flehe Dich an, habe Geduld mit mir. Ich will es versuchen, Dich zu verstehen. Habe nur ein wenig Geduld mit mir.«

Dann erst fanden sich die Freundinnen in einer langen, stummen, versöhnenden Umarmung.

Auch als sich etwas später eine aus den Armen der andern löste, auch als sie schon nebeneinander saßen, begierig Geständnisse auszutauschen, schwiegen sie noch und nur stockend stellten sich die Worte ein, als hätte sie das Schweigen, das sich zwischen die beiden geschoben hatte, verschüttet. Doch nach und nach erfuhr Ursula, daß es dem Mann der Freundin, nur wenige Tage nach dem Einzug des Führers, geglückt war, ins Ausland zu flüchten, daß sie darauf bestanden habe, den Gedanken an eine gemeinsame Flucht fallenzulassen, um seine nicht zu gefährden, daß er sich dazu endlich nur unter der Bedingung verstanden habe, daß sie sofort um Scheidung ansuche, weil er den Gedenken nicht ertragen habe, sie der Gefahr eines Verfahrens wegen Vorschubleistung auszusetzen, daß sie sehr gegen ihren eigenen Willen, denn es dränge sie naturgemäß, sich zu ihm zu bekennen, seinem ausdrücklichen Wunsch Rechnung getragen habe, daß sie jedoch nicht gesonnen sei, nach Beendigung des Scheidungsverfahrens, wie vereinbart, aus Vorsicht noch eine Weile verstreichen zu lassen, sondern daß sie, was sie dann doch ohne etwas zu gefährden tun könne, sofort um einen Paß anzusuchen beabsichtige, natürlich unter einem Vorwand und irreführender Angabe des Reiseziels, aber in Wahrheit, um ihm zu folgen.

Die Geständnisse der Unglücklichen verschlossen der Glücklichen den Mund, und der Freundin, die ein unbarmherziges Schicksal von dem, den sie liebte, trennte, fand Ursula nicht den Mut einzugestehen, daß sie Hilfe benötigte, um dem, den sie liebte, nahe sein zu dürfen. Doch der Entschluß, von der Bitte, die sie hergeführt hatte, Abstand zu nehmen, fiel ihr so schwer, daß die Verzweiflung, die sich in ihrem Gesicht malte, sie verriet und nur zu willig ließ sie sich von der Freundin, die nicht ahnte, daß ihre Einfühlung und Anteilnahme ihr diesmal, wie sich noch zeigen wird, hundertfach vergolten werden sollte, das Geheimnis ablocken. Es wurde beschlossen, daß Ursula von ihren Eltern die Erlaubnis erbitten sollte, einige Wochen bei der Freundin wohnen zu dürfen, da dieselbe sowohl der fortgeschrittenen Schwangerschaft als auch der Scheidung wegen, als deren Ursache, etwas von der Wahrheit abweichend, erwiesene Untreue des Mannes angegeben werden sollte, ihrer Betreuung und ihres Zuspruchs dringend bedürfe.

Förmlich berauscht von dieser glücklichen Lösung, die ihre Hoffnungen weit übertraf, verabschiedete sich Ursula mit überschwänglichen Worten des Dankes. Auf dem Heimweg aber machte sich nach und nach ein leises Unbehagen, das sich in ihr regte und das sie sich nicht zu deuten wußte, immer fühlbarer, bis sie schließlich ernüchtert begriff, daß sie sich von dem Einfall der Freundin einfach hatte überrumpeln lassen, ohne sich zu fragen, ob sie diese Einladung, so verlockend sie war, weil sie allen ihren Schwierigkeiten ein Ende machte, annehmen durfte, wenn sie nicht zugleich bereit war, der unseligen Wahl, die das Herz der Freundin getroffen hatte, bedingungslos zuzustimmen. Erst in diesem Augenblick kam es ihr zum Bewußtsein, daß sie keineswegs bereit war, dieser Wahl auch nur bedingt zuzustimmen, daß sie es einfach nicht über sich brachte, daß sie der andern diese Verirrung des Herzens, wie sie es nannte, nicht verzeihen konnte, obwohl sie sie so sehr liebte oder vielleicht eben weil sie sie so sehr liebte, daß sie es zwar nicht vermochte, sich von ihr loszusagen, daß sie es jedoch ebensowenig vermochte, jene Räume mit ihr zu teilen, die sie mit ihrem Mann geteilt hatte und daß sie daher die Einladung ablehnen mußte.

Sie bat daher ihre Eltern lediglich darum, in der Stadt bleiben zu dürfen, um ihre Freundin aus den bereits erwähnten Gründen täglich besuchen zu können, und da ihr aus der Intensität ihres Wunsches alle Argumente, deren sie bedurfte, nur so zuströmten und sie daher alle Bedenken, die geäußert wurden, alle Einwände, die gemacht wurden, entkräften konnte, erhielt sie schließlich die Erlaubnis. Der Freundin teilte sie mit, daß ihre Eltern von dem ursprünglichen Plan bedauerlicherweise nichts hatten wissen wollen und daß sie sich daher mit dieser Lösung begnügen mußten.

Aber als sie dem, den sie liebte, an dem Abend, an dem sie anderenfalls bis Herbstbeginn voneinander hätten Abschied nehmen müssen, die gute Nachricht brachte, ihm in allen Einzelheiten erzählte, wie sie das zustande gebracht habe und sich schließlich rühmte, einen so glücklichen Ausweg gefunden zu haben, die Zuneigung, die sie für die Freundin und die Abneigung, die sie für deren Mann empfand, unter einen Hut zu bringen, sah er sie mit einem so sonderbaren Blick an, daß sie schließlich verwirrt verstummte. Obwohl sie daraus gar kein Hehl gemacht hatte, ließ er sich noch einmal ausdrücklich von ihr bestätigen, daß sie den Mann der andern gar nicht kannte, dann fragte er: »Hast Du Dich auch nur ein einziges Mal in Deinem ganzen Leben gefragt, warum Du eine so heftige Abneigung gegen diese Menschen empfindest, die sich Juden nennen? Kennst Du sie denn? Kennst Du auch nur einen von ihnen?«

Diese Worte, die sich wie ein Echo jener Worte anhörten, die vor so kurzem erst die Freundin oder vielleicht eine innere Stimme an sie gerichtet hatte, versetzten sie in tiefste Bestürzung; aber schmerzlicher noch traf es sie, daß sie in seiner Stimme einen verächtlichen Unterton zu hören meinte. »Nimmst Du diese artsfremden Menschen, die sich Juden nennen, in Schutz?« fragte sie verletzt und herausfordernd zugleich.

»Sie hätten es nötig«, entgegnete er ausweichend.

Dann schwiegen sie lange. Als das Schweigen, das die Unstimmigkeit in Verstimmung ummünzte, schließlich drückend wurde, äußerte er den Wunsch, ihre Freundin kennenzulernen, um ihr für den guten Dienst, den sie ihnen beiden geleistet habe, zu danken.

»Ich fürchte, sie hat uns einen schlechten Dienst geleistet«, murmelte Ursula und verabschiedete sich unvermittelt. Er hielt sie nicht zurück.

Schon auf der Treppe übermannte sie Verzweiflung. Das war das Ende, fühlte sie plötzlich, denn warum hatte er sie gehen lassen, warum holte er sie nicht zurück? Unschlüssig blieb sie stehen, erwog und verwarf den Gedanken, ungerufen zu ihm zurückzukehren, erwog ihn neuerlich, denn hatte nicht eigentlich sie die Meinungsverschiedenheit auf die Spitze getrieben, und schon war sie halb und halb bereit einzulenken, schon stieg sie ein paar Stufen empor, da hörte sie, daß seine Tür sich öffnete, hörte ihn die Treppe herunterstürzen und taumelte ihm entgegen, und die überstandene Angst ihn zu verlieren, löste sich in selige Tränen auf.

Obwohl er auf die Frage, die sie entzweit hatte, nicht mehr zurückkam, tönte sie ihr noch zuweilen in den Ohren, aber es war eine so schüchterne Stimme, die sie ihr zuraunte, daß die Worte fast ungehört verhallten, von dem brausenden Gesang der Liebe übertönt, den sie zum ersten Mal im sommerlichen Rauschen der Bäume vernehmen konnte, und im Wehen der Winde, im Vogellaut und in der Melodie hüpfender Wellen, in dem Konzert, das abendliche Wiesen anstimmen und in der tönenden Stille der Wälder und in den ihr Herz jubelnd einstimmte.

Die verzauberten Tage, die ihr dieser Sommer bescherte, weil der überirdische Glanz, der ihr Herz erfüllte, über alles, was sie erlebte, seinen Abglanz warf, über die sonnigen Tage, durch die sie mit dem, den sie liebte, zuweilen von der Freundin begleitet, wanderte, über die Abende, die sie zumeist mit ihm allein und manchmal mit ihm und der Freundin verbrachte, wurden durch ein erschütterndes Ereignis, das sie jäh in die vergessene Wirklichkeit zurückschleuderte, unterbrochen. Die Freundin, von einer begreiflichen Ungeduld erfüllt, die Trennung von ihrem Mann tunlichst abzukürzen, hatte unklugerweise, und vergeblich von Ursulas Freund gewarnt, sofort nach Beendigung des Scheidungsverfahrens um einen Pass angesucht, der ihr, da sie damit den Verdacht der Behörden erweckte, verweigert wurde, wobei bemerkt wurde, daß der vorgebliche Besuch bei Freunden eine ebenso fadenscheinige wie ungenügende Begründung sei. Die Verzweiflung der Abgewiesenen, die unter solchen Umständen jede Hoffnung aufgeben mußte, je einen Pass zu erhalten, war so groß, daß Ursula es nicht wagte, sie allein zu lassen und sich ohne sich zu besinnen bei ihr einquartierte. Wie verblüfft mußte sie daher sein, als sich ihr die Unglückliche etwa zwei Wochen später zugleich lachend und weinend in die Arme stürzte und ihr halb schluchzend, halb jubelnd mitteilte, daß nun alles gut sei. Mehr war aus ihr nicht herauszubringen, obwohl Ursula sie mit Fragen bestürmte. Erst als sich abends der junge Maler zu ihnen gesellte, erfuhr Ursula, und vielleicht nur weil man ihrer Hilfe bedurfte, daß er der Freundin einen falschen Pass beschafft habe, daß sie sofort abreisen müsse, daß sie jedoch, da sie vielleicht überwacht werde, erst ihre Spur verwischen müsse, ehe sie die Reise antrat und daß es daher unbedingt nötig sei, daß ihre Abwesenheit 24 Stunden lang ein Geheimnis blieb. Es mußte sich also 24 Stunden lang eine Frau in der Wohnung aufhalten, die bereit war, sich, sollte die Geheimpolizei Nachschau halten, für die Geflüchtete auszugeben.

Einen Augenblick lang schwieg Ursula, schwiegen die andern. Dann erklärte sie sich bereit, das Wagnis auf sich zu nehmen.

Nach einem ebenso hastigen als zärtlichen Abschied verließ die Freundin, die nur ihre Handtasche mitnahm, von dem Maler begleitet die Wohnung. Ihr Koffer befand sich bereits als Eilgut unterwegs. Klopfenden Herzens blieb Ursula zurück, und die Beklemmung, die sie empfand, wuchs von Sekunde zu Sekunde und wurde schließlich so unerträglich, daß sie ernsthaft daran dachte, die Wohnung zu verlassen. Sie biß die Zähne zusammen, nahm ein Buch zur Hand und versuchte zu lesen, aber die Buchstaben tanzten ihr vor den Augen. Da läutete es. Sie taumelte auf, fühlte daß ihre Knie zitterten, daß sie einer Ohnmacht nahe war. Dann riss sie sich zusammen, ging zur Tür und öffnete. Ein Bursch stand draußen, der fragend den Namen ihrer Freundin nannte. Sie bekannte sich zu dem Namen. Da reichte er ihr ein Paket und ging. Wie blind von der überstandenen Angst tastete sie sich ins Zimmer zurück, sank auf einen Stuhl, das Paket im Schoß. Erst eine Weile später erkannte sie die geliebten Schriftzüge, die den Namen der Freundin formten, aber zweifellos sie selbst meinten. Sie öffnete mit zitternden Händen das Paket. Es enthielt Blumen und einen Zettel, auf dem hastig hingekritzelt »Wie liebe ich Dich« stand. Da wurde es ganz still und ruhig in ihr, und kein Opfer schien ihr zu groß, um diese Worte zu verdienen.

Dann stellte sie die Blumen in eine Vase und ging zu Bett. Lange noch lag sie wach und wartete, von tiefster Bereitschaft erfüllt, darauf, noch einmal das Klingelzeichen zu hören, das ihr so gefährlich werden konnte, wenn der Betrug zur Unzeit entdeckt wurde, wartete darauf, ein seliges Lächeln um den Mund.

Als sie am nächsten Abend vorsichtig die Wohnung der Freundin verließ, um zu ihrem Geliebten zu eilen, bedauerte sie es fast, daß sich das anfangs so Gefürchtete nicht ereignet hatte und daß sie sozusagen mit leeren Händen zu ihm kam, statt ihm, wie sie es so innig gewünscht hatte, ihre Opfergabe darzubringen.

So schnell verging Ursula dieser Sommer, der nach der Flucht ihrer Freundin noch einmal und verschwenderischer als zuvor für ihre trunkenen Augen seine wuchernde Fülle zu entfalten schien, das sie erst, als ihre Eltern eine Woche später heimkehrten, bemerkte, daß sich schon da und dort die Blätter gelb und rot verfärbten und er sich seinem Ende zuneigte. Ein erstaunter Blick ihrer Mutter, der forschend auf ihrem Gesicht haften blieb, als jene ausrief: »Wie gut du aussiehst. Man sollte nicht glauben, daß Du den Sommer in der Stadt verbracht hast«, mahnte sie daran, daß sie von nun an wieder auf ihrer Hut sein mußte und daß ihre Miene nicht länger verraten durfte, was in ihrem Herzen vorging. Doch erst der Anblick ihres Bruders, der einige Tage später zurückkehrte, streifte den letzten Rest der Seligkeit, die noch zuweilen selbstvergessen ihre Züge entzündete, von ihrem Gesicht, denn seines hatte sich, seit sie es vor etwa zwei Monaten zuletzt besehen hatte, erschreckend verändert.

Während der ersten Mahlzeit, zu der sich die Familie wieder vollzählig zusammenfand und die weniger einsilbig als sonst verlief, weil jeder wissen wollte, wie die andern den Sommer, verbracht hatten, was Ursulas Bruder in die Worte, er habe tolle Dinge erlebt, zusammenfaßte, betrachtete sie verstohlen die vertrauten und zugleich so sehr entfremdeten Züge. Schon einmal hatte sich sein Gesicht und nicht zu seinem Vorteil vor ihren Augen verwandelt, hatte sich verhärtet und sich mit dem fanatischen Niederschlag einer Idee gefüllt, von der er sich die Verwirklichung aller persönlichen und nationalen Träume versprach. Aber was sie jetzt darin wahrzunehmen glaubte, war ein Ausdruck zügelloser Brutalität, hämischer und lüsterner Grausamkeit. Es schienen sich darin Qualen zu spiegeln, die er andern zugefügt hatte oder an deren Anblick er sich geweidet hatte, eine zugleich gesättigte und unersättliche Blutgier, vor der ihr schauderte. Unwillkürlich glitten ihre Blicke zu seinen kräftigen, sehr gepflegten Händen herab, um sieh zu vergewissern, ob an ihnen Blut klebte.

Ganz verstört eilte sie an diesem Tag zu ihrem Geliebten, nur um ihm in hastigen Worten das Entsetzen zu schildern, das der Anblick ihres Bruders in ihr erregt hatte. Aber wenn sie gehofft hatte, bei ihm Trost zu finden, sah sie sich enttäuscht. »Hast Du erwartet, daß wir Liebe ernten, wo wir Haß säen?« fragte er hart. »Die Saat geht auf. Erschreckt Dich das, Dich die Du zu alledem Ja gesagt hast?« In ihrem Gesicht malte sich als Echo dieser Worte eine so tiefe Bestürzung, daß er mechanisch den Arm um sie legte und sie an sich zog, und während die Berührung sein Gesicht entzündete, seine Umarmung inniger wurde und sein Mund den ihren suchte, fühlte sie, daß seine Gedanken nicht ganz bei ihr waren und da glaubte sie zu erraten, daß die Worte, die er ihr eben ins Gesicht geschleudert hatte, besagen wollten, daß ihn innerlich ein Abgrund von ihr trennte, daß er es ihr nicht verzeihen konnte, daß sie immer noch an eine Idee glaubte, die er verworfen hatte und daß seine Neigung für sie vielleicht nur in jenen Augenblicken trügerisch aufflammte, wenn seine Besinnung im Taumel der Sinne erlosch und sie fragte sich verzweifelt, ob sie das, was er für sie empfand, noch Liebe nennen durfte.

In diesem ersten Zweifel an seiner Neigung wurde sie bestärkt, als er ihr an einem der nächsten Tage, während sie in seinen Armen lag, wenn auch mit sehr behutsamen Worten, doch in einem Ton, der keinen Widerspruch aufkommen ließ, mitteilte, daß sie sich eine Zeitlang nicht sehen könnten. Obwohl er, als er wahrnahm, daß sich ihr Gesicht mit tiefer Blässe überzog, beschwörend hinzufügte, daß er äußerst triftige Gründe habe, obwohl er sie anflehte, Vertrauen zu ihm zu haben und keine Fragen zu stellen, erschienen ihr alle Zärtlichkeiten, die sie eben ausgetauscht hatten, plötzlich als Lüge, denn daß er sich nicht einmal die Mühe nahm, ein so sonderbares Ansinnen zu begründen, bestätigte, daran zweifelte sie nicht länger, ihre Befürchtungen und mit weißen Lippen fragte sie spitz: »Ich darf also nicht einmal wissen warum?«

»Nein«, entgegnete er leise.

Sie glaubte sich verhört zu haben, starrte ihn einen Augenblick lang ungläubig an, dann machte sie sich heftig los von ihm, erhob sich wortlos und begann sich anzukleiden, Sie hörte, daß er sprach, aber das Herz klopfte ihr so wild in den Ohren, daß sie kein Wort verstehen konnte. Sie fühlte, wie seine Arme sich um sie schlangen, aber sie schüttelte sie ab. Wie blind tastete sie zuletzt nach Mantel und Hut und rannte zur Tür, bemerkte erst im letzten Augenblick, daß er ihr den Weg verstellt hatte und stürzte sich aufschluchzend in seine Arme hinein: »Du liebst mich nicht«, rief sie verzweifelt, »ich weiß und ich weiß auch warum. Weil ich immer noch daran glaube, daß wir recht haben, so furchtbar es auch ist, daß wir recht haben, weil ich immer noch daran glaube, obwohl ich doch weiß, daß Du nicht daran glaubst. Aber begreifst Du denn nicht, daß mir noch mehr davor graut, einsehen zu müssen, daß wir unrecht haben? Verlang von mir, was Du willst nur das nicht.«

»Ich verlange es nicht von Dir, Ursula«, entgegnete er und sie glaubte in seiner Stimme einen leisen Unterton von Bitterkeit zu vernehmen. »Niemand kann das von Dir verlangen als Du selbst.«

»Du verlangst es von mir, indem Du mir Deine Liebe entziehst«, fuhr sie schluchzend fort. »Denn Du liebst mich nicht mehr, ich weiß. Wie sonst könntest Du vor mir Geheimnisse haben?«

»Ich habe keine Geheimnisse vor Dir, Ursula«, beteuerte er. »Was ich Dir verschweige, ist nicht *mein* Geheimnis.«

Da sank sie vor ihm auf die Knie und küßte seine Hände: »Wie kannst Du nur so unbeirrt daran glauben«, fragte sie erschüttert, »daß Du denen helfen darfst, die gegen uns sind?

Darf ich Dich anbeten, weil Du es tust, oder muß ich mir eingestehen, daß Du ein Abtrünniger bist, obwohl ich doch weiß, daß Du für das, woran Du so inbrünstig glaubst, Deinen Kopf aufs Spiel setzest? Bin ich denn blind, daß ich nicht sehen kann, was Du siehst?«

»Was ich sehe, Ursula«, sagte er, während seine Augen verstört in kommende Jahre hineinzublicken schienen, »ist so furchtbar, daß es sich kaum mit Worten schildern läßt. Es geschehen grässliche Dinge und nur wenig können wir tun, um zu helfen, wo Hilfe not tut. Aber Ursula, was heute geschieht, ist nur ein Auftakt. Grässlicheres steht uns bevor. Wir sind ein Volk, das zum Amokläufer geworden ist. Noch rennt es nur im Kreis, zerstampft nur seine eigenen Brüder, wo sie es wagen, sich ihm warnend in den Weg zu stellen, zertrampelt nur eine Handvoll hilfloser, wehrloser Juden; aber wenn erst jeder Rest von Besinnung in dem Blutrausch, der es erfaßt hat, ertrunken ist, dann wird das Kommandowort ertönen, das dem Sinnlosen seinen furchtbaren Sinn verleiht, dann wird für alle das Ziel sichtbar werden, an dem sich der Amokläufer den Schädel einrennen muß. Wir sind ein Volk, das verblendet und blind in sein Verderben rennt, Ursula, wir sind ein Volk, das Selbstmord begeht …«

»Liebster, Du träumst«, unterbrach ihn Ursula entsetzt. »Du träumst«, wiederholte sie verständnislos.

Langsam kehrte sein Blick zu ihr zurück, blieb eine Weile an ihrem Gesicht haften, ohne es zu erkennen, endlich murmelte er: »Das gebe Gott.« Dann stand er auf, trat ans Fenster, blickte hinaus und schien ihre Anwesenheit zu vergessen.

Auch Ursula erhob sich, fühlte, daß der Abgrund zwischen ihnen sich neuerlich erweitert hatte, glaubte zu erraten, daß sie ihn schon halb verloren hatte und wußte zugleich, daß sie es nicht ertragen konnte, ihn zu verlieren. »Sage mir, was ich tun soll und ich will es tun«, rief sie verzweifelt. »Ich will es tun, auch wenn ich nicht daran glaube. Auch noch wenn ich es verurteile, will ich es tun, für Dich und aus Liebe zu Dir.«

»Für mich«, entgegnete er bitter. »Was Du für mich tust, zählt nicht. Und aus Liebe zu mir, sagst Du? Ich beginne daran zu zweifeln, ob Du lieben kannst, Du, die Du dem Haß das Wort redest.«

»Und wenn ich Dir verspreche, daran zu glauben«, schluchzte Ursula, »blind daran zu glauben, weil Du daran glaubst, wirst Du auch dann noch an meiner Liebe zweifeln?«

»Wer nur einen einzigen Menschen liebt, weiß nicht, was Liebe ist, Ursula«, entgegnete er hart.

»Und Du glaubst es zu wissen«, rief Ursula außer sich, »Du, dem es nichts ausmacht, einen Menschen, der Dich liebt, dem, was Du Deine Gesinnung nennst, aufzuopfern, Du, der Du nicht davor zurückschreckst, mein Leben in einen Trümmerhaufen zu verwandeln, bloß weil ich nicht an das glaube, woran Du glaubst?«

Er schwieg und sah sie nur an, bis Ursula die Augen senkte und wer von den beiden zuerst eine Bewegung machte, die beredter als Worte dem andern verriet, daß es für sie beide kein Besinnen und kein Entrinnen gab, läßt sich nicht mehr feststellen, denn schon hielten sie einander umschlungen, schon klammerten sie sich einer an den andern und noch einmal schlugen die Flammen ihrer Liebe über ihnen zusammen, die sich auch noch an dem, was sie trennen sollte, entzündeten.

Er konnte ihr, als sie ihn verließ, nicht sagen, nicht einmal annähernd, wann ihnen ein Wiedersehen beschert sein mochte, und gewohnt, ungeduldig die Stunden zu zählen, die sie von ihm trennten, vergingen ihr die Tage, die folgten, schleppend langsam, schienen förmlich stille zu stehen, was sie nach und nach mit einer beklemmenden, einer unbestimmten Angst erfüllte, bis sie begriff, daß sie befürchtete, ihn nie wiederzusehen. Sie mußte sich eingestehen, daß eine so lange

Trennung ihm die vielleicht ersehnte Gelegenheit bot, zur Besinnung zu kommen und daß er vermutlich, daß er zweifellos versuchen würde, sie zu vergessen. Aber während sie von Tag zu Tag vergeblich auf eine Nachricht von ihm wartete und immer quälendere Vorstellungen sie bedrängten, fiel es ihr wie Schuppen von den Augen und zum ersten Mal erkannte sie die Gefahr, der er sich aussetzte, indem er seiner heimlichen Tätigkeit nachging, in ihrem vollen Ausmaß und sie konnte sich nicht länger verhehlen, daß sie nicht nur um seine Liebe, daß sie auch und zutiefst um ihn selbst zittern mußte. Sie konnte es nicht mehr verstehen, wie sie es hatte über sich bringen können, ihm niemals Vorstellungen zu machen, wie sie, aus Angst seinen Unwillen zu erregen und sich seine Neigung zu verscherzen, hatte schweigen können, während er sich tiefer und immer tiefer in Gefahren verstrickte. Da erblasste sie plötzlich, denn es fiel ihr ein, daß sie sich, indem sie zu dem, was sie wußte, geschwiegen hatte, zu seiner Mitschuldigen gemacht hatte.

Sie hatte diesen Gedanken, der sie schon wiederholt bedrängt hatte, bisher noch nie zu Ende zu denken gewagt, hatte sich immer wieder vor dieser unbequemen Warnung, die ihr bedrücktes Gewissen aussandte, in die unerschütterliche Überzeugung hineingeflüchtet, daß die Umtriebe, denen sie weder Warnung noch Widerstand entgegensetzte, der Idee, an die sie glaubte, nichts anhaben konnten. Diesmal ließ dieser Gedanke die von der Trennung Ernüchterte nicht los. Sie erriet, daß ihr Geliebter sie zur Mitwisserin gemacht hatte, um sie auf seine Seite hinüberzuziehen, und sie begriff, daß es ihr nicht lange mehr erspart bleiben konnte, zwischen ihm und dem, was sie ihr Glaubensbekenntnis nannte, zu wählen. Diese furchtbare Wahl, vor der es ihr so sehr graute, verlor auch nichts von ihrem Schrecken, als sie sich schließlich entsetzt eingestehen mußte, daß sich unter seinem Einfluss hin und wieder leise

Zweifel in ihr geregt hatten, die sie nicht verantworten konnte und die sie, seinem Einfluss entrückt, nur noch als eine Schuld empfand, die sie auf sich geladen hatte.

Um ihr Gewissen zu beruhigen und vielleicht auch, um sich die endlosen Tage des Wartens zu verkürzen, ließ sie sich und willig genug von ihrem Bruder überreden, ihn hin und wieder zu einem Sportfest oder zu einer politischen Versammlung zu begleiten, wo sie zu ihrem Erstaunen wahrnahm, daß sich ein sehr beträchtlicher Umschwung in der Stimmung vollzogen hatte, während sie den Sommer in Traumgefilde entrückt verlebt hatte. Das fanatische Gesicht hatte sich inzwischen sozusagen vervielfältigt, sie erblickte es, wohin immer sie die Augen richtete, als kompakte Masse in Seelen, erblickte es in Gruppen, die im Freien lustwandelten, in Reihen, die zur Ertüchtigung exerzierten; im Autobus drängte sich eins ans andere und im Gewimmel der Straße, und nur noch sehr vereinzelt erspähte sie jenes andere Gesicht, das sie ehedem an allen Ecken und Enden erblickt hatte, jenes bestürzte und angewiderte Gesicht, das hinter einer fadenscheinigen Maske der Zustimmung Angst, Mißtrauen, Skeptizismus oder Abscheu versteckte. Ursula, die in ihre Gefühle verpuppt, nicht wahrgenommen hatte, daß sich inzwischen ein wohlweislich erwogener Wechsel in jenen Maßnahmen vollzogen hatte, die darauf abzielten, der Idee zur allgemeinen Anerkennung zu verhelfen, daß man von Massenverhaftungen Abstand genommen hatte, das Spitzelwesen mit äußerster Vorsicht handhabe und sich der Angst nur noch als Mittel bediente, wo Versprechungen, Belohnungen und Bestechungen nicht zu jener bedingungslosen Nachgiebigkeit führten, die man von dem, den man kauft, zurecht erwarten kann, schrieb diesen Stimmungsumschwung ausschließlich einem Umstand zu, dem er zweifellos teilweise zuzuschreiben war. Sie glaubte die Genugtuung zu erleben, daß die Flamme, die anfangs nur in den Herzen einer verhältnismäßig kleinen Anhängerschaft gelodert hatte, wie ein Brand um sich gegriffen habe, daß sich einer am andern entzündet habe und auch noch jeder Nachhall jener Zweifel, die sich unter dem Einfluß ihres Geliebten und ihm zuliebe in ihr geregt hatten, verstummte. Sie fühlte, daß sie wieder überschwänglich an eine Idee glauben durfte, die ein so ungeheurer Erfolg bestätigte.

So heftig flammte ihre erneute Begeisterung auf und so ungeheure Kräfte strömten ihr daraus zu, daß sie sich nur noch als Werkzeug fühlte und sich gelobte, alles daran zu setzen, ihren Geliebten zu bekehren, ihm die Augen dafür zu öffnen, daß von Unrecht nicht die Rede sein konnte, wo es um so Erhabenes ging, weil der Zweck jedes Mittel heilige und weil, wo so hehre Güter auf dem Spiele standen, Grausamkeit tiefstes Mitleid sei.

Aber die Gelegenheit, diesen Bekehrungsversuch auszuführen, bot sich ihr erst als gegen Ende September die Kurse wieder begannen. Sie hatte ihn nur einen Augenblick lang in einem der Korridore flüchtig zu Gesicht bekommen und hatte zu ihrer tiefsten Enttäuschung feststellen müssen, daß er diesmal zu der Arbeitsgruppe, der sie zugeteilt war, nicht gehörte und daß sie daher nicht einmal damit rechnen konnte, ihn täglich in der Lehranstalt zu sehen. Doch als sie den Autobus, mit dem sie heimfuhr, verließ, sah sie ihn plötzlich vor sich und so wenig hatte sie erwartet, ihn hier zu sehen, daß sie einen Augenblick lang zu träumen vermeinte und glaubte, daß nur ihre Sehnsucht ihr sein Bild vorgaukle. Ganz benommen eilte sie auf ihn zu, wollte sprechen, aber die Stimme versagte ihr, wie sie ihm versagte. Schweigend ging sie neben dem Schweigenden her, von dem beglückenden Gefühl seiner Nähe überwältigt, unfähig einen Gedanken zu fassen. Erst als sie schon durch den kleinen Park schritten, der das Geheimnis ihrer ersten Begegnungen behütet hatte, und er schon zu sprechen begann und Worte der Liebe, die sich in ihm angestaut hatten, hervorstammelte, erinnerte sie sich unvermittelt an ihr Gelübde und erschrak zutiefst, denn noch ehe sie wußte, was sie sagen sollte, erlebte sie schon als Vorstellung, was unvermeidlich folgen mußte, erlebte, daß seine Worte, die ihr so süß in den Ohren tönten, jäh und vielleicht für immer verstummten, daß sein Gesicht hart wurde und seine Augen vereisten, daß er sich von ihr abwandte und sich grußlos entfernte, taub und vielleicht für immer für die Stimme die ihn zurückrief. Nur noch diesmal, beschloß sie, wollte sie schweigen, nur noch dieses eine Mal, um es wenigstens hinauszuschieben, ihn zu verlieren.

Aber als sie sich dieser Schwäche wegen Vorwürfe machte, nachdem sie sich getrennt hatten, glaubte sie zu erkennen, daß sie gar nicht so sehr aus Angst ihn zu verlieren, geschwiegen hatte, sondern daß sich hinter dieser scheinbaren Angst andere Motive versteckt hatten, die sich ihr erst jetzt, während sie ruhigen Überlegungen Raum geben konnte, enthüllten. Ihr Instinkt hatte sie, begriff sie, richtig beraten, hatte sie, wenn auch als Angst vermummt, davon abgehalten, eine Dummheit zu begehen, denn eine so entscheidende Unterredung, bei der sie alle ihre Fähigkeiten aufbieten, alle Leidenschaften ausspielen mußte, konnte und durfte nicht im Freien stattfinden. Sie mußte warten, bis er es einrichten konnte, sie wieder bei sich zu sehen und entschlossen der entnervenden Ungewißheit, die sich aus dem sich beständig verschiebenden Kräfteverhältnis zwischen Liebe und Gesinnung ergeben hatte, ein für allemal ein Ende zu setzen, sehnte sie von Woche zu Woche heftiger diese Auseinandersetzung herbei und da kam auch endlich, endlich die so lange vergeblich erwartete Nachricht, daß sie wieder zu ihm kommen könne und daß er sie sehnsüchtig ehestens erwarte. Nach so langer Trennung brachte es Ursula nicht über sich, das langentbehrte Wiedersehen auch nur um einen Tag hinauszuschieben. Sie schützte heftige Kopfschmerzen vor, bat nicht mehr gestört zu werden und zog sich in ihr Zimmer zurück. Dort lauerte sie klopfenden Herzens auf einen günstigen Augenblick, um ungesehen zu entschlüpfen. Als sie hörte, daß das Mädchen das Abendbrot auftrug, also etwa um sieben Uhr gelang es ihr, sich davonzustehlen. Erst auf der Treppe schlüpfte sie in den Mantel hinein und stülpte den Hut auf den Kopf, huschte hastig die Stiegen hinunter, hastiger noch an der Hausbesorgerwohnung vorbei und atmete erleichtert auf, als sie behutsam das Haustor hinter sich schloß, denn in der frühen Dunkelheit des unfreundlichen Novemberabends durfte sie sich geborgen fühlen. Sie stieg in den Autobus, der sie fast bis an das Haus, wo sie erwartet wurde, bringen sollte, löste einen Fahrschein und versank in Träume, die ihr das Wiedersehen, das ihr bevorstand, in so leuchtenden Farben vorspiegelten, daß sie es zu erleben vermeinte.

Da hielt der Autobus mit einem Ruck und der Schaffner ersuchte die Fahrgäste auszusteigen, da sie unmöglich weiterfahren könnten. Widerstrebend kehrten Ursulas Gedanken in die Wirklichkeit zurück und ein wenig verärgert über die Verzögerung, die das ersehnte Wiedersehen durch diese Verkehrsstörung erleiden mußte, folgte sie mechanisch den andern Fährgästen, die der Aufforderung des Schaffners nachkamen. Aber das Bild, das sich dabei ihren Augen bot, war so verwirrend, daß sie einen Augenblick lang glaubte, in Wahrheit zu träumen. In langen Reihen standen leere Autobusse und Straßenbahnen, die nicht weiterfahren konnten und ihr Licht über einen dunkeln Menschenstrom hinschütteten, der sie auf allen Seiten umwogte. Kaum hatte Ursula den Fuß auf die Straße gesetzt, wurde sie von dem Menschenstrom aufgenommen und mitgerissen.

Hin- und hergeschoben von den Vorwärtseilenden, sah sie plötzlich den Feuerschein, dem alles zudrängte und als sie näher kamen, konnte sie Schreie hören in die sich Gelächter mischte, Kommandoworte und schließlich den Ruf: DER TEMPEL BRENNT.

Noch verstand sie nicht ganz, was vorging, noch konnte sie nichts sehen als die hoch emporschießenden Flammen, die alles in weitem Umkreis taghell erleuchteten. Immer noch von Nachdrängenden vorwärtsgeschoben, während die vorderen Reihen, die sich an dem, was es zu sehen gab, bereits sattgesehen hatten, abbröckelten, weil es jedem, immer noch vorwärtsgedrängt, so nahe den Flammen zu heiß wurde, befand sich Ursula unversehens so weit vorne, daß sich das schauerliche Schauspiel in seiner ganzen Abscheulichkeit vor ihr entfaltete.

Aber während die andern neben ihr, von der Hitze versengt, sich schon nach wenigen Sekunden davonmachten und immer andere neben ihr auftauchten und verschwanden, blieb Ursula wie gelähmt stehen und starrte verstört auf das gespenstische Bild, das sich ihr bot.

Denn der brennende Tempel gab nur den Hintergrund zu dem ab, was geschah, sprühte nur seinen Funkenregen darüber hin, trieb nur Rauchschwaden hervor, als wollte er die Abscheulichkeiten, die sich so nahe einem Heiligtum abspielten, in ihrem Qualm ersticken, reckte nur warnende Flammenfinger zum Himmel empor, als prophezeie er ein furchtbares Strafgericht, das über die Tempelschänder hereinbrechen sollte, ehe sie sich dessen versahen. Aber vor dem Tempel, von dem Feuerschein beleuchtet, regte und rührte es sich spukhaft. Ein Haufen Juden, die man aus den Betten geholt hatte, standen in Pyjamas und flatternden Nachthemden zusammengedrängt wie betäubt inmitten des kleinen Platzes und eine Horde junger Burschen in braunem Hemd umtanzten johlend ihre Opfer, zerrten den heraus an seinem grauen Barte und schlugen ihn, so zum Spaß mit der Faust ins Gesicht, holten sich einen andern hervor, warfen ihn zu Boden und trampelten auf ihm herum und ein schneidiger Kerl, der zeigen wollte, daß er ein ausgezeichneter Schütze war, zielte mitten in den Haufen hinein und traf das Opfer, das er sich ausersehen hatte. Und aus den Straßen, die dunkel hinter dem Tempel lagen, hörte man Schreie, die Frauen ausstießen, irre, gellende röchelnde Schreie.

Es muß gesagt werden, daß viele der Zuschauer sich stiller davonschlichen, als sie gekommen waren, aber die andern, die sich an diesem Schauspiel ergötzten, gröhlten und tobten und schüttelten sich vor Lachen. Ursula hörte nichts, sie sah nur, immer noch unfähig sich zu regen. Da geschah das Furchtbarste. Aus einer der dunkeln Gassen hervor stürzte wilde Schreie ausstoßend eine hochschwangere Jüdin, der man die Kleider vom Leib gerissen hatte und die halb nackt und nur noch in Fetzen gehüllt vor einem noch unsichtbaren Verfolger flüchtete; da holte dieser sie ein, packte sie und als sie ihn, um sich loszumachen, in die Hand biß, brüllte er »Du Hexe, Du« und schleuderte die Taumelnde in den brennenden Tempel hinein.

Da schloss Ursula die Augen, tastete sich wie blind an den verstummten Zuschauern vorbei, die sich jäh ernüchtert davonschlichen, tastete sich vorwärts an Häusern entlang, bis eine stille, dunkle Seitengasse sich vor ihr auftat, in die sie hineinflüchtete, wie um sich zu verkriechen. Dann erst öffnete sie die Augen, aber als hätte sich das grauenhafte Bild in ihre Netzhaut eingeätzt, sah sie auch noch in der Finsternis, wie die Flammen über der Schwangeren zusammenschlugen.

Da begann sie zu laufen, schneller und immer schneller, die Augen stier auf das Ziel gerichtet, das sie sich gesetzt hatte, auf den Nächstbesten, der ihr entgegenkommen mochte und den sie noch nicht sehen konnte, aber dem sie an die Gurgel springen wollte, um einen wenigstens von denen, die den gigantischen Scheiterhaufen in Brand gesteckt hatten, auszurotten und vom Erdboden zu vertilgen. Zu ihrem Glück rannte sie gegen einen Laternenpfahl, taumelte noch ein paar Schritte weiter, dann sank sie nieder. Als sie zu sich kam, hörte sie Stimmen, die sich näherten und sie erhob sich so schnell sie es vermochte und schleppte sich mühsam weiter. Endlich kam ein Auto vorbei, sie hielt es an, aber nicht etwa, weil sie sich kaum mehr auf den Beinen halten konnte. Das spürte sie nicht einmal, denn plötzlich wußte sie, was sie zu tun hatte.

Kurz vor Torsperre schlüpfte sie in das Haus, vor dem das Auto sie abgesetzt hatte und stieg mühsam die fünf Treppen empor. Noch ehe sie das Dachgeschoß erreicht hatte, erlosch das Licht. Sie tastete sich weiter, klopfte.

Aber als sich die Tür öffnete und sie ihren Geliebten erblickte, stürzte sie sich nicht in seine Arme. Während er zurückwich und sie entsetzt anstarrte, weil eine Beule ihr Gesicht entstellte, weil der Hut ihr schief auf dem Kopf saß und die schweißnassen Haarsträhne ihr in die Wangen hingen, sagte sie unnatürlich ruhig: »Ich war blind und heute sind mir die Augen aufgegangen. Ich sehe, was ich nicht sehen will und doch sehen muß. Ich sehe das Blut, das an unseren Händen klebt. Wenn ich den heutigen Tag überleben soll, muß ich mit meinen Nägeln den Grund, auf dem sie wandeln, untergraben, bis er einstürzt unter dem Tritt ihrer Stiefel, wie Du es tust.«

»Was ist geschehen, Liebste«, fragte er fassungslos. »Was haben sie Dir getan, Liebste?« Da sah er auch schon, daß sie schwankte, war mit einem Satz bei ihr und fing die Hinsinkende in seinen Armen auf.

»Die Schwangere …«, wimmerte sie leise.

»Was sagst Du, was?« fragte er verständnislos.

»Die Schwangere …«, lallte sie. Dann verlor sie das Bewußtsein.

Zweites Buch

Als der Tag graute, trat Ursula, immer noch von Grauen geschüttelt, den Heimweg an. Es war die Bedingung, die sie erfüllen mußte, um den Beweis zu erbringen, daß sie sich dazu eignete, zu dem geheimen Widerstand, der sich da und dort regte, ihr Schärflein beizutragen, daß ihr in dieser einen furchtbaren Nacht alle dazu nötigen Kräfte, Fähigkeiten und Überzeugungen zugewachsen waren, daß sie es, wenn es not tat, verstand, bedingungslos zu gehorchen und bereit war, sich jener Disziplin zu unterwerfen, die den eigenen Willen auslöscht und durch den Willen einer Gemeinschaft ersetzt. Denn konnte sie es nicht einmal über sich bringen, wie sie angedeutet hatte, mit ihrem Bruder, den sie nur noch den Mörder nannte, an einem Tisch zu sitzen und ihm, wenn nötig, zuzulächeln, konnte sie nicht einmal einsehen, daß es einfach ein Gebot der Vernunft war, äußere Lebensgewohnheiten unverändert aufrechtzuerhalten, wenn sie den Deckmantel für eine illegale Tätigkeit abgeben sollten, und daß sie daher in ihr Heim und zu den Ihren zurückkehren mußte, wenn sie sich nicht von allem Anfang an verdächtig machen wollte, konnte sie sich mit einem Wort nicht einmal einer so gebieterischen Notwendigkeit fügen, war, wurde ihr zu verstehen gegeben, nicht daran zu denken, ihr auch nur Handlangerdienste im Rahmen einer geheimen Bewegung anzuvertrauen.

Sie folgte also nicht ihrem eigenen Willen, als sie sich anschickte nach Hause zurückzukehren, sondern dem Willen des Mannes, an den sie sich noch anklammerte, während sie sich schon von ihm verabschiedete und ihre fast automatischen Bewegungen ließen, kaum hatte sie die Straße betreten, erkennen, daß sie genaueste Weisungen befolgte, daß in allen Einzelheiten und für alle Eventualitäten festgelegt war, wie sie sich zu verhalten habe.

Hinter einem Mauervorsprung versteckt wartete sie fröstelnd, bis sie das Mädchen erblickte, das den Haushalt ihrer

Eltern besorgte und das jeden Morgen ausging, um Milch und frisches Gebäck zu holen, ehe sie das Frühstück bereitete. Sie blickte der Davoneilenden nach, bis sie in eine Seitenstraße einbog, dann schlüpfte sie ins Haus, schlich auf Zehenspitzen an der Hausbesorgerwohnung vorbei und tastete sich vorsichtig die noch dunkeln Treppen hinauf. Unendlich behutsam steckte sie den Schlüssel ins Schloß. Geräuschlos öffnete sich die Tür und schloß sich lautlos hinter ihr. Hastig nahm sie den Hut ab, streifte sie den Mantel ab und zuletzt zog sie die Schuhe aus. Dann erst hielt sie den Atem an und horchte, denn jetzt machte es nichts mehr aus, wenn sie überrascht wurde. Sie habe sich, war diesfalls vorgesehen, Hut, Mantel und Schuhe, die sie dem Mädchen Tags zuvor zwecks Reinigung übergeben hatte, geholt, um auszugehen, weil sie immer noch heftige Kopfschmerzen habe und sich von einem Spaziergang Besserung verspreche. Trotzdem atmete sie erleichtert auf, als sich auch nicht das leiseste verdächtige Geräusch vernehmen ließ. Ihre Augen hatten sich inzwischen an die tiefere Dunkelheit, die im Vorzimmer herrschte, gewöhnt und doch zauderte sie noch einen Augenblick lang, wie ein Schwimmer, der einen tollkühnen Sprung wagt, ehe sie sich klopfenden Herzens an dem Schlafzimmer ihrer Eltern, an dem Zimmer ihres Bruders vorbei in ihr eigenes Stübchen schlich. Als sich eine endlose Minute später endlich, endlich dessen Tür hinter ihr schloß, fühlte sie sich wie ausgehöhlt, als hätte sie im Verlaufe der letzten halben Stunde ihren Lebenswillen auf Jahre hinaus vorschußweise verbraucht. Sie hatte nur gerade noch Besinnung genug, die Schuhe leise auf den Boden zu stellen, Hut und Mantel glitten unbeachtet nach und taumelnd vor Erschöpfung tastete sie sich ans Bett, sank angekleidet wie sie war darauf nieder und schlief auch schon ein.

Als das Mädchen etwa anderthalb Stunden später an ihre Türe klopfte, um sie wie jeden Morgen zu wecken, fuhr sie aus Tiefen des Vergessens empor, in die ein bleierner Schlaf sie barmherzig hineingeschleudert hatte und sie konnte sich anfangs gar nicht zurechtfinden, konnte einfach nicht begreifen, warum sie sich angekleidet zu Bett begeben hatte, dann erst erwachte auch ihr Erinnerungsvermögen. Ihre Lippen öffneten sich zu einem Aufschrei, der jedoch hinter zusammengebissenen Zähnen erstickte. Sie schien neuerlich einem fremden Willen zu gehorchen und nicht ihrem eigenen, als sie sich endlich mechanisch erhob, sich entkleidete, um sich zu waschen und sich sodann wieder ankleidete. Während sie mit nassem Kamm das immer noch verklebte Haar strählte, trat sie vor den Spiegel, aber nicht um sich zu vergewissern, wie es um die Beule stand. Die Beule machte ihr keine Sorge. Was davon noch zu sehen war, verdeckte in die Stirne fallendes Haar. Es war ihr Gesicht, das sie betrachtete, denn sie befürchtete, daß die Spuren, die das Erlebnis, das sie so zutiefst erschüttert hatte, hineingezeichnet haben mußte, sie unvermeidlich verraten mußten. Sie betrachtete es prüfend, verständnislos, bestürzt und traute ihren Augen kaum. Log ihr Gesicht oder log ihr Herz? Obwohl sie in dieser einen Nacht, die sie wie ein Abgrund von ihrem bisherigen Leben trennte, Jahre durchlebt zu haben glaubte und vermeinte, ein völlig anderer Mensch zu sein, hatte sich kein Zug in ihrem Gesicht verändert. Nur ein wenig nächtig sah sie aus, weiter nichts.

Sie grübelte eine Weile darüber nach, warum eine so einschneidende innere Wandlung nicht nur nicht in gleichem Ausmaß, sondern so gar nicht äußerlich sichtbar wurde, und schon waren es die Augen der Malerin, die in den Spiegel hineinblickten, und schon war es nicht mehr ihr eigenes, sondern ein fremdes Gesicht, das sie mit jener kalten, unbestechlichen und unbeirrbaren Leidenschaft, die den Blick nicht trübt, sondern schärft, forschend betrachtete, bis sie klarer als je erkannte, daß sich das wahre Gesicht eines Menschen hinter seinen

Zügen wie hinter einer Maske verbirgt, und daß ihm der Maler die Züge vom Gesicht reißen muß, um als Vision sein Bildnis zu erblicken. Schon begannen, von ihrem seherischen Blick, berührt, ihre eigenen Züge zu zerbröckeln, bereit die Geheimnisse ihrer inneren Welt preiszugeben. Da wandte sie hastig die Augen ab, ließ sie, blicklos noch, auf dem Kamm ruhen, den sie, wozu nur, in der Hand hielt, dann auf dem Zifferblatt der Uhr, bis sie endlich wieder die Wirklichkeit wahrnahmen und Ursula erschrocken feststellte, daß sie sich beeilen mußte, wenn sie rechtzeitig beim Frühstückstisch erscheinen wollte, worauf ihre Eltern, wie sie wußte, Wert legten.

Das Bewußtsein, daß man ihr nicht ansehen konnte, was sie als eine so entscheidende innere Wandlung empfand, verlieh ihr ein wenig Sicherheit, als sie, ungewiß, was ihr bevorstand, und klopfenden Herzens, ihr Zimmer verließ und sich der Tür näherte, hinter der die verhängnisvolle Frage »Wo hast Du die Nacht verbracht?« auf sie warten mochte. Einen Augenblick lang zögerte sie noch, ehe sie die Klinke niederdrückte. Dann trat sie ein, immer noch die gefürchtete Frage im Ohr: »Wo hast Du die Nacht verbracht?«

Doch diese Frage wurde nicht gestellt und ihr übernächtiges Aussehen ließ sich ganz harmlos damit erklären, daß sie der Kopfschmerzen wegen kaum ein Auge geschlossen habe. Nur ein mißtrauischer Blick ihres Bruders streifte sie, den sie beschloß zu übersehen, während sie ihrer Mutter, die sie besorgt zu überreden versuchte, sich doch wenigstens einen Tag lang Ruhe zu gönnen, beteuerte, daß sie sich wieder ganz wohl fühle und daß es wirklich und wahrhaftig nicht gerechtfertigt wäre, einer schlaflosen Nacht wegen den so nötigen und so erhebenden Unterricht zu versäumen. Das Wort ›erhebend‹, das zu dem Wortschatz jener Fanatiker gehörte, die sich aus Idealismus zu dem tausendjährigen Reich bekannten, war darauf berechnet, ihren Bruder zu besänftigen, und ein flüchtiger

Blick auf ihn ließ sie erkennen, daß es seine Wirkung nicht verfehlt hatte.

Die Ahnungslosigkeit, bei der sie die Ihren ertappt hatte, und die zu einem so glimpflichen Ablauf des so sehr von ihr gefürchteten morgendlichen Beisammenseins geführt hatte, sowie die Erfahrung, wie erschütternd, wie lächerlich einfach es war, Menschen zu belügen, versetzte sie in einen Zustand krampfhafter Heiterkeit, denn die unerträgliche Spannung, die an ihren Nerven gezerrt hatte, und die sich so plötzlich in ein Gefühl der Erleichterung auflöste, mußte notwendigerweise ins Gegenteil umschlagen, ehe sich so etwas wie ein inneres Gleichgewicht wieder herstellen konnte. Sie beeilte sich, in ihr Zimmer zurückzukehren, denn ein schauerliches, unwiderstehliches Lachen kitzelte sie in der Kehle und kaum hatte sie die Tür ihres Zimmers hinter sich geschlossen, überwältigte es sie, schüttelte es sie, warf es sie auf das Bett und brach hervor mit Tränen vermischt in die Kissen hinein, die seine grellen Laute erstickten. Ihr Körper bäumte sich unter der Qual dieses Lachens, das sie hin und her warf, sie juckte und würgte, bis es nur noch ein Schluchzen war, nur noch Tränen, die endlich, endlich versiegten. Erschöpft erhob sie sich, aber ein Blick auf die Uhr machte ihr Beine. Nur wenige Minuten später stürzte sie davon.

Obwohl sie zu spät kam, was nicht gerne gesehen wurde und was ihr an jedem andern Tag einen strengen Verweis eingetragen hätte, weil man der Ansicht war, daß gerade ein Künstler, der mehr als jeder andere dazu neigte, seinen eigenen Impulsen zu folgen, sich nicht früh genug daran gewöhnen konnte, daß auch er sich der eisernen Zucht, die allein ein Volk zu der ersehnten Vormachtstellung führen konnte, fügen mußte, daß auch er im gleichen Takt mit den Kommisstiefeln marschieren mußte, obwohl sie also, wie erwähnt, zu spät kam, gelang es ihr, unbeachtet in die Eingangshalle zu schlüpfen, wo sich ihr ein unerwarteter Anblick bot. Denn in der Halle, die sonst um diese Zeit völlig verödet war, hatten sich weisungsgemäß alle Schüler der Anstalt versammelt, manche im Malerkittel, manche noch in Überkleidern wie sie, und warteten darauf, daß sich für sie die Türen zu dem großen Festsaal öffneten, wohin sie der Leiter der Anstalt beschieden hatte, um eine Ansprache an sie zu richten.

Ursula mischte sich betroffen unter die andern, aber so begierig sie auch war zu wissen, was vorging, wagte sie es nicht, eine Frage zu stellen, die ihre verspätete Ankunft verraten hätte. Auch wußte sie aus Erfahrung, wie häufig Fragen, auch die harmlosesten, Mißtrauen erweckten und wie übel sie deshalb zumeist aufgenommen wurden. Sie begnügte sich daher damit, in den Mienen der andern zu lesen, was vorgefallen war, und was sie sich aus ihnen zusammenbuchstabierte, kam der Wahrheit um vieles näher, als die Antwort auf die von ihr nicht gestellte Frage ihr hätte nahe kommen können. Denn was wirklich vorgefallen war, wußte keiner von ihnen. Sie wußten nur, daß der Leiter der Anstalt eine Ansprache an sie richten wollte, aber nicht, was dahinter steckte.

Er wollte nämlich gar keine Ansprache an sie richten und vielleicht erklärte sich daraus die Verzögerung. Er mußte es tun. Er hatte die Weisung erhalten, es zu tun. Und nicht nur er. Zur gleichen Stunde wurde in jeder Fabrik, in jedem Betrieb, in jedem Amt, in jeder Schule, in eilig zusammengerufenen Versammlungen, über Weisung eine ähnliche spontane Ansprache gehalten, wie die, der Ursula ein wenig später lauschen sollte. Und die Weisung, die der Propagandaminister erteilt hatte, wie es hieß, hatte ihren guten Grund. Die Zeitungen hatten zwar in ihrem Bericht über den Tempelbrand jede Meldung unterdrückt, die ein empfindsames Gemüt mit Abscheu erfüllen hätte können, oder die, mit anderen Worten, zu einer Beschlagnahmung der ganzen Auflage führen hätte können, aber Augenzeugen hatten offenbar geschwatzt und auch ein illegales Plakat, dessen Ursprung nicht festzustellen war, hatte sich da und dort, an einen Baum, an ein Haustor gespießt, vorgefunden und die Vorfälle der vergangenen Nacht wahrheitsgetreu breiten Schichten der Bevölkerung zur Kenntnis gebracht. Der Abscheu, den diese Vorfälle in weiten Kreisen erregten, war, wenn auch keiner es noch wagte, ihm Worte zu verleihen, unverkennbar und es schien geboten, ihn im Keim zu ersticken. Ableugnen konnte man der Augenzeugen wegen diese Vorfälle nicht, so gerne man sie auch Gräuelmärchen genannt hätte, daher erging die Weisung, von ihnen abzurücken.

Diese Maßnahme und was sie veranlasst hatte, verrieten die Mienen, die Ursula forschend betrachtete, ihr nicht, aber etwas anderes konnte sie von ihnen ablesen, was sie in einen Taumel der Erregung versetzte. Diese fahlen, düsteren, verschlossenen Gesichter, die aus so trüben Augen finster vor sich hinstarrten, deren Mund so beredt war, weil er stumm war, aus denen, von vereinzelten abgesehen, jeder Schimmer von Fanatismus, jeder Glanz des Glaubens verschwunden war, waren die Gesichter von Rebellen, die sich zusammengerottet hatten, um die Knechtschaft abzuwerfen. ›Was werden sie tun?‹ fragte sich Ursula, überschwänglich bereit an einem offenen Aufstand teilzunehmen, aber da öffneten sich die Saaltüren und die geschlossene Bewegung der andern schob auch sie in den Festsaal hinein.

Auch als schon jeder einen Platz gefunden hatte und lautlose Stille herrschte, eine düstere, drohende Stille, mußten sie noch warten, aber nur um ihre Wachsamkeit einzuschläfern und um sie zu ermüden und um ihnen Zeit zu geben, sich die furchtbaren Folgen einer Unbotmäßigkeit auszumalen. Als sie es am wenigsten erwarteten, stand plötzlich der Leiter der Anstalt auf dem Podium und schnellte grüßend den Arm vor. Langsamer hoben sich die Arme der andern zum Gruß und die

Worte, die diese Bewegung begleiteten, waren ein Gemurmel und nicht wie sonst ein Schrei.

»Oh, Ihr Verblendeten«, rief der Leiter der Anstalt, dessen Zorn sich an dieser Meuterei entzündete, ihn vergessen ließ, daß er eine anbefohlene Ansprache halten sollte und dem die Worte aus seinem aufflammenden Herzen zuströmten. »Wagt Ihr es ihm, der Euch Vater und Führer ist, zur Last zu legen, was der Auswurf und Abschaum der Menschheit freventlich verübt hat? Schon hat die strafende Hand sie erreicht, die jeden erreicht, der unsere reine Fahne mit Blut befleckt und besudelt, und jeden, der sich nicht vor ihr beugt, bedingungslos. Oh, Ihr Verblendeten, die Ihr nur seht, was ruchlose Hände verbrochen haben, nur die verabscheuungswerten Ausschreitungen und nicht, worauf es ankommt. Wir haben gestern Abend eine Fackel angezündet, deren Brand die Nacht erhellte, die wir vertreiben wollen. Oh, Ihr Verblendeten, frohlocken sollten Eure Herzen, weil die Finsternis dem Licht weichen mußte. Denn die Finsternis selbst war es, die brannte, das Symbol der Finsternis, der Judentempel. Der Feuerschein, der den Himmel rötete, war die Morgenröte, die allen, die gläubigen Herzens sind, verkündet hat, daß das tausendjährige Reich angebrochen ist.«

Die Stille, die diesen Worten folgte, wurde von einem Schluchzen unterbrochen, dann brach der Jubel los, ein tosender Jubel, der nicht enden wollte.

Der tiefe Eindruck, den es auf Ursula machte, daß die Ansprache eines Fanatikers Abscheu und Empörung, die sich so unverkennbar in den Zügen seiner Zuhörer gespiegelt hatten, in jubelnde Zustimmung zu verwandeln vermocht hatte, öffnete ihr die Augen für Zusammenhänge, die sie bisher nicht einmal geahnt hatte. Sie erkannte, daß Worten, die sich an eine Masse richten, eine unheimliche Gewalt innewohnt, weil das Wort, an dem sich auch nur ein Einzelner entzündet, zum Funken wird, der von einem auf alle andern überspringt, daß ihnen eine dynamische Wirkung gegeben ist, weil die Gefühle, die sie in zur Masse verschwisterten Herzen erregen, sich nicht addieren, sondern multiplizieren, daß ihnen eine Zauberkraft verliehen ist, die sich nur mit Alchemie vergleichen läßt, weil sie den Willen jedes Einzelnen, der ihnen willfährigen Herzens lauscht, in den Massenwillen hineinschmelzen und seine Überzeugung zur Massenmeinung ummünzen.

Aber da es ihr nicht gegeben war, zu erkennen, was sie nicht erschaute, waren es nicht Gedanken, die diesen Zusammenhängen nachspürten, sondern Farben, die sie ihr enthüllten. Wie von einem unsichtbaren Pinsel auf gigantischer Leinwand festgebannt, erblickte sie unabsehbar Menschen, Männer und Frauen, Kinder und Greise, die dicht aneinandergedrängt und emporgehobenen Gesichts den Worten lauschten, die einer sprach, der hoch über ihnen auf lorbeerbekränztem Sockel stand, in eine blutrote Fahne gehüllt, von der sich dunkel ein unheimliches Zeichen abhob, ein Kreuz, dessen Enden sich drohend zu Haken verkrümmten. Und während sich die Worte, an denen sich die Lauschenden so gierig berauschten, in ihre willfährigen Herzen hineinergossen, verwandelte, sich, spukhaft Gesicht um Gesicht, bis jedes seine Eigenart abstreifte und kaum noch Geschlecht und Alter erkennen ließ, bis eines dem andern zum Verwechseln glich und sich das gleiche Gesicht, wie in schauerlicher Spiegelung, unabsehbar wiederholte. Aber kaum hatte sich, diese unheimliche Ähnlichkeit in allen Zügen eingenistet, verwandelten sich die Worte, die aus jenem wie zum Schrei aufgerissenen Mund herverquollen, in Blut, das über die lauschenden hinflutete, bis ihre Gewänder sich röteten und jeden wie in eine blutrote Fahne einhüllten, die sich zu einer einzigen gigantischen Fahne verwebten, die sich unabsehbar entrollte, von kreuzweise verschränkten Haken drohend übersät.

Schon begann diese Vision gespenstischer Verschwisterung vor Ursulas Augen, die Erschütterung trübte, zu verblassen, da glaubte sie plötzlich, von dem Gefühl ihrer Schuld überwältigt, eingekeilt zwischen den andern sich selbst zu erblicken, unkenntlichen Gesichts und verstrickt in die Schlinger der unseligen Fahne, wie alle andern. Verstört starrte sie in die zerfließenden Züge hinein, bis sie zergingen und sie nur noch in sich selbst hineinstarrte.

Erst in diesem Augenblick hielt sie Gericht über sich selbst, und die Unselige, die sich noch Tags zuvor zu den kreuzweise verschränkten Haken bekannt hatte, stand als Angeklagte vor der Unseligen, der die Gräuel, die sich am vergangenen Abend vor dem brennenden Tempel abgespielt hatten, die Augen geöffnet hatten, die sie erbarmungslos und verzweifelt zugleich auf jene andere heftete, von der sie sich losgesagt hatte und die ihr doch anhing, wie ihr Schatten ihr anhing und sich nicht abschütteln ließ.

Du hast dich, hielt Ursula jener Unseligen, die nicht mehr existierte, aber deren Vermächtnis sie antreten mußte, schonungslos vor, nicht nur an andern versündigt, sondern auch an Dir selbst. Du hast dich nicht nur zur Mitschuldigen gemacht, an jedem Verbrechen, das andere begangen haben, denn ein Verbrechen, das wir geschehen lassen, begehen wir selbst, Du hast dich nicht nur mit dem Blut besudelt, das andere vergossen haben, denn Du hast nicht nur geschehen lassen, was geschah, Du hast es gutgeheißen. Oder, hast Du die Stirne zu behaupten, daß Du blind warst, nur weil Du die Augen schloßest, daß Du nicht wußtest, was vorging, nur weil Du es nicht wissen wolltest? Und wenn Du es wirklich nicht wußtest, bist Du nicht schuldiger als schuldig? Denn wie durftest Du gutheißen, was Du nicht geprüft hast? Aber Du hast nicht nur gutgeheißen, was Du nicht gutheißen durftest, Du hast Dich überschwänglich zu dem blutigen Spuk bekannt, und damit hast Du Deine Mission verraten, denn es ist dem Künstler auferlegt, ein Führer der Unmündigen zu sein, mit ihnen, wenn sie wie er dem Licht zustreben, gegen sie, wenn sie sich der Finsternis verschrieben haben: Du aber bist in die Masse der Unmündigen hineingeschmolzen. Du hast dich an der Liebe versündigt, die Du den Menschen schuldest, und Du hast Dich wider den Geist versündigt. Du hast Dein Leben verwirkt, tausendfach hast Du es verwirkt. Da reckte sich die schemenhafte Gestalt, über die Ursula den Stab gebrochen hatte, hoch auf, wies erhobenen Armes mit drohendem Finger auf sie und rief ihr höhnisch und mit gellender Stimme zu: Und Du mußt mein verwirktes Leben, mein tausendfach verwirktes Leben weiterleben, Du! Dann zerging das Phantom, aber immer noch tönten Ursula die gellenden Laute in den Ohren, bis sie endlich begriff, daß sie selbst es war, die schluchzende Schreie hervorstieß, die sie mechanisch in dem zusammengeknüllten Taschentuch zu ersticken versuchte.

Da klopfte es an die Tür ihres Zimmers und ehe sie noch antworten konnte, öffnete sie sich, das Mädchen trat ein und fragte tückisch: »Haben Sie mich gerufen?«

So unvermittelt mit den Folgen konfrontiert, die damals alles, was sich auch nur einigermaßen dazu eignete, Verdacht zu erregen, unvermeidlich haben mußte, kam sie jäh zur Besinnung. Sie ahnte, daß ihre Schreie den Argwohn des Mädchens erweckt hatten, daß sie nur gekommen war, um sie auszuhorchen oder auszuspähen, und daß sie alles daran setzen mußte, um ihren Argwohn zu zerstreuen. »Seit mindestens 5 Minuten schreie ich mir nach Ihnen die Kehle wund«, log sie. »Sitzen Sie denn auf Ihren Ohren? Ich fühle mich sehr elend und möchte eine Tasse Tee«, und die Entrüstung, die Ursula in diese Worte legte, klang so überzeugend, daß sich das Mädchen betroffen zurückzog, um dem erhaltenen Auftrag nachzukommen, und nicht mehr ganz sicher war, ob sie sich nicht vielleicht doch verhört hatte.

Während das Mädchen den Tee bereitete, legte sich Ursula zu Bett, denn sie fühlte sich wirklich sehr elend. Sie hing, schien ihr, immer noch, wie mitten im Sprung, über dem klaffenden Abgrund, der sich in der vergangenen Nacht vor ihr aufgetan hatte und sie von ihrem bisherigen Leben trennte, hing hilflos über schwindelnden Tiefen und es fehlte ihr an Kraft, den Sprung zu vollenden, mit dem sie sich festen Boden unter den Füßen zurückgewinnen sollte. Aber nicht weil sie vor dem Schicksal schauderte, das sie auf der andern Seite des Abgrunds erwarten mochte, zauderte sie, sondern nur, weil es ihr vor sich selbst graute, weil es ihr davor graute, ein verwirktes Leben zu leben, und sie sich beredete, daß einer, der sein Leben verwirkt hat, Anspruch darauf hat, zu sterben. Einen Augenblick lang gab sie sich überschwänglich dieser Todessehnsucht hin, die sie sanft auf dunklen Schwingen höher und immer höher emportrug, bis die Stimme ihres Gewissens tief unter ihr verstummte, weil der Tod, das versprach er ihr lockend, Scham und Schuld auslöscht.

Da brachte das Mädchen den Tee, fragte nach ihrem Befinden, machte sich noch eine Weile in dem dämmerigen Zimmer zu schaffen, fragte endlich lauernd, ob sie vielleicht den Arzt holen solle, ob Ursula noch irgendwelche Wünsche habe, ob sie das Licht einschalten solle, und da Ursula all dies kurz verneinte, entfernte sie sich schließlich verdrießlich.

Nachdem sich die Tür hinter ihr geschlossen hatte, versuchte Ursula sich neuerlich in ihre Todesbereitschaft einzuspinnen, die ihr eben noch Linderung gebracht hatte, doch gelang es ihr nicht, denn unabweislich drängte sich ihr die Frage auf, ob ein Urteil, das man selbst an sich vollzieht, entsühnen kann. Sie mußte sich gestehen, daß der Tod, dem man sich in die Arme wirft, nicht Sühne ist, sondern eine Flucht in das Nichts, daß er nur die Scham, aber nicht die Schuld auslöscht.

Noch wagte sie es nicht, diesen furchtbaren Gedanken zu Ende zu denken, noch wagte sie es nicht, sich einzugestehen, daß ein Leben das sie verwirkt hatte, gar nicht mehr ihr gehörte, sondern daß sie es jenen schuldete, an denen sie sich schuldig gemacht hatte, daß sie gar nicht ihr Leben, daß nie nur jeden Anspruch auf Glück verwirkt hatte, daß sie das Leben als eine Strafe, als einen Fluch auf sich nehmen mußte, wenn sie sühnen wollte, und sühnen wollte sie, wollte es überschwänglich, aber immer noch feilschte sie mit sich um den Tod.

Da fiel ihr ein, daß die illegale Tätigkeit, zu der sie sich erboten hatte, nicht ganz ungefährlich war, daß es ihr vielleicht vergönnt sein konnte, ihr Leben als Opfergabe für die Sache der Freiheit darzubringen. In dieser Tätigkeit durfte sie, wollte sie, mußte sie den Tod suchen, gelobte sie sich.

Als ihre Mutter etwas später leise ins Zimmer trat, um nach ihr zu sehen, schlief Ursula schon, ein verzücktes Lächeln um den Mund.

Einer Schlafwandlerin vergleichbar, die, von einer unwahrscheinlichen, einer beängstigenden Sicherheit beseelt, an gähnenden Tiefen vorbei, unbeirrbar den Weg verfolgt, den sie, halb einer Lockung unterliegend, halb einem Gebot gehorchend, gehen muß, ging Ursula am nächsten Morgen nach beendetem Frühetück auf ihren Bruder zu und bat ihn um eine Unterredung. Mit hastigen, überstürzten Worten, als wollte sie sich selbst, je eher desto besser, vor eine unwiderruflich vollendete Tatsache stellen und sich jeden Rückzug, zu dem sie sich versucht fühlen mochte, abschneiden, teilte sie ihm mit, daß sie zu dem Entschluß gelangt sei, ihr Leben zu revidieren. Sie habe eingesehen, gestand sie, daß sie nicht das Recht dazu habe, in einer Zeit so ungeheurer politischer Geschehnisse, in der sich so atemraubend eine Umwertung aller Werte vollzog, ihren persönlichen Neigungen zu leben, statt der Idee zu dienen, die sie erfüllte. Aber sie habe nicht nur kein Recht dazu, der geheimnisvollen Stimme zu folgen, die sie bedrängte, Malerin zu werden, sie sei unwürdig, dem Rufe dieser Stimme zu folgen, wenn sie es darüber versäumte, der Idee zu dienen, die sie erfüllte: denn Kunst und Gesinnung sei eins. Sie habe daher ein Gelübde getan, nie wieder einen Pinsel zu berühren, nie wieder, ehe sie ihn nicht geläuterten Herzens berühren dürfe, der Sünde der Lauheit entsühnt durch eine überschwängliche tätige Hingabe an die Bewegung, für die sie zu sterben bereit sei. »Und dazu«, schloß sie, »mußt Du mir verhelfen.«

Sie verstummte bestürzt, denn sie hatte zu lügen beabsichtigt und jäh kam es ihr zum Bewußtsein, daß sie sich bisher fast Wort für Wort leidenschaftlich zur Wahrheit bekannt hatte. Fassungslos starrte sie den Bruder an, der, wie sie glaubte, ihr Geheimnis, das sie so schlecht zu hüten verstanden hatte, schon erraten haben mußte.

Aber auch er starrte die Schwester fassungslos an, denn wenn er auch noch nicht wußte, worauf diese Worte abzielten, die

Ursula so leidenschaftlich hervorgestoßen hatte, so konnten sie doch, da sie sich an ihn richteten und seine Hilfe erflehten, in seinen Ohren nur wie ein fanatisches Bekenntnis zum tausendjährigen Reich klingen, wie überschwängliche Zustimmung, an die er bisher nicht geglaubt hatte. Eine Welle von Zärtlichkeit für die anscheinend so bedingungslos Bekehrte überflutete sein Herz, das viel heftiger, als er es sich bisher einzugestehen gewagt hatte, darnach verlangte, die Entfremdung, die ihn seit einigen Monaten von Ursula trennte, abzuschütteln und wieder die geschwisterliche Eintracht früherer Jahre zu fühlen. Jeder Rest von Mißtrauen gegen sie wurde von dieser Welle brüderlicher Zärtlichkeit aus seinem Herzen weggeschwemmt und er fragte weich: »Wie kann ich Dir helfen, Ursula?«

Sie hatte erstaunt die ungeheure Veränderung beobachtet, die in seinem Gesicht vorging, in dem sich so unverkennbar der tiefe Eindruck spiegelte, den ihre Worte auf ihn gemacht hatten und den sie sich anfangs nicht zu erklären vermochte. Erst nach und nach begriff sie, daß sich die Wahrheit in Lüge verwandelt hatte, daß Worte, in dem Mund, der sie spricht, anders wahr sein können, als in dem Ohr, das sie hört, daß für jeden nur das wahr ist, was er wahrhaben will, und daß man nicht glaubhafter lügen kann, als indem man die Wahrheit sagt, die jeder Lüge eine furchtbare, eine überwältigende Überzeugungskraft verleiht.

Wenn sie indessen auch einsah, daß es notwendigerweise zu diesem Mißverständnis hatte kommen müssen, demzufolge ihr Bruder ihr in eben dem Augenblick wieder ungeschmälert sein Vertrauen schenkte, in dem sie ihn skrupellos zum ahnungslosen Helfershelfer des Verrates zu machen beabsichtigte, den sie an allem, wozu er sich bekannte, begehen sollte, daß es zu diesem Mißverständnis hatte kommen müssen, weil ihm bei der Deutung, die er ihren Worten gegeben hatte, nur sein eigenes Gewissen beraten hatte und nicht ihres, so hatte sie doch das beklemmende und zugleich erregende Gefühl, als hätte eine gauklerisch in Lüge verwandelte Wahrheit sie in schützende Dunkelheiten gehüllt und sie gegen ihren Willen einer Gefahr entrückt, die sie, wenn auch unbewußt, gesucht hatte.

»Wie kann ich Dir helfen, Ursula?« wiederholte dringlicher, fast beschwörend ihr Bruder, der ihr Schweigen mißverstand und fürchtete, daß sie an seine Bereitschaft, sich mit ihr zu versöhnen, noch nicht recht glaubte und hinter seiner Frage eine Falle witterte.

Wie aus unendlichen Fernen kehrte ihr Blick zu ihm zurück. Dann setzte sie ihm mit stockenden Worten auseinander, daß sie schon seit geraumer Zeit daran denke, ihre Studien aufzugeben, um sich einer wichtigeren Aufgabe widmen zu können, daß sie eine Anstellung bei einer Parteistelle anstrebe, und daß sie gehofft habe, daß er ihr dabei, da er doch zweifellos ausgezeichnete Beziehungen habe, behilflich sein könne.

Wieder verwandelte sich das Gesicht des Bruders während sie sprach, spiegelte tiefste Befriedigung, als hätte sich ihm ein, sehnsüchtig gehegter Wunsch erfüllt, und als sie schwieg, riß er die Bestürzte plötzlich an sich und stammelte: »Endlich gehörst Du ohne Vorbehalte zu uns, endlich hast Du Dich uns mit Seele und Leib verschrieben, endlich.«

Seine Berührung, vor der es Ursula graute, erfüllte sie mit einem so heftigen Gefühl des Ekels, daß sie die Zähne zusammenbeißen mußte, um der Versuchung zu widerstehen, sich loszureißen und in wilder Flucht davonzustürzen, und während sie sich vorsichtig, um sich nicht zu verraten, aus seinen Armen löste, hörte sie ihn sprechen, ohne zu verstehen, was er sagte. Erst als sie sich von ihm losgemacht hatte, formten sich aus den eben noch unzusammenhängenden Lauten, die sie vernommen hatte, Worte und sie begriff, daß er vorschlug, die von ihm und zweifellos auch von ihr so heißersehnte Versöhnung und die endlich zwischen ihnen wieder hergestellte Eintracht noch an diesem Abend im Kreise seiner Freunde zu feiern.

Ursula, die beabsichtigt hatte, den Abend mit ihrem Geliebten zu verbringen, zögerte nur den Bruchteil einer Sekunde, ehe sie diese Einladung, die nicht nur ihre Pläne durchkreuzte, sondern euch in hohem Maße ihren Widerwillen erregte, die sie jedoch nicht abzulehnen wagte, annahm, wobei sie ein Lächeln zustande brachte, auf das sie stolz sein zu dürfen glaubte.

Erst als sie sich nach Beendigung dieser Unterredung bereits von ihrem Bruder getrennt hatte und sich in überstürzter Eile auf den Weg machte, um die versäumte Zeit einzubringen und nicht allzu verspätet in der Lehranstalt zu erscheinen, kamen ihr Bedenken. Was sie sich von diesem tollkühnen Schachzug versprochen hatte, bedarf kaum einer Erklärung. Die Anstellung in einer Parteistelle sollte den Deckmantel für ihre illegale Tätigkeit abgeben, sie sollte die Tarnkappe sein, die jene andere, jene Abtrünnige, jene Verräterin, die sich hinter der fanatischen Anhängerin verbarg, unsichtbar machte. Auch hatte sie der Hoffnung Raum gegeben, daß sie auf diese Weise, wenn sie nur ein wenig Glück hatte, hin und wieder in den Besitz von Informationen gelangen mochte, die für die geheime Bewegung, der sie dienen wollte, von Nutzen sein konnten. Aber sie hatte nicht damit gerechnet, daß ihr dieser Schritt, das Vertrauen ihres Bruders zurückgewinnen mußte, und sie mußte sich eingestehen, daß diese unvorhergesehene Versöhnung, ihre Pläne durchkreuzte. Besorgt fragte sie sich, ob sie sich nicht vielleicht doch zuviel zugemutet habe, und ob sie sich nicht eine Aufgabe gestellt habe, der sie nicht gewachsen sei. Denn so gefährlich für sie auch die feindselige Haltung ihres Bruders gewesen sein mochte, gefährlicher noch, sie konnte es sich nicht verhehlen, war der versöhnte Bruder, dessen Nähe sie, wenn sie nicht neuerlich seinen Argwohn erregen wollte, nicht wie bisher vermeiden durfte, dessen Handlungen und Hoffnungen sie Verständnis entgegenbringen mußte, dessen Freunde sie als ihre Freunde zu betrachten vorgeben mußte und der es zweifellos als einen Anspruch geltend machen würde, daß sie keine Geheimnisse vor ihm habe, Sie mußte in Hinkunft sozusagen ihre Karten offen auf den Tisch legen, und die Karten, mit denen sie spielte, waren doch falsch. Die Gefahr, in die sie sich begeben hatte, ohne sich ihrer vollen Tragweite bewußt zu sein, benahm ihr förmlich den Atem, denn war es ihr auch gelungen, die mißtrauischen Augen des Bruders, vor denen sie sich verstecken konnte, zu täuschen, wie konnte sie seine wachsamen Augen hintergehen, wenn sie beständig zärtlich auf ihr ruhten. Gelang es ihr aber nicht, ihm Sand in die Augen zu streuen, so war sie verloren, denn hatte sie hoffen dürfen, daß der feindselig gesinnte Bruder davor zurückschrecken würde, die eigene Schwester dem Henker zu überliefern, hätte er sie bei einem Verrat ertappt, so durfte sie von dem Versöhnten, der seiner Schwester unbedingtes Vertrauen schenkte, ertappte er sie dabei, daß sie es mißbrauchte und daß sie nicht nur die Idee, sondern auch ihn verriet, keine Schonung erwarten.

Sie bereute es zutiefst, daß sie sich von einem Impuls, dessen Kühnheit sie offenbar gereizt und verblendet hatte, dazu verleiten hatte lassen, sich in ein so waghalsiges Abenteuer hineinzustürzen, ohne vorher den Rat ihres Freundes einzuholen. Ob der Gedanke an den Freund sie in die Wirklichkeit zurückrief oder ob sich die Wirklichkeit auf diesem Umweg in ihr Bewußtsein hineindrängte, läßt sich nicht entscheiden. Sie bemerkte bloß plötzlich, daß sie vor ihrer Staffelei stand und konnte sich nicht einmal daran erinnern, den Schulraum auch nur betreten zu haben. Sie hatte völlig mechanisch Hut und Mantel abgelegt, ihren Malerkittel angezogen, dieser und jenem im Vorbeigehen grüßend zugenickt und sich an ihren gewohnten Platz begeben. Erschrocken ließ sie ihre Augen von Gesicht zu Gesicht gleiten und vergewisserte sich, daß kein fragender und kein argwöhnischer Blick auf ihr ruhte, ehe sie, während sie sich den Anschein gab, emsig zu arbeiten, wieder ihren Gedanken nachhing.

Noch konnte sie die verhängnisvolle Unterredung so gut wie ungeschehen machen, indem sie vorgab, es doch nicht über sich zu bringen, ihre künstlerische Ausbildung aufzugeben, aber da sie damit nicht nur die Gefahren beseitigte, die sie so voreilig heraufbeschworen hatte, sondern sich zugleich auch aller Vorteile begab, die sie sich von diesem Wagnis versprochen hatte, kurz da sie zwar nicht vor die gleiche, aber doch vor eine ganz ähnliche Entscheidung wie die gestellt war, die sie einem Impuls folgend so eigenmächtig getroffen hatte, sah sie ein, daß es keineswegs zu spät war, den Rat ihres Freundes einzuholen und daß es einfach unerlässlich war, sich bei ihm Rats zu holen, ehe sie eine so schwerwiegende Entscheidung fällte. Sie mußte also unbedingt mit ihm sprechen, ehe sie nach Hause zurückkehrte, denn sie mußte den Entschluß, den er für sie fassen sollte, nötigenfalls mit dem Nein besiegeln, mit dem sie noch in letzter Minute die Einladung ihres Bruders beantworten konnte.

Aber Ursulas verzweifelte Bemühungen, ihren Freund an diesem Tag zu Gesicht zu bekommen, scheiterten. Sie konnte seiner weder in der Lehranstalt habhaft werden, noch traf sie ihn in seinem Zimmer an, wo sie ihn nach Beendigung des Unterrichtes suchte. Sie hinterließ ein paar hastig hingekritzelte Worte, mit denen sie ihn bat, sie an diesem Abend nicht zu erwarten.

So sehr hatte sie damit gerechnet, sich von den Weisungen ihres Freundes leiten zu lassen, daß sie vollkommen ratlos war und nur darauf bedacht, die fällige Entscheidung hinauszuschieben, bis sie Gelegenheit hatte, mit ihm zu sprechen.

Schließlich verfiel sie darauf, während sie nach Hause fuhr, vorzugeben, daß sie sich den Fuß verstaucht habe, um einem Zusammensein mit ihrem Bruder, das unter dem Zeichen der Versöhnung stand, wenigstens noch an diesem Abend zu entgehen und heftig hinkend betrat sie das Speisezimmer, aber der Blick, mit dem ihr Bruder diesen kläglichen Auftritt zur Kenntnis nahm, klärte sie darüber auf, daß ein Rückzug für sie nicht mehr möglich war, und benahm ihr den Mut, ihre Rolle zu Ende zu spielen. Noch ehe ihr Bruder eine Frage an sie richten konnte, rief sie ihm lächelnd zu, er möge sich nur ja keine Hoffnungen machen, daß er sie dazu überreden könne, zu Hause zu bleiben, sie habe sich bloß eben ein wenig den Fuß vertreten, was gar nichts zu besagen habe, und sie denke gar nicht daran, ihm die versprochene Feier, auf die sie sich schon den ganzen Tag freue, zu schenken.

Über Wunsch ihres Bruders mußte Ursula sich so gut anziehen als ihre schmale Garderobe es ihr erlaubte, obwohl er selbst sich wie immer im braunen Hemd präsentierte, das er sein Ehrenkleid nannte. Dann verließen sie das Haus und er winkte ein Auto heran. Als sie etwas später ausstiegen und der Chauffeur den Betrag nannte, den der Taxameter anzeigte, verlangte der Fahrgast: »Ihr Parteibuch.« Verdutzt holte der Chauffeur es hervor end reichte dem andern, der einen flüchtigen Blick darauf warf und sodann höhnisch sagte: »Ausgestellt am 13. März. Nicht vergangenes Jahr, als noch ein wenig Mut dazu gehörte, sich zu uns zu bekennen, sondern dieses Jahr, nachdem die historischen Ereignisse, die sich nur einen Tag vorher, die sich am 12. März abgespielt hatten, Ihnen Beine machten. Das macht den 13. zu einem Unglückstag für sie, der Sie Ihr Fahrgeld kostet, verstehen Sie?« Er warf dem Chauffeur, der keinen Widerspruch wagte, das Parteibuch ins Gesicht und schob die Schwester, die verständnislos diesen Vorfall verfolgt hatte, durch die Drehtür in das strahlend erleuchtete Lokal hinein.

Der Anblick, der sich Ursula bot, unterschied sich nur wenig von dem Anblick, den zu allen Zeiten ein vollbesetzter Saal bietet, in dem sich Menschen, die über reichliche Mittel verfügen, einfinden, um zu essen und zu trinken, Freunde zu treffen und fröhlich zu sein und deren Stimmen und Lachen sich mit der unaufdringlichen Musik vermischen, mit der eine gut geschulte Kapelle das Mahl begleitet, aber selbst für Ursula, deren Augen ihren Mangel an Erfahrung durch ihren in Tiefen dringenden Blick ersetzten, war es erkennbar, daß sich in das heitere Bild, das sich ihr darbot, störende Farben mischten. Es war nicht das vordringliche Braun der Hemden, das düsterer noch als das Schwarz vereinzelter Abendanzüge, das Bild verfärbte, und sie grübelte vergeblich darüber nach, was diesen heiteren Anblick so spukhaft verzerrte, bis ihre Ohren ihr zu Hilfe kamen und ihr die Augen öffneten. Das fröhliche Lachen, das sich in die Musik mischte, klang grell und die Stimmen waren überlaut, weil jeder den Beweis erbringen wollte, daß er keine Geheimnisse vor den andern habe, weil keiner sich dabei ertappen lassen durfte, daß er flüsterte. Da sah Ursula die Angst, die sich hinter dieser grellen Heiterkeit versteckte, die Angst vor dem Denunzianten, den jeder fürchtete, ohne Ausnahme, auch der noch, der sich gar nichts vorzuwerfen hatte, sah wie jeder, lauernd und belauert, Opfer und Henker in einer Person, jeden andern auch noch in der guten Laune, die er zur Schau trug, zu überbieten versuchte, weil sie sein gutes Gewissen beweisen mußte.

An grüßend vorgeschleuderten Armen vorbei folgte sie ihrem Bruder, der suchend den Saal durchschritt, bis er endlich in strammer Haltung vor einem Tisch stehenblieb, an dem einsam ein unscheinbarer Mensch saß. Mit einer Stimme, die so unterwürfig klang, daß Ursula betroffen aufblickte, bat ihr Bruder um die Erlaubnis, sie vorstellen zu dürfen. »Meine Schwester«, sagte er dann und schlug die Hacken zusammen.

Der unscheinbare Mensch ließ einen unverschämten Blick geil über sie hinkriechen und sagte endlich: »Nicht übel.«

Ursulas Gesicht bedeckte sich mit einer zornigen Röte und sie blickte ihren Bruder an, von dem sie, wie ihr schien, mit Recht erwarten durfte, daß er die ihr widerfahrene Beleidigung in schärfster Form rügen würde.

Auch das Gesicht ihres Bruders hatte sich gerötet und seine Hand hatte sich zur Faust geballt, aber er biß die Zähne zusammen und rührte sich nicht.

Erst jetzt fiel es Ursula auf, daß der unscheinbare Mensch nicht nur allein an seinem Tisch saß, sondern daß auch die Nebentische unbesetzt waren, so daß ihn ein leerer Raum umgab, was mit dem überfüllten Saal nicht recht zusammenstimmte. Dieser leere Raum umgab ihn wie eine Warnung, ihm nicht zu nahe zu kommen und unversehens begann Ursula zu zittern, sie wußte selbst nicht warum. Da sagte der unscheinbare Mensch plötzlich höhnisch: »Abtreten« und ihr Bruder, der bisher wie aus Holz geschnitzt, reglos stramm gestanden war, schnellte grüßend den Arm vor und zog sie mit sich fort.

Die Fragen, die sich Ursula, kaum waren sie außer Hörweite, auf die Lippen drängten, schnitt ihr Bruder ihr mitten im Wort mit einem hervorgezischten »So schweig doch« ab, aber als sie an den Tisch traten, an dem seine Freunde saßen, einige junge Burschen in braunem Hemd und einige Mädels, denen lange, glatte Haare in zugleich schwärmerische und zügellose Gesichter fielen, klang seine Stimme bereits wieder wie immer. Die Burschen sprangen auf und standen stramm, während er sie Ursula vorstellte, und ein Glas Wein, das ihr Bruder vor sie hinschob, als sie sich setzten, und das Ursula hastig leerte, entrückte sie eine kleine Weile in einen wohligen Nebel, durch den nur vereinzelte, unzusammenhängende Worte, über die sie beständig lächeln mußten, bis in ihr Bewußtsein vordrangen.

Erst die jähe Stille, die um sie entstand, ernüchterte sie. Reglos, wie versteint, saßen ihre Tischgenossen, einer noch mit erhobenem Glas, das er eben an den Mund führen hatte wollen, alle mit einem eingefrorenen Lächeln um den Mund, und starrten ihren Bruder an, der sich erhob, wie ein Mondsüchtiger, den ein fahler Strahl unwiderstehlich auf den First des Daches hinaufzieht, entsetzte Augen unverwandt auf einen Punkt gerichtet, und als Uraulas Blick dem seinen folgte, sah sie, daß der unscheinbare Mensch, den ein leerer Raum umgab, wie eine Warnung, ihm nicht nahezukommen, ihren Bruder zu sich heranwinkte.

Während ihr Bruder langsam jenen erschreckend, jenen drohend leeren Raum durchschritt, verstummte nach und nach jeder Laut in dem ungeheuern Saal, verstummte die Musik, stockte jede Bewegung, als hätte ein lähmender Gifthauch die Verstörten berührt.

Lautlos, wie es schien, bewegte der unscheinbare Mensch seine Lippen. Nur ihr Bruder hörte, was er sprach und sein Gesicht verriet nicht, was er hörte. Es glich einer Maske, aus der langsam jeder Blutstropfen wich, bis es einer Totenmaske glich.

Während er ein wenig schwankend an ihren Tisch zurückkehrte, setzte erst leise die Musik wieder ein, dann schwirrten an allen Ecken und Enden zugleich Stimmen auf und schließlich platzte, greller noch als vorher, da und dort ein schrilles Gelächter hervor. »Prost«, schrie ihr Bruder und leerte auf einen Zug sein Glas und noch eines und ein drittes. Er hatte es nötig. Keiner stellte eine Frage, auch sie nicht.

Erst als der unscheinbare Mensch den Saal bereits verlassen hatte, sprang ihr Bruder auf und drängte zum Aufbruch. Keiner seiner Freunde bot ihnen seine Begleitung an und als er mit ihr dem Ausgang zuschritt, folgten ihnen hämische Blicke.

Ursula wagte es nicht, eine Frage an ihn zu richten. Ohne

auch nur ein einziges Wort zu wechseln, fuhren sie nach Hause. Erst als sich die Wohnungstür hinter ihnen geschlossen hatte, sagte er »Ich muß mit Dir sprechen« und folgte ihr in ihr Zimmer hinein.

»Du, mußt«, begann er und brach ab. Die Worte würgten ihn, er riß sich das Hemd auf. »Du mußt Dich morgen bei diesem Menschen melden«, stieß er endlich heiser hervor und nannte flüsternd einen gefürchteten Namen. »Er will Dir die gewünschte, Anstellung geben.«

»Nein«, rief Ursula außer sich. »Nein. Weißt Du denn nicht, was er von mir will?«

»Und Du?«, entgegnete ihr Bruder, während ein Ausdruck ohnmächtiger Wut sein Gesicht verzerrte, »weißt Du denn nicht, daß er zu jenen gehört, für die es kein Nein gibt?«

»Warum hast Du es ihm gesagt?«, fragte Uraula verzweifelt. »Warum?«

»Ich habe es ihm nicht gesagt«, beteuerte ihr Bruder, »ich schwöre Dir, ich habe es ihm nicht gesagt. Er weiß es, weil es vor ihm kein Geheimnis gibt. Er ist der Mann, der durch Mauern sieht, er ist der Mann, der hört, was in den verborgendsten Schlupfwinkeln geflüstert wird, er ist der Mann, der alles weiß.«

Die bösen Ahnungen, die Ursula bis tief in die Nacht hinein bedrängten und sie bis in den Traum hinein verfolgten, wollten noch übertroffen werden, als sie sich am nächsten Morgen zur vorgeschriebenen Stunde bei dem mächtigen Mann einfand, der sie zu sich beschieden hatte. In dem geräumigen Saal und hinter dem ungeheuren Tisch, an dem er saß und an dessen fernem Ende er ihr Platz zu nehmen winkte, sah er noch unscheinbarer aus als am vergangenen Abend. Aber während sie ihn scheu und voll Abscheu betrachtete, in seinem unbeweglichen Gesicht nach den Spuren forschte, die jene erbarmungslosen, jene grausamen Maßnahmen, die man ihm zuschrieb, darin zurückgelassen haben mußten, und schließlich der pausenlosen Geschäftigkeit gewahr wurde, die ihn umgab, und sich vor ihren seherischen Augen wie Fäden zu einem Netz verspann, vermeinte sie zu sehen, daß er sein unscheinbares Äußeres abstreifte, wie eine Schlange, die sich häutet, und wuchs und sich verwandelte, bis er einer gigantischen Spinne glich, die reglos in ihrem Gewebe sitzt und auf Beute lauert.

Die Tür öffnete sich, während das Telefon schrillte, und öffnete sich wieder und ohne Unterlaß, dem Glockenzeichen gehorsam, das sein Finger oder auch sein Fuß ausschickte, und während er den Hörer abnahm, wurden Schriftstücke vor ihn hingeschmettert, die seiner Unterschrift bedurften, und schon schrillte ein zweites Telephon, und während sein Ohr der fernen Stimme lauschte, verdeckte seine Hand die Sprechmuschel und sein Mund erteilte Befehle und während er karge Antworten und sehr präzise Instruktionen in den Apparat hineinsprach, kritzelten seine Hände Worte auf Papierstreifen, berührte sein Fuß die Glocke, kamen und gingen die von dem Klingelzeichen Herbeigerufenen und zumeist, wortlos Entlassenen, legten Berichte vor ihn hin, schleppten angeschwollene Mappen und Faszikel herbei, häuften Dossiers vor ihm auf, bis plötzlich sein Finger einen Knopf berührte und erschreckend lautlose Stille eintrat.

Dann erst nahm er von Ursula Notiz, richtete seinen kalten, harten Blick auf sie und sagte: »Wer sehen will, braucht Augen, wer hören will, braucht Ohren. Ich brauche tausend und abertausend Augen und Ohren und angenehme Gesichter dazu, denen das Wort Spitzel nicht auf der Stirne geschrieben steht, und ich will es mit Ihnen versuchen.«

Ursula, deren Gesicht sich erst tief gerötet hatte und gleich darauf totenblaß wurde, stammelte mit fahlen Lippen: »Nein, nein, nur das nicht.«

»Warum?« fragte er nur.

Ursula fühlte, daß es auf diese Frage nur eine einzige Antwort gab, es juckte sie in den Händen, ihm an die Kehle zu fahren, schon maßen ihre Augen die Entfernung ab, die sie überspringen mußte, um ihn an der Gurgel zu packen, da wurde sie wieder nüchtern, denn wie hinter einer Barrikade verschanzt hockte er hinter dem ungeheuern Tisch und wiederholte ungeduldig: »Warum?«

»Ich will mein eigenes Leben einsetzen«, entgegnete Ursula leidenschaftlich, »und nicht das Leben von andern verspielen, ohne etwas dabei zu wagen, ohne dabei auch nur eine Schramme zu riskieren.«

»Sie täuschen sich«, erwiderte er eisig. »Wenn Sie sich auch nur ein einziges Mal von einem Gefühl des Mitleids überwältigen lassen und den Blick abwenden, um nicht zu sehen, was in die Augen springt, wenn Sie sich, nicht etwa aus Irrtum, sondern aus Erbarmen, auch nur einen Einzigen von denen, die Sie uns auszuliefern haben, entschlüpfen lassen, so wird es Sie den Kopf kosten. Genügt Ihnen das oder soll ich hinzufügen, daß auch schon ein Verdacht, den ein von Ihnen gelieferter Bericht in uns erregt, Sie den Kopf kosten kann?«

Einen Augenblick lang schloß Ursula die Augen, dann sagte sie tonlos: »Ich kann nicht.«

Das Gesicht ihres Gegenspielers verriet nicht, wie er diese

Worte aufnahm. Er schlug eine Mappe auf, die vor ihm lag und blätterte darin, während er sprach: »Sie haben eine Kunstschule besucht. Sie haben bisher weder zu einer Klage Anlaß gegeben, noch sich ein Lob um uns verdient. Ihr Bruder ist absolut verläßlich. Ihr Vater ist lau.«

Ursula blickte beunruhigt den Sprechenden an, der mit monotoner Stimme fortfuhr: »Ihrem Bruder zuliebe bin ich bereit, ein Auge zuzudrücken, aber nur *eines*, und mit dem andern sehe ich immer noch, daß Ihr Vater lau ist, und daß er die Nachsicht, die wir ihm bisher bezeigt haben, längst schon verwirkt hat.«

Ursula starrte verstört ihren Peiniger an, der es nicht zu bemerken schien und fortfuhr: »Es wird, fürchte ich, nötig sein, ein Exempel zu statuieren, denn ihr Vater hat mit seiner Lauheit nicht nur bereits Ihre Mutter angesteckt, sondern wie es den Anschein hat, auch Sie.«

»Nein«, schrie Ursula auf, »nein.«

»Was wollen Sie tun, damit ich beide Augen zudrücke, und ihren Vater laufen lasse?« fragte er hämisch.

»Was Sie verlangen«, schluchzte Ursula, »alles, was Sie verlangen.«

Da verzerrte sich sein Gesicht zu einem höhnischen Grinsen und höhnischer noch klang seine Stimme als er kreischend hervorstieß: »Zu spät«, und immer wieder »zu spät.«

Diese Worte, die Ursula wie das Todesurteil, das über ihren Vater gefällt wurde, in den Ohren klangen, schüttelten sie, daß ihre Zähne vor Angst zu klappern begannen und stießen sie vom Stuhl, daß sie zu Boden stürzte und auf die Knie und wimmerte: »Erbarmen, Gnade.«

Da kam der mächtige Mann auf sie zu, blieb vor ihr stehen, faßte plötzlich mit beiden Händen der Knienden ins Haar, zerrte die Aufschreiende daran empor, bis sie schwankend auf den Füßen stand, und noch immer die Finger in ihre Haare verkrallt, näherte er sein Gesicht, das sich zu einer lüsternen, einer geilen Fratze verzerrt hatte, ihrem entsetzten Gesicht, bis sein Mund fast den ihren berührte, fast, und sein Atem sich mit ihrem vermischte, während sich seine gierigen Augen an ihren vor Angst und Grauen verzerrten Zügen weideten und er keuchend zu sprechen begann: »Wie soll Dein Vater sterben, mein Püppchen, wie? Soll ich ihn aufhängen lassen, bis dem Zappelnden die Zunge blau aus dem Munde hervorquillt? Oder soll ich ihn totpeitschen lassen, wie? Oder soll ich ihn lebendig begraben lassen, nur bis an den Hals, damit er nicht zu schnell erstickt ...«

Er sprach weiter, aber Ursula hörte seine Worte nicht mehr, sie dröhnten ihr nur noch in den Ohren, ein barmherziger Abgrund öffnete sich unter ihren Füßen und gütige Dunkelheiten schlugen über ihr zusammen.

»So gefällst Du mir«, lallte er noch, dann begann auch unter seinen Füßen der Boden zu schwanken, aber er stürzte nicht in Dunkelheiten hinein, sondern in schwellende Nebelkissen, die aufschäumten und eine linde, laue Brandung über ihn ergossen, die seine verkrampften Finger löste, und während die Ohnmächtige seinen erschlafften Händen entglitt und auf den Boden hinschlug, sank er erschöpft und ein wenig benommen auf einen Stuhl.

Nach einer Weile erhob er sich, goß der Bewußtlosen Wasser ins Gesicht und als sie kurz darauf zur Besinnung kam, saß er bereits wieder hinter dem ungeheuren Tisch verschanzt, anscheinend in das Studium von Aktenstücken vertieft.

Mit einem Schrei fuhr Ursula empor, blickte mit irren Augen um sich und wimmerte: »Mein Vater, mein Vater ...«

»Haben sie öfter solche Anfälle?" fragte eine gleichgültige, monotone Stimme.

Taumelnd erhob sich Ursula, tastete sich wie blind bis an den Tisch und schluchzte flehentlich: »Mein Vater ...«

»Nehmen Sie sich doch endlich zusammen«, sagte die Stimme ungeduldig. »Ich schätze Ihren Vater sehr, aber auch ihm zuliebe kann ich Ihnen den verantwortungsvollen Posten, den ich Ihnen zugedacht hatte, nicht anvertrauen. Ich habe Ihre Nerven ein wenig auf die Probe gestellt und Sie haben vollkommen versagt.«

»Sie schätzen meinen Vater sehr?« stammelte Ursula fragend, aber sie erhielt keine Antwort mehr, denn schon hatte der Finger des mächtigen Mannes auf den Knopf gedrückt und damit den Befehl, ihn nicht zu stören, aufgehoben. Schon öffnete sich die Tür, schon schrillte das Telefon, und wieder öffnete sich eine Tür und eine junge Dame kam eilig auf Ursula zu, faßte sie beim Arm und schob sie in den Korridor hinaus. Erst als sich die Tür hinter ihnen wieder geschlossen hatte, begann die junge Dame zu kichern und platzte heraus: »Sind Sie betrunken? Der Hut sitzt Ihnen ja ganz windschief, am Ohr statt am Kopf.«

Ursula konnte sich nie daran erinnern, wie sie an diesem Tag nach Hause kam. Sie hatte zweifellos vorübergehend daran gedacht, sich in dem Zimmer ihres Freundes, zu den sie einen Schlüssel besaß, zu verkriechen und dort auf ihn zu warten, hatte diesen Gedanken jedoch gleich wieder aufgegeben. Da sie erst nach Hause kam, als es bereits dämmerte, war anzunehmen, daß sie sich stundenlang auf der Straße herumgetrieben hatte, aber diese Stunden lagen wie eine dichte Dunkelheit hinter ihr, in die kein Strahl der Vernunft, kein aufhellender Gedanke eindringen konnte.

Sie erinnerte sich später bloß daran, daß ihr Zimmer zu kreisen begann, als sie es betrat, daß es sie immer schneller und schneller umkreiste, daß schließlich auch noch der Boden sich unter ihren Füßen zu heben und zu senken begann und sie versuchte, sich bis an ihr Bett zu tasten, daß sie jedoch, ehe sie es erreichen konnte, in bodenlose Finsternisse abstürzte.

Als sie erwachte, lag sie im Bett, aber nur ihre ruhelosen, tastenden Hände wurden dessen gewahr, denn immer noch umgab sie jene undurchdringliche Finsternis, die sie einige Minuten zuvor, oder war es einige Tage zuvor, schützend aufgenommen hatte. Sie machte auch gar keinen Versuch, diese Dunkelheit, in der sie sich so geborgen fühlte, abzuschütteln. Sie gab sich ihr hin, bis sie nach und nach dünner und immer dünner wurde und sich mit Geräuschen und Gesichten füllte. Zumeist war es das Gesicht ihrer Mutter, das sie erblickte, aber nur wie hinter einem Schleier, zuweilen setzte sich ein Mann an ihr Bett und faßte mit prüfenden Fingern ihr Gelenk an, und manchmal beugte sich ihr Vater über sie, stand ihr Bruder in der Tür und oft ritt das Mädchen auf einem Besenstiel durchs Zimmer. Noch klangen ihr die flüsternden Stimmen wie murmelnde Wellen in den Ohren und endlich drang ein dünner Wintersonnenstrahl in die aufgelockerte Dunkelheit ein, drang bis an ihr Bett vor und tanzte auf ihren ermatteten Händen. An diesem Tag hörte sie zum ersten Mal ihre eigene Stimme, die wie aus dem Schlaf aufschrie: »Vater, Vater« und sie erweckte, wie aus einem bösen Traum.

Der Arzt verordnete noch einige Tage absoluter Ruhe, und auch als sie endlich wieder das Bett verlassen durfte, bestand er darauf, daß sie sich noch eine gute Weile schonen müsse. Aber schon mischte sich in das Gefühl der Schwäche, das Ursula erfüllte, so etwas wie Ungeduld, denn sie fühlte, daß sie sich wie in wilder, besinnungsloser Flucht in diese Krankheit hineingestürzt hatte, und daß sie Versäumtes nachholen mußte. Mehr als alles quälte sie der Gedanke, daß ihr Freund schon so lange ohne jede Nachricht von ihr war und sie konnte es kaum erwarten, endlich wieder ausgehen zu dürfen, um den Brief, den sie eben an ihn geschrieben hatte, den sie jedoch niemand anvertrauen konnte, aufzugeben.

Als sie diesen Brief unter einem Wäschestoß versteckt hatte, noch während sie die Lade zuschob, klopfte es an ihre Tür und ihr Bruder trat ein. »Sage es mir doch endlich«, stieß er heiser hervor. »Was hat er Dir getan, was?«

»Von wem sprichst Du?« fragte Ursula, deren Gedanken bei ihrem Geliebten weilten, erblassend.

»Du weißt sehr genau, von wem ich spreche«, rief ihr Bruder und begann heftig zu zittern. »Soll Dein Schweigen ihn vor mir schützen, oder mich vor ihm? Muß ich ihn erwürgen und mir dann eine Kugel in den Kopf jagen?«

Da begriff Ursula, daß er den, von dem er sprach, fürchtete, und sie erriet, von wem er sprach, erriet, was er, Wahrheit oder Lüge, hören wollte und sie sagte es: »Er hat mich nicht berührt, ich schwöre es Dir, er hat mich nicht berührt.«

Die Ungeduld, die Ursula erfüllte und die ihre Genesung beschleunigen sollte, täuschte Kräfte vor, die sie noch nicht zurückerlangt hatte, wie sie einsehen mußte, als sie zum ersten Mal wieder ausgehen durfte, denn kaum hatte sie das Haustor geöffnet, mußte sie sich gestehen, daß sie sich der Wirklichkeit noch nicht gewachsen fühlte. Der Straßenlärm, der ihr entgegenschlug, dröhnte ihr wie das Getöse einer wilden Brandung in den Ohren, die sich an flüsternde Stimmen und gedämpfte Geräusche gewöhnt hatten, die kreisenden Räder flimmerten ihr vor den Augen und das Gedränge der vorbeihastenden Menschen glich einem reißenden Strom, vor dem sie zurückschauderte. Aber während sie noch dieses leise Angstgefühl, das sie ergriffen hatte, zu bekämpfen versuchte, tauchten aus den Wogen des Stromes Gesichter auf, sprangen unter den Krempen der Hüte hervor wie aus einem Hinterhalt, unscheinbare Gesichter, die sich von ihrem verstörten Blick berührt verwandelten, sich zu einem geilen, hämischen Grinsen verzerrten, feixten und die Zähne fletschten, und schon streckten sich zu Krallen verkrümmte Finger nach ihr aus, und das Grauen, mit dem sie in den Dunkelheiten umnachteter Tage wie mit einem Dämon gerungen hatte, wie mit dem Teufel selbst, packte sie an der Kehle. Ihre Knie begannen zu zittern, schon taumelte sie zurück, entschlossen umzukehren, da fiel ihr ein, daß sie den Brief aufgeben mußte, der ihrem Freund ihr langes Schweigen erklären und die Besorgnisse, die es zweifellos in ihm erregt haben mußte, zerstreuen sollte, und sie schloß die Augen und ließ sich in den dunklen Strom hineingleiten, wie einer, der Selbstmord verübt.

Sie fühlte sich wie gerädert, als sie nach dem ersten kurzen Spaziergang in ihr Zimmer zurückkehrte und sank erschöpft auf einen Stuhl. Die zu Fieberphantasien verzerrten Erinnerungen, die sich ihr an der Schwelle der Wirklichkeit, in die sie zurückkehren sollte, so drohend entgegengestellt hatten, wie den purpurnen Finsternissen ihres Deliriums entsprungen, hatten sie in einen Zustand der Schwäche zurückgeschleudert, der sie förmlich betäubte, und der die Angst, die ihr eben noch die Kehle zugeschnürt hatte, und die Ungeduld, die sie erfüllt hatte, und auch noch ihre Sehnsucht ihren Geliebten wiederzusehen, in ein Gefühl tiefster Gleichgültigkeit verwandelte. Sie mußte sich eingestehen, daß sie noch der Schonung bedurfte und daß sie ihren Nerven noch eine Gnadenfrist vergönnen mußte, ehe sie ihnen auch nur die leiseste Belastungsprobe zumuten durfte, weil die heilenden Kräfte, die ein erkrankter Körper erzeugt, erst unbehindert wirksam werden in jenem Dämmerzustand der Genesung, der sich vermittelnd zwischen Krankheit und Gesundheit einschiebt, wie eine Brücke, die sich über einen tödlichen Abgrund spannt, weil der Genesende, der die tiefe, die absolute Einsamkeit seines Siechtums verläßt, sich in der verschwisterten Einsamkeit, in die er zurückkehrt, ohne Übergang nicht zurechtfinden könnte.

Zweifellos hatte Ursula es nötig, sich noch eine Weile in die Einsamkeit ihres Zimmers einzuschließen, aber nicht nur, wie sie glaubte, um neue Kräfte zu sammeln, sondern auch und vornehmlich, um sich der Kräfte bewußt zu werden, die ihr gegeben waren, denn sie hatte die Angst, die sich ihr in Erinnerungen vermummt, an der Schwelle der Wirklichkeit entgegengestellt hatte, mißverstanden. Es war nicht eine erschreckende, es war eine entgötterte, eine entzauberte Wirklichkeit, die ihr Entschluß, ihr künstlerisches Studium aufzugeben, verdunkelt hatte, in die sie sich scheute zurückzukehren, wie sie nach und nach einsehen sollte. Denn kaum hatte sie sich in ihr Zimmer eingeschlossen, um sich in jene Dämmerstimmung der Genesung einzuspinnen, von der sie sich Heilung versprach, verwandelten sich auch schon die Wände, die sie schützend umgaben, in Leinwand, die sich zauberhaft entrollte und ausspannte und sich als weiße, nach Farben hungernde Flächen, hinter denen die geblümte Tapete verschwand, Ursulas verzückten Augen darboten. Mit bebenden Händen, die sich nicht regten, tastete sie nach dem imaginären Pinsel, nach der Traumpalette. Und schon bedeckte sich die Leinwand mit Farben, wie sie nur Träume mischen, Farben, die ihr eigenes Licht haben und noch in der Dunkelheit leuchten, Farben, die ein geheimnisvolles Leben durchpulst, die, während man sie betrachtet, aufleuchten und verblassen, erblühen und verwelken.

Es waren nicht eigentlich Bilder, die Ursula erschaute, während sie sich von Tag zu Tag tiefer in diesen Verzückungen verstrickte, sondern Farbenorgien, an denen sie sich berauschte, wobei sie glaubte, dem Geheimnis auf der Spur zu sein, das zur Vollendung führte und zur Meisterschaft. Denn immer hemmungsloser wurden die Traumfarben, begannen als Blume zu duften, schwellten und strafften in Saft verwandelt die Schale der Frucht, begannen zu ertönen, wurden zum Getöse der Brandung, zum Heulen der Stürme, die durch wimmernde Wälder fegen, verwandelten sich in Bewegung als vorbeigleitende Wolke, als glitzernder Fluß.

Ursula, die ihr Zimmer nur noch verließ, um an den gemeinsamen Mahlzeiten teilzunehmen, nahm wohl zuweilen wahr, daß den zu Phantasiegebilden entarteten Blumen ein fader Geruch entströmte, und daß die spukhaft üppigen Früchte einen schalen Geschmack in ihrem Mund zurückließen, und sie fühlte unbestimmt, daß sie Farbenphantomen nachjagte, die sich nicht formten und sich nicht gestalten ließen, aber sie bemerkte nicht, denn sie wollte es nicht bemerken, daß sie sich Tag um Tag weiter von der Wirklichkeit entfernt hatte, der sie sich zu nähern beabsichtigt hatte, daß sie sich in eine Schattenwelt der Verzückungen eingesponnen hatte, wie eine Raupe, die sich verpuppt. Da kam der Brief. Sie erkannte die Handschrift ihres Geliebten, riß den Umschlag auf und begann zu lesen.

Es war ein ganz unverfänglicher Brief, vereinbarungsgemäß mit einem Frauennamen unterzeichnet, denn es ließ sich nicht ausschließen, daß ihr Bruder es sich einmal einfallen lassen könnte, einen an sie gerichteten Brief zu öffnen, und sie mußte sich die Botschaft, die in einer Art Geheimschrift abgefaßt war, zusammenbuchstabieren. Es hatte beträchtliche Besorgnisse erregt, daß sie wochenlang nichts von sich hören hatte lassen und sie wurde dringlich um Nachricht gebeten.

Erst während sie diese Worte las, wich die Traumwelt, in die sie sich hineingeflüchtet hatte, lautlos hinter ihr zurück, aber auch die Wirklichkeit, in die der Brief sie zurückrief, zeichnete sich nur schattenhaft in weiter Ferne ab.

»Wähle«, rief eine furchtbare Stimme ihr zu und sie wußte, daß es die Stimme ihres Gewissens war.

»Habe ich denn nicht schon gewählt?« stammelte Ursula bestürzt. »Ich bin bereit, meine Augen von den Bildern, die mich bedrängen und erfüllen, abzuwenden und nur noch zu sehen, was man mit barmherzigen Augen sieht, und entschlossen wendete sie ihr Gesicht der Wirklichkeit zu, die jedoch vor ihrem verschleierten Blick in noch schattenhaftere Fernen zurückwich.

»Wähle noch einmal«, rief ihr die furchtbare Stimme zu.

Wortlos wandte Ursula ihr Gesicht den Traumgefilden zu, aber auch sie wichen vor ihrem verzückten Blick nur noch tiefer in farblose Dämmerungen zurück.

»Wähle zum dritten und letzten Mal«, rief die Stimme ihr beschwörend zu.

Da begann Ursula zu zittern und schwieg, denn sie hatte das eine und sie hatte das andere gewählt, und wie konnte sie, wo es nur das eine und das andere gab, ein Drittes wählen?

›Törin‹, tönte es ihr in den Ohren, ›begreifst Du denn noch immer nicht, daß jedem eine innere Welt geschenkt ist, damit er die äußere ertragen kann, daß eine der andern das Gleichgewicht hält, daß Traumwelt und Wirklichkeit so unteilbar ein Ganzes sind, so zwingend ineinander verflochten, so unentrinnbar einander verhaftet, daß diese wie jene zu einem Schemen wird, opfert man eine der andern auf.‹

Da wußte Ursula, daß sie zum dritten Mal gewählt hatte, und sie hatte keine Angst mehr, in eine Wirklichkeit zurückzukehren, gegen die sie gefeit war.

Während Ursula, die den Brief ihres Freundes noch am gleichen Tag beantwortet und ihm ihren Besuch für den nächsten Abend angekündigt hatte, sich umkleidete, um zu ihm zu eilen, ertappte sie sich dabei, daß sie wiederholt die Hände sinken ließ, daß sie zaudernd an den Kleidungsstücken nestelte, sie zögernd zurechtzupfte, kurz, daß sie alles tat, um ein Wiedersehen, das sie kaum erwarten konnte, hinauszuschieben, und sie mußte sich gestehen, daß sich in ihre Sehnsucht nach dem Geliebten, unerklärlich ein beklemmendes Gefühl mischte, für das sie keinen Namen finden konnte. Da fühlte sie plötzlich, daß sich die Wochen während Trennung zwischen ihn und sie geschoben hatte, wie eine undurchdringliche Dunkelheit, durch die sie sich zu ihm zurücktasten mußte, und in jähem Erschrecken wurde ihr bewußt, was sie fürchtete. Die Wochen der Trennung, in deren Verlaufe sich für sie Ereignisse abgespielt hatten, die so tiefe Spuren in ihr zurückgelassen hatten, mochten auch ihm Erlebnisse geschenkt haben, die ihn und bis zur Unkenntlichkeit verwandelt hatten, und vielleicht war es ein Fremder, der sich hinter dieser Dunkelheit verbarg, zu dem sie sich so voll Sehnsucht zurücktastete. Aber mußte er denn nicht ein Fremder für sie sein, fragte sie sich, auch wenn er sich nicht verändert hatte, weil sie selbst aus dem Grauen, das sie erlebt hatte, und aus der tödlichen Einsamkeit, deren eisige Schauer sie in ihren Fiebernächten berührt hatte, als Fremde zu ihm zurückkehrte?

Sie schloß die Augen, als könnte sie damit diese beunruhigenden Gedanken ausschließen, und erblickte als Vision die gespenstische Begegnung zweier Liebenden, die durch die Dunkelheit einer zeitlichen Trennung schattenhaft aufeinander zueilten. Aber sie stürzten einander nicht in die Arme, denn die Schattenhände, die sich sehnsüchtig ausstreckten, tasteten blind einer am andern vorbei in das Gestern hinein, wo sie den andern suchten, und wo beide noch das geliebte

Gesicht des andern zu erblicken vermeinten, das in die Fernen vergangener Tage zurückgewichen war, während die beiden Gesichter, die sich schemenhaft eines dem andern näherten, keine Züge hatten für Augen, die nur nach Erinnerungen darin suchten. ›Liebst Du mich noch?‹ fragte lautlos eine Schattenstimme und unhörbar wie ein spukhaftes Echo tönte die Frage als Antwort zurück: ›Liebst Du mich noch?‹

Da erriet Ursula, daß Liebe sich nicht an ein Gestern anklammern darf, daß sie vielmehr bereit sein muß, sich beständig zu wandeln, um der Wandlung Rechnung zu tragen, der die vorbeistürzende Zeit nicht nur das geliebte Gesicht, dessen Glanz sie unmerklich, aber unerbittlich abstreift, unterwirft, sondern auch die Gefühle, auch die Gedanken, die uns geschenkt werden, daß Liebe von dieser stetigen und beständigen Wandlung im DU, das sie erwählt hat, immer neu auf die Probe gestellt wird und sich immer neu bewähren muß, wenn ihr Dauer beschieden sein soll.

Doch Ursulas Befürchtungen, daß die Wochen der Trennung, die nur einige getarnte Worte zu überbrücken versucht hatten, sich entfremdend zwischen ihren Geliebten und sie gedrängt haben mochten, waren grundlos, wie sie einsehen mußte, denn kaum öffnete sich ihr seine Tür, taumelte sie in seine Arme hinein, die sich ihr sehnsüchtig entgegenstreckten und umschlungen sanken sie auf eine schwellende Wolke hin, die aufschwebte und sie in schimmernde, flimmernde Seligkeiten entrückte.

Als sie endlich aus den Traumfernen ihrer Verzückungen in die Wirklichkeit zurückkehrten und die Worte ihnen nicht mehr zu stammelnden Lauten der Liebe im Mund zerbröckelten, ihnen nicht mehr in Musik verwandelt in den Ohren tönten, war es schon viel zu spät, um noch Fragen und Antworten auszutauschen, wie Ursula anscheinend erschrocken feststellte, denn sie hatte, log sie, den Hausschlüssel vergessen und mußte daher vor Torsperre zu Hause sein.

Sie hatte sich hinter diese Lüge verschanzt, weil sie es hinausschieben wollte, ihm Rede zu stehen, denn in dem Augenblick, in dem er die erste Frage an sie gerichtet hatte, war es ihr wie Schuppen von den Augen gefallen und sie hatte eingesehen, daß sie sich ganz und gar nicht, wie sie geglaubt hatte, vor einer Entfremdung gefürchtet hatte, sondern nur davor, ihm eingestehen zu müssen, was sie getan hatte und was ihr demzufolge zugestoßen war, denn sie hatte seine Warnung, äußere Lebensgewohnheiten unverändert aufrechtzuerhalten, wenn sie den Deckmantel für eine illegale Tätigkeit abgeben sollten, um sich nicht von allem Anfang an verdächtig zu machen, mißachtet, und mußte befürchten, daß das, was sie ihm zu berichten hatte, seine Mißbilligung erregen würde. Gleichzeitig aber hoffte sie insgeheim, daß das überschwängliche Opfer, das zu bringen es sie gedrängt hatte, als sie den, wenn auch wie sie seither eingesehen hatte, verfehlten Entschluß faßte, ihre Studien aufzugeben, seinen Beifall finden würde.

Sie kam seinen Fragen, die sie fürchtete, zuvor, als sie ihn am nächsten Abend wie versprochen aufsuchte, begann schon zu sprechen, während sie Hut und Mantel ablegte, nur um ihn nicht zu Wort kommen zu lassen, denn sie hatte sich ganz genau zurechtgelegt, was sie ihm sagen wollte, und jedes Wort war darauf berechnet, das, was sie getan hatte, ins beste Licht zu rücken und es zu rechtfertigen. Sie war ihm dankbar dafür, daß er keinen Versuch machte, sie zu unterbrechen, was sie aus dem Konzept gebracht hätte, aber das beharrliche Schweigen, das er ihrem Bericht entgegensetzte, war beredter als Worte und plötzlich fühlte sie, daß seine Augen, die unentwegt auf ihr ruhten, sie durchschauten, daß er sich von dem, was sie sagte, nicht täuschen ließ, daß er verurteilte, was sie getan hatte, und die Worte, die sie sich so sorgfältig zurechtgelegt hatte, verwandelten sich ihr auf der Zunge und klagten sie an. Schluchzend gab sie zu, daß sie sich einer unüberlegten, einer übereilten Handlung schuldig gemacht hatte, warf sich Mangel an Selbstzucht vor, gestand, daß sie alles vermeiden hätte müssen, was geeignet war, die Aufmerksamkeit auf sie zu lenken, daß sie es daher an Verantwortungsgefühl und vermutlich auch an Disziplin, wie er es nannte, fehlen habe lassen, und nur, wie sie in einem letzten kläglichen Versuch, sich zu rechtfertigen, hinzufügte, weil sie der Versuchung, ein schrankenloses Opfer zu bringen, nicht widerstehen hatte können, denn sie hatte doch nur deshalb den Entschluß gefaßt, ihr künstlerisches Studium gegen einen Posten bei einer Parteistelle zu vertauschen, um der Sache, der sie dienen wollte, alles, was ihr teuer war, aufzuopfern. Der Widerschein dieser überschwänglichen Worte verklärte ihr Gesicht, als sie verstummte.

Seine Augen, die nachdenklich auf ihr ruhten, ließen sie nicht los und er schwieg. Er schwieg, bis ihr Gesicht erlosch und dunkel wurde vor Angst. Dann sagte er leise: »Ich fürchte, Ursula, daß Du ein größeres Opfer bringen mußt, als Du zu bringen bereit bist.«

»Ich wußte es«, flüsterte Ursula und ihr Gesicht leuchtete wieder auf.

»Du verstehst mich nicht«, fuhr er eindringlicher fort. »Du bietest uns alles, was Dir teuer ist, als Opfergabe an. Du bist bereit, ein überschwängliches Opfer zu bringen. Aber bist Du auch bereit, das winzige Opfer zu bringen, das wir von Dir verlangen werden?«

»Ich verstehe Dich nicht«, stammelte Ursula bestürzt.

»Was wir brauchen, Ursula«, fuhr er beschwörend fort, »sind geduldige, nüchterne Hände, die Pässe und Ausweispapiere fälschen können, die unsere Druckerpressen in Bewegung setzen, Flugblätter verteilen und in dunklen Nächten Plakate anschlagen, barmherzige, demütige Hände, die Liebesdienste niedrigster Art verrichten, für die Sterbenden, die Geistesgestörten und die hilflosen Krüppel, die sich in unseren Schlupfwinkeln verkriechen, wenn die Gefängnisse, die Konzentrationslager sie ausspeien. Was wir brauchen, Ursula, sind Stimmen, die wie Fanfarenruf aus unseren Geheimsendern auftönen, um die Schlafenden zu wecken und die Verzweifelnden zu trösten, Ohren, die verbotene Sender in allen Sprachen abhören, Augen, die Nacht um Nacht ohne Schlaf auskommen können. Bist Du bereit, Ursula, Dich damit zu begnügen, zu tun, was zu tun not tut?«

»Ich bin bereit«, erwiderte Ursula, »denn ich weiß, daß mehr not tut als das, viel mehr. Ein Schuß muß fallen, der auf alle Schuldigen zielt, wenn er auch nur einen von ihnen trifft, und dessen Detonation die Schlafenden aufrütteln wird.«

»Vielleicht hat es den Anschein, Ursula«, fiel er ihr ins Wort, »daß dieser Schuß fallen muß, aber er *darf* nicht fallen, vergiß das nie, denn wehe, wenn er fällt. Diese eine Kugel würde tausend und abertausend Schuldlose treffen, als Strafgericht, das über sie hereinbricht. Wer diesen Schuß abfeuert, Ursula, begeht tausendfachen Mord. Begreifst Du endlich, daß Du Dich damit begnügen mußt, zu tun, was not tut?«

»Wie kann ich mich«, entgegnete Ursula, »damit begnügen, so wenig zu tun, wenn es mich drängt alles, was mir an Kräften, Fähigkeiten, Willen und Ehrgeiz gegeben ist, einzusetzen?«

»Nennst Du wenig, was wir von Dir verlangen, Ursula,?« fragte er verwundert. »Dann habe ich zu tauben Ohren gesprochen. Wir verlangen, daß Du Deinen Willen und Deinen Ehrgeiz ablegst und zum Werkzeug wirst, das wir brauchen, daß alle Deine Kräfte und Fähigkeiten in Deine Hände hineinströmen, wenn wir Deine Hände zur Dienstleistung aufrufen, daß sie sich in Deiner Stimme sammeln, wenn wir uns Deiner Stimme bedienen, daß sie Dein Gehör, daß sie Deinen Blick schärfen, wenn wir Deinen Ohren, wenn wir Deinen Augen eine Aufgabe zuweisen. Aber wir fordern noch mehr, Ursula, wir verlangen, daß Du Deinen Namen ablegst, nicht nur weil es für Aufrührer gefährlich ist, einen Namen zu haben, sondern auch, weil nur einer, der seinen Namen gegen ein Kennwort vertauscht, einen Buchstaben, eine Zahl, die das Symbol bedingungslosen Gehorsams und entpersönlichter Hingabe sind, weil nur ein Namenloser ein so namenloses Opfer bringen kann.«

Da sagte Ursula leise und demütig: »Ich bin bereit.«

Es war natürlich nicht daran zu denken, Ursulas Dienste in Anspruch zu nehmen, ehe sie nicht ihre Studien, die den Deckmantel für ihre illegale Tätigkeit abgeben sollten, wieder aufnehmen konnte, was nicht vor Ablauf der Weihnachtsferien, die bereits begonnen hatten, geschehen konnte. Auch mußte vorsichtshalber in Betracht gezogen werden, daß der mächtige Mann, dessen Aufmerksamkeit sie das Unglück gehabt hatte auf sich zu ziehen, sich immer noch für sie interessieren mochte und daß sie diesfalls unter Beobachtung stehen würde. Schließlich erwies es sich als nötig, daß Ursula vorerst einige Zeit daran wendete, um das Mißtrauen einzuschläfern, das ihre Absicht ihre Studien fortzusetzen, sichtlich in ihrem Bruder erregt hatte. Aber auch nach ihrer Rückkehr in die Lehranstalt, die unter Vorlage eines ärztlichen Zeugnisses erfolgte, als sich gegen Mitte Januar die Zeichensäle und Ateliers wieder öffneten und der Unterricht neuerlich aufgenommen wurde, schien es geboten, noch einige Wochen verstreichen zu lassen, um über den Argwohn, den ihre lange Abwesenheit erregt haben mochte, wie man das so nennt, Gras wachsen zu lassen.

Doch die Augen, die Ursula, ohne daß sie es wußte, im Verlaufe dieser Wochen auf Schritt und Tritt folgten, sie erwarteten, wenn sie das Haus verließ, auf ihr ruhten, wenn sie durch die Straßen schritt, sich auf sie richteten, wenn sie im Autobus saß oder in einem Lokal, sie auch noch im Zeichensaal streiften, und denen keine Bewegung, auch nicht die kleinste Geste entging, hatten nicht nur die Aufgabe herauszufinden, ob Ursula sich verdächtig gemacht hatte und beobachtet wurde, sie waren auch damit betraut, sich Gewißheit darüber zu beschaffen, ob sie das Vertrauen, das man ihr schenken wollte, verdiente, und Ohren, denen kein Wort und auch nicht der leiseste Laut entging, unterstützten sie dabei, denn die Augen und Ohren ihres Geliebten, der sich für sie verbürgt hatte, war er auch einer von ihnen und nicht einer der Geringsten, zählten nicht, denn sie mochten blind und taub sein für einen Verrat, den die Geliebte plante.

Ursula, die, wie bereits erwähnt, nicht wußte, daß sie von denen beobachtet und sozusagen auf Herz und Nieren geprüft wurde, denen sie dienen wollte, verlor daher fast die Besinnung vor Schrecken, als sich eines Tages in einem der düsteren Korridore der Lehranstalt plötzlich wie aus dem Boden gewachsen ein junger Bursch, mit dem sie bisher noch nie ein Wort gewechselt hatte, vor ihr aufpflanzte, scheu um sich blickte und ihr sodann ins Ohr wisperte: »Sie werden heute mit dem ersten Auftrag betraut werden und Sie werden ersucht, sich um 9 Uhr zu einer Besprechung einzufinden«, und er beschrieb umständlich den Ort, wo die angebliche Zusammenkunft stattfinden sollte.

Ursula, die nicht einen Augenblick lang daran zweifelte, es bestensfalls mit einem Agent provocateur zu tun zu haben, stammelte verstört: »Ich weiß nicht, wovon Sie Sprechen.«

»Ich kann Ihrem Gedächtnis nachhelfen«, entgegnete der andere und er nannte den Namen ihres Geliebten. »Wissen Sie vielleicht jetzt, wovon ich spreche?« fragte er.

Der Name ihres Geliebten traf Ursula wie ein Peitschenhieb. Sie taumelte zurück und starrte den andern betäubt an. Sie zweifelte nicht mehr daran, daß einer, der diesen Namen nannte, nicht nur einen Köder auswarf, um sie zu fangen, sondern wußte, wovon er sprach, daß man schon entdeckt hatte, was sie erst zu tun beabsichtigte, und nur noch einen Beweis, nur noch ihr Geständnis haben wollte, ehe man sie ins Gefängnis schleppte und auch ihn, dessen Namen dieser Mensch eben genannt hatte. Sie begriff, daß sie unter solchen Umständen alles daran setzen mußte, um den Anschein zu erwecken, daß sie sich nichts vorzuwerfen habe und sich daher auch nicht davor scheute, dem vermeintlichen Spitzel vor Zeugen Rede zu stehen, weil sie nichts, aber auch gar nichts zu fürchten hatte, und während ihr das Herz vor Angst im Hals und bis in die Ohren hinein klopfte, sagte sie ruhig: »Ich bin bereit, dieses Gespräch fortzusetzen, aber nur in Gegenwart des Leiters der Anstalt.«

Kaum hatte sie diese Worte ausgesprochen, verschwand der junge Mensch, als wären sie eine Zauberformel, wie vom Erdboden verschluckt in der Dunkelheit, die sich in einer tiefen Nische sammelte.

Ursula, die tollkühn, weil anscheinend nichts mehr zu verlieren war, alles auf eine Karte gesetzt hatte und glaubte, ein gefährliches Spiel gespielt und gewonnen zu haben, hatte in Wahrheit wie sie erst nachträglich erfuhr, die Probe bestanden, der man sie unterworfen hatte, um ihre Verlässlichkeit zu sondieren und ihre Geistesgegenwart, ihre Vorsicht und ihren Mut, weil man das Ausmaß ihrer Verwendbarkeit feststellen wollte, und als sie einige Tage nach diesem sonderbaren Vorfall ihren Geliebten aufsuchte, eröffnete er ihr, daß sie sich in Hinkunft, zumindest aber in nächster Zeit, nur in aller Heimlichkeit an einem jeweils zu vereinbarenden Ort sehen durften, weil von nun an die Entdeckung ihrer Beziehungen zu schwerwiegenderen Entdeckungen führen könnte, die auch andere gefährden würden, denn sie müsse jetzt des Rufes, der jeden Augenblick erfolgen könne, gewärtig sein. Auch enthüllte er ihr den in der Mitte entzweigebrochenen Satz, der so harmlos klang und als Kennwort diente, und den der so Angesprochene dem andern ins Wort fallend, beenden mußte, um das geheime Einverständnis herzustellen, und ehe sie ihn an diesem .Abend verließ, empfing sie von ihm, beglückt wie man ein Angebinde empfängt, das aus Buchstaben und Ziffern zusammengesetzte Rätselwort, das in Hinkunft ihr Name sein sollte, wenn sie sich zu den Namenlosen gesellte.

Von diesem Tag an schien ihr Leben sich zu spalten, zerbrach in zwei Teile, von denen jeder ein ganzes, ein bis an den Rand erfülltes Leben war, das eines das andere verleugnete, eines, das sie zur Schau trug und eines, das sie hinter Ausreden jeder Art, hinter Lügen und Heuchelei verbergen mußte, eines, das in endlose, schleppende Unterrichtsstunden zerbröckelte, und eines, daß sich fieberhaft in ein paar nächtlichen, viel zu kurzen Stunden zur aufreibenden Intensität zusammendrängte, eines, das sich bei Tageslicht und jedem sichtbar, und eines, das sich bestenfalls bei künstlicher Beleuchtung abspielte, und oft genug in der Dunkelheit, die sich zu vorgerückter Stunde hinter vorspringendem Mauerwerk, in winkeligen Straßen, in den Nischen der Torbogen, unter Brückenpfeilern und Viadukten ansammelte, wo schemenhafte Hände sich emsig regten und rührten, Haustore und Mauern mit verbotenen, aufrührerischen Worten und Zeichen bedeckten, wo schattenhafte Gestalten sich zu gespenstischer Begegnung einfanden und schattenhafte Hände zitternd und gierig nach den gefälschten Ausweispapieren tasteten, die sie aus fast unsichtbaren, barmherzigen Händen empfingen, wo die dunklen Bündel, die Flugblätter enthielten, wie ein bewegliches Stück Finsternis den Besitzer wechselten, wo Unbekannte, deren Gesichter für einander unkenntlich und nur ein hellerer Schimmer waren, der sich von der Dunkelheit abhob, geflüsterte Worte austauschten, die sich wie eine Botschaft aus einer anderen, einer neuen und erneuten Welt anhörten und ihre Herzen mit dem strahlenden Glanz der Hoffnung erfüllten.

Was sich tagsüber ereignete, glitt spurlos an Ursula ab, aber was sie in den aufreibenden nächtlichen Stunden erlebte, zeichnete nicht nur seine Spuren in ihr Gesicht, das abmagerte und dessen Züge schärfer und kantiger wurden, es verfolgte sie, in unzusammenhängende Erinnerungen verwandelt, bis in den hellen Tag hinein. Ihre aus Mangel an Schlaf übermüdeten Augen füllten sich nach und nach mit einem fiebrigem Glanz, der ihren Blick für die nächtlichen von Dunkelheit umbrandeten Bilder, die sich in so gedrängter Fülle vor ihr abrollten, schärfte und ihn gegen die von nüchternem Tageslicht umspielten abstumpfte, und wenn sie vor ihrer Staffelei saß, erblickten ihre Augen von Woche zu Woche häufiger jene Nachtgesichte, die sie nicht malen durfte und die gewaltsam aus der Leinwand hervorbrachen, wie Wunden aufbrechen. Aus der Vase, die sie malte, wuchs plötzlich die verkrüppelte Hand empor, die ein Stiefel zu einem blutigen Klumpen zermalmt hatte und als sie entsetzt den Pinsel ansetzte, um das verpönte Farbengräuelmärchen, ehe es auch ein anderer erblickte, auszutilgen, zerging der Spuk, aber dafür öffnete sich der Kelch einer Blume und wurde zu einem Mund, der lautlos irre Schreie ausstieß und zerging, während sich die Halme und Schafte zu einem Gitter verzweigten, hinter dem sich die erloschenen Gesichter der in den Viehwagen Eingepferchten drängten, die in die Gaskammern verschickt wurden und zwischen denen das eine selige Gesicht der jungen Mutter, deren kleinen Jungen barmherzige Hände versteckt hatten und der leben durfte, leben, erschütternd aufstrahlte.

Ursula begriff, daß die Müdigkeit ihre Nerven zu zermürben begann und sie beschloß, sich einige Nächte ungestörten Schlafes zu vergönnen, doch als es Abend wurde, begannen ihr die Stimmen in den Ohren aufzuklingen, die aus der Dunkelheit nach ihr riefen, aber nicht nur die wenigen, denen sie helfen durfte, riefen nach ihr, nicht nur die Krüppel mit der zermalmten Hand und der kleine Judenjunge, der in dem dunkeln Verschlag, in dem man ihn versteckt hatte, nach der Mutter wimmerte. In ihren Ohren tönten die wilden Schreie auf, die in Gefängnissen, in Konzentrationslagern ausgestoßen wurden, und das Stöhnen, das ihnen folgte, und wie ein Echo mischte sich in diese Schmerzenslaute das Weinen verzweifelter Mütter und Gattinnen und das klägliche Wimmern verwaister Kinder, bis die Dunkelheit, bis an den Rand von

Wehklagen erfüllt, sich in Klang zu verwandeln schien und ihr wie ein einziger, furchtbarer Hilferuf in den Ohren gellte. Da griff sie, taumelnd vor Erschöpfung, nach Mantel und Hut und stürzte stolpernd davon.

Die Übermüdung, an der Ursula litt, verstrickte sie jedoch nicht nur in Halluzinationen, sie hatte auch bedenklichere Folgen. Ursula wurde schreckhaft und begann an Angstgefühlen zu leiden. Sie sah Gefahren, wo keine existierten und übersah daher zuweilen die wirkliche Gefahr, was früher oder später zur Katastrophe führen hatte müssen, wenn nicht ein ganz sonderbares Erlebnis, das sie hatte, sie von dieser Angst geheilt hätte.

Sie hatte eben von einer Schneiderin, von der sie sich vorsichtshalber auch ihre Kleider ausbessern oder ändern ließ, einen Stoß Flugblätter abgeholt, den sie unter ihren Kleidern am Körper trug. Als sie knapp vor Torsperre das Haus verließ, das wegen verdächtiger Umtriebe beobachtet wurde, sprangen aus der Dunkelheit hervor zwei stramme Burschen in braunem Hemd auf sie zu, packten sie bei den Handgelenken und verlangten barsch zu wissen, was sie hier gemacht habe.

Mit einer ernsthaften Gefahr konfrontiert, wurde Ursula zu ihrer eigenen Verwunderung unnatürlich ruhig und entgegnete eisig, daß sie ihre Schneiderin aufgesucht habe. Die unwahrscheinlich späte Stunde, die ihr daraufhin vorgehalten wurde, erklärte sie wahrheitsgemäß damit, daß die Sehneiderin tagsüber in einer Fabrik arbeite und erst spät nach Hause komme. Daraufhin wurde sie aufgefordert, zwecks Leibesvisitation und Verhör mitzukommen.

Was Ursula empfand, als sie dieser Aufforderung nachkam, läßt sich kaum beschreiben, denn ein Tumult der Gefühle vermischte sich mit eisiger Ruhe, die widersprechendsten Empfindungen lösten einander blitzartig ab, die abenteuerlichsten Pläne, wie sie sich der Flugblätter entledigen konnte, und Fluchtgedanken flitzten ihr durch den Kopf, aber gleichzeitig legte sie sich genau zurecht, was sie nach der unvermeidlichen Entdeckung beim Verhör vorbringen mußte, um die Schneiderin, die sie erwähnt hatte, zu entlasten. Sie hatte, war sie entschlossen auszusagen, die Schneiderin nur deshalb aufgesucht, um einen Vorwand zu haben, das Haus zu betreten. Die Flugblätter hatte sie aus einem Versteck im Keller geholt, wo sie schon seit Wochen bereit lagen. Wer sie dort versteckt hatte, wusste sie nicht. Den Auftrag sie abzuholen, den auszuführen sie so lange aus Feigheit hinausgeschoben hatte, hatte sie, wie sie erst nach langem Zögern zugeben wollte, von einem jungen Menschen erhalten, dessen Namen sie nennen durfte, denn er hatte sich vor kurzem, als die geheime Polizei ihn verhaften wollte, durch einen Sprung aus dem Fenster ins Jenseits gerettet.

Es wurde ihr dunkel vor den Augen, als man sie in das Zimmer stieß, wo die Frau sie empfing, die sie untersuchen sollte.

»Ziehen Sie sich aus«, brüllte die Frau sie an. »Dort beim Ofen«, fügte sie leiser hinzu. »Es ist kalt.« Dann drehte die Frau ihr den Rücken.

Da bemerkte Ursula, daß in einem eisernen Ofen ein barmherziges Feuer brannte. Einen Augenblick lang starrte sie noch ungläubig und wie betäubt den Rücken der Frau an. Dann begann sie sich hastig auszukleiden, und während die Frau scheinbar ungeduldig »Na wird's« brüllte, was offensichtlich für andere Ohren und nicht für ihre bestimmt war, stopfte Ursula die Flugblätter in den Ofen hinein, wo sie prasselnd aufflammten.

Erst dann drehte die Frau sich um und lächelte ihr zu.

Als Ursula jedoch auf sie zutaumelte, sich niederbeugte und inbrünstig ihre Hand küßte, zischte die Frau »Sind Sie verrückt« und stieß sie zurück. »Die Wände hier haben nicht nur Ohren, sondern auch Augen.« Dann brüllte sie: »Ziehen Sie sich an.«

Nach diesem Vorfall, von dem die unmittelbar Beteiligten warnend verständigt wurden, mußte Ursula, so glimpflich er auch abgegangen war, ihre nächtliche Tätigkeit bis auf weiteres, wie beschlossen wurde, einstellen, da zu befürchten war, daß sie beobachtet wurde und daß ihre Schritte, wenn ihnen unbefugte Augen folgten, zur Spur werden mußten, die geradewegs in die geheimen Schlupfwinkel hineinführte. Diese erzwungene Rast, die Ursula Gelegenheit geben hätte sollen, versäumten Schlaf nachzuholen und neue Kräfte zu sammeln, wurde ganz im Gegenteil zu einer Qual für sie, denn sie fühlte sich wie ins Leere hineingeschleudert, als die ungeheure Intensität ihres nächtlichen Lebens so plötzlich und so ganz ohne Übergang abbrach. Die schmerzhafte Spannung ihrer Nerven löste sich nicht, sondern, könnte man sagen, zerriß. Sie begann an Schlaflosigkeit zu leiden, weil der Schlaf, der anstelle einer fieberhaften Hingabe die leeren Stunden der Nacht ausfüllen sollte, sozusagen zu einem Surrogat wurde, mit dem sie sich nicht zufrieden geben konnte. Erst als sie einige Wochen später, von ihrer Untätigkeit ebenso sehr erschöpft wie vordem von ihrer geheimen Tätigkeit, ihre dunklen Gänge wieder aufnahm, stellte sich wieder ein normales Schlafbedürfnis ein, das sie nicht mehr befriedigen konnte.

Nachträglich erst und zu spät erkannte Ursula, daß sie eine unwiederbringliche Gelegenheit, neue Kräfte zu sammeln, um den an sie gestellten Anforderungen gewachsen zu sein, versäumt hatte und daß sie dafür bezahlen mußte, denn sie magerte zusehends ab und ihre Energien erschlafften. Was aber schwerer wog als dieses Versäumnis und was eigentlich an ihr zehrte, erkannte sie nicht. Sie wußte nicht, daß sich der Rhythmus künstlerischer Arbeit, der, einem schweren Wellengang vergleichbar, die Kräfte in schwindelnde Höhen emporschnellt, wo sie sich schöpferisch entfalten, und sie in Tiefen der Verzweiflung hinabschleudert, wo sie sich in schmerzhafter Rast erneuern, nicht mit einer Tätigkeit verträgt, die Gleichmaß verlangt und aus der ihr daher nicht wie im Wechselspiel schaffender und ruhender Kräfte erneute Energien zuströmten, die ihr den ungeheuren Kräfteverbrauch ihrer überschwänglichen Hingabe ersetzten, daß sich das labile Gleichgewicht künstlerischer Arbeitsbedingungen nicht dem stabilen Gleichgewicht unterschieben läßt, das jede andere Tätigkeit verlangt, kurz daß sie es nicht verstand, ihre Kräfte ökonomisch zu verwalten.

Sie hatte es also nur sich selbst zuzuschreiben, daß ihre Mutter, von ihrem angegriffenen Aussehen beunruhigt, darauf bestand, daß sie den Arzt aufsuchte, der zwar keine organische Störung feststellen konnte, aber die beträchtliche Gewichtsabnahme, deren Ursache Ursula verschweigen mußte, bedenklich fand. Er verordnete Ruhe und Luftwechsel und da Ursula, die beabsichtigt hatte, einige Sommerwochen mit ihrem Geliebten zu verbringen, vorgab, bereits bindend zugesagt zu haben, sich kurz nach Schulschluß gegen Ende Juli an einer Wanderung zu beteiligen, die von einem Lehrer geführt eine Art Studienreise sein sollte, vorgesehen um ein Skizzenbuch mit Entwürfen anzufüllen, die für das kommende Lehrjahr unentbehrlich waren, wurde beschlossen, daß sie ihre Studien dem ärztlichen Rat gemäß vorzeitig abbrechen und einige Wochen mit ihrer Mutter auf dem Land verbringen sollte. Ursula wehrte sich verzweifelt gegen diese wie sie es nannte unwillkommene Fürsorge, derzufolge sie ihre geheime Tätigkeit im Stiche lassen und sozusagen fahnenflüchtig werden sollte, doch als auch ihr Geliebter sie darin bestärkte, sich einige Wochen der Ruhe und Erholung zu gönnen, was sie offensichtlich dringend nötig habe, gab sie nach.

Als sie mit ihrer Mutter in dem kleinen Dorf ankam, das zwischen Bergen eingebettet an einem See lag, fühlte Ursula sich wie in eine andere Welt versetzt, wie in Traumgefilde entrückt, denn die Berge, die sich fast zu einem Kreis schlossen, zu einem magischen Kreis, wie ihr schien, entzogen nicht nur die Welt des Grauens, aus der sie kam, dem Blick, sie schlossen schützend in weitem Bogen, wie Wellen, die eine Insel umspülen, das Tal ein, das verschollen in der unwahrscheinlichen Stille ruhte, die sich in den von Bergen geformten Becken ansammelt und in dem Klang ferner Kuhglocken schwingt.

Während Ursula dieser schwingenden Stille lauschte, verhallten in ihren Ohren die irren Schreie, die irgendwo hinter elektrisch geladenen Stacheldrähten und hinter vergitterten Fenstern ausgestoßen wurden, und während ihre Augen noch ermüdet auf den sanften, bewaldeten Hängen ruhten und der Felsenlinie kahler Bergesrücken folgten, die sich hinter ihnen schroff und zackig in den Himmel hineinzeichnete, von dem weiß aufstrahlenden Gletscher steil gekrönt, verblaßten die quälenden Nachtgesichte, die sich in ihre Netzhaut förmlich eingeätzt hatten, und als schnitten ihr die Berge, die ihr jede Fernsicht verwehrten, auch den Blick in innere Fernen ab, verengten sich auch die Kreise, die ihre Gedanken zogen, wurden enger und immer enger, bis sie nur noch um den einen selbstsüchtigen Wunsch kreisten, neue Kräfte zu sammeln, aber nur um sie unverkürzt von der Abgabe, die das Mitleid von uns fordert, ungeschmälert durch die Anteilnahme, die äußeren Geschehnissen gebühren, in ihre schöpferischen Hände hineinströmen zu lassen. Denn waren auch vielleicht, glaubte sie jäh zu erkennen, die Ereignisse, die tausendjährige Reiche errichten und zerstören, die äußere Wirklichkeit, die sich mit der inneren vermischen mußte, um traumgebornen Schemen Leben zu verleihen, eine tiefere Wirklichkeit mußte sich mit der Vision verbinden, um ihnen *unvergängliches* Leben einzuhauchen: in die Erde mußte der Traum hineinwachsen und Wurzeln schlagen, durch die sie ihre Säfte in ihn hinein ergießen konnte, er mußte sie und sie ihn durchdringen zu einer Synthese aus Erde und Traum.

Ursula, die nicht wußte, weil sie es auch gar nicht wissen

wollte, daß sie nur deshalb den Blick von dem, was sie die äußere Wirklichkeit nannte, abwandte, weil sie sich ihr künstlerisch nicht oder jedenfalls noch nicht gewachsen fühlte, weil sie es noch nicht vermochte, aus der Fülle und Vielfalt des täglichen Geschehens und dessen unaufhaltsamer Bewegtheit einer in ständiger Wandlung begriffenen Umwelt, das künstlerisch gültige Gleichnis herauszugreifen, fühlte sich in diesem Augenblick der Natur so tief verbunden, daß sie selbst in die Erde hineinzuwachsen glaubte und von Tag zu Tag vermeinte sie tiefer Wurzeln zu schlagen, durch die ihr mystische Kräfte zuzuströmen schienen, denn was ihre Augen berührten, verwandelte sich in Entzücken. Erschüttert entdeckten sie, daß sich an allem, was wir liebend betrachten, eine heilige Wandlung vollzieht, daß noch ein Nichts, ein Halm, der träumend im Winde schwingt, Tautropfen, die glitzernd an Gräsern hängen, zum Wunder wird, wenn es uns nur gegeben ist, daran zu glauben.

Immer tiefer verspann sie sich in dieses täglich erneute Entzücken, das jedem gewährt ist, der zu erschauen vermag, was andere nur sehen. Unersättlich schwelgten ihre Augen in der Vielfalt aus Grün und Grün, das Gras und Gräser, Nadeln und Laub der Bäume, Felder und Gesträuch vor ihnen entfalteten, folgten den Verwandlungen der Wolken und dem zackigen Flug der Libelle, bis sie sich in Sonnenfäden verfing und reglos in dem Netz aus Strahlen hing, tauchten in den Schatten der Bäume hinein, der sich spiegelnd in den Wellen wiegte, ruhten auf dem Kirchturm, der in stummer, steiler Andacht in die schimmernde, flimmernde Stille emporwuchs, und auf dem Blatt, das die Sonne fahl verfärbte, bis ein Schatten es verdunkelte, bis es in der Dämmerung erlosch.

In den tiefen Frieden aber, zu dem sich diese Bilder verwebten, mischte sich beunruhigend ihre Sehnsucht nach dem Geliebten hinein und verdunkelte die Farben, die sie verklären hätte sollen, denn so tief war das Erlebnis ihres Herzens in die äußeren Ereignisse verstrickt, seit sie Seite an Seite mit ihrem Geliebten und noch unlöslicher dadurch mit ihm verkettet, den ungleichen Kampf aufgenommen hatte, der zwischen einer in die Unterwelt verbannten Gerechtigkeit und legal erklärtem Verbrechertum ausgetragen wurde, daß sie ihre Gedanken nicht bei ihm verweilen lassen konnte, ohne zugleich jene anderen, jene quälenden Erinnerungen heraufzubeschwören, die sie in die tiefsten Tiefen des Vergessens verscheucht zu haben glaubte, und die sich zu einem immer heftigeren Gefühl des Unbehagens verdichteten, je näher der Tag, den sie für ihre Abreise festgesetzt hatte, heranrückte, bis sie endlich begriff, daß sie nicht zu ihrem Geliebten zurückkehren konnte, ohne zugleich in seine Welt zurückzukehren, die so harte Anforderungen an ihre Kräfte stellte, die sie doch unverkürzt in ihre schöpferischen Hände hineinströmen lassen wollte, und zum ersten Mal fragte sie sich bestürzt, ob sie zu ihm zurückkehren durfte und in jene Welt, die keine Einzelgänger duldet, sondern jeden, als Schuldner und Gläubiger zugleich, in eine Gemeinschaft wechselseitiger Ansprüche und Verpflichtungen einreiht. Denn der Künstler war Einzelgänger, davon war sie überzeugt, und er hatte nicht nur das Recht, schien ihr, er hatte die Pflicht es zu sein, weil es ihm auferlegt war, ein Vorläufer zu sein, ein Herold des Kommenden, der die Fahne der Wandlung entrollt und vorauseilt in noch unerschlossene Bezirke des Herzens und der Gedanken, ein Einsamer, der allen voran als Erster irgend eine Welt von Morgen betritt.

Wie immer, wenn sie sich einen Augenblick lang an den Gedanken der königlichen Hoheitsrechte des Künstlers verlor und sich von ihm in die schwindelnden Höhen emportragen ließ, wo die Auserwählten wohnen, stürzte sie jäh in die tiefsten Tiefen der Verzweiflung ab, denn die dialektische Spannung unserer Gefühle gleicht jede Überheblichkeit, deren wir uns schuldig machen, durch ein gleich starkes Gefühl unserer Unzulänglichkeit aus. Auch war Ursula, wie jeder, der viel von sich verlangt, stets bereiter an sich zu zweifeln, als an sich zu glauben. Sie zweifelte zwar keineswegs daran, daß auch an sie der Ruf ergangen war, aber viele sind berufen, wußte sie, und nur wenige sind auserwählt, und schon fragte sie sich, ob sie nicht vielleicht nur eine Schauende war, wie andere Müßiggänger sind, ob sie nicht nur in Bildern schwelgte, wie andere schlemmen und prassen, ob ihr nicht nur das Wollen geschenkt war und das Können versagt, denn plötzlich, wie immer wenn dieser Zweifel an sich selbst sie übermannte, wollte es ihr scheinen, daß kein Bild, das sie bisher gemalt hatte, nicht ein einziges standhalten konnte, wenn sie es ohne Nachsicht betrachtete, wie es betrachtet werden mußte, daß keines mehr als ein stümperhafter Abglanz der Vision war, die sie erschaut hatte. Unter dem ungeheuren Druck dieser negativen Selbstbetrachtung mußte sie zwangsläufig zu dem Resultat kommen, daß sie gar kein Recht hatte, zu malen und sie gelobte sich, den Pinsel nie wieder zu berühren, nie wieder.

Dieses Gefühl der Unzulänglichkeit, das Ursula zuweilen überwältigte, entsprang jedoch keineswegs einer Anwandlung von Demut, wie es den Anschein hat, sondern war ganz im Gegenteil das Resultat jenes schöpferischen Hochmuts, der sich niemals von der bestätigenden Leistung, die er unersättlich und pausenlos von dem Künstler verlangt, befriedigen lässt und sich in Niedergeschlagenheit und Mutlosigkeit verwandelt, nur um sie zu steigern, weil er sich nicht mit der äußersten, weil er sich nur mit der ausschließlichen Leistung zufriedengeben will, und Ursula ahnte, daß von jedem Künstler früher oder später einmal ein übermenschlicher Verzicht gefordert wird, der sozusagen der Prüfstein ist, an dem er sich bewähren muß, daß er früher oder später einmal zwischen einem persönlichen und einem entpersönlichten Leben wählen muß, zwischen Einsamkeit und Zweisamkeit, und so sehr sie auch in jenen Augenblicken, in denen sie an dem Gefühl ihrer Unzulänglichkeit so grausam litt, bereit dazu war, sich dem Ruf, der an sie ergangen war, durch die Flucht zu entziehen, indem sie sich vorbehaltlos in die Arme ihres Geliebten hineinstürzte, in ihres Herzens Herzen wußte sie doch, daß es keine Flucht für sie gab. Da fühlte sie, daß sie diese furchtbare Wahl nicht länger hinausschieben durfte, und daß sie sich die Frage, ob sie zu ihrem Geliebten und in seine Welt zurückkehren durfte, beantworten mußte.

Aber nicht sie, sondern die äußeren Ereignisse beantworteten diese Frage. Während sie noch unentschlossen zwischen dem beglückenden Ja und dem verzichtenden Nein hin und her schwankte, brachte eine kurze Zeitungsnotiz, die sie las, zu ihrer Kenntnis nahm, daß ihr Geliebter einen Unfall erlitten hatte. Es war ein ganz ungewöhnlicher Unfall, den man geradezu unerklärlich nennen mußte, wenn nicht zumindest ein Dutzend Augenzeugen den Vorfall bestätigt hätten. Der Betroffene hatte sich, um sich dem erwarteten Freund, als dieser das Kaffeehaus betrat, bemerkbar zu machen, so hastig erhoben, daß der kleine Marmortisch, an dem er saß, umstürzte, und während der Unbesonnene, statt sich durch einen Sprung zur Seite in Sicherheit zu bringen, versuchte den stürzenden Tisch aufzuhalten, glitt die Marmorplatte auch schon zu Boden, wobei sich ihm durch einen höchst beklagenswerten Zufall, wie die Zeitung beteuerte, auf den Fuß fiel und ihn verstümmelte.

Noch ganz benommen von dieser Nachricht, die sie zutiefst erschüttert hatte, reiste Ursula Hals über Kopf ab, eilte sofort nach ihrer Ankunft direkt vom Bahnhof zu ihm, aber sein Zimmer, als sie es aufschloß, war leer. Zu Hause fand sie einen mit dem vereinbarten Frauennamen unterzeichneten Brief, in dem er ihr mitteilte, daß er im Spital sei, wo sie ihn jedoch unter gar keinen Umständen besuchen dürfe, daß er hoffe, in etwa einer Woche wieder zu Hause zu sein, und daß nicht die geringste Ursache bestünde, sich um ihn Sorgen zu machen. Schon wollte sie erleichtert aufatmen, da fiel ihr Blick auf das Datum, das der Brief trug. Der Unfall hatte sich am 25. Juli ereignet und der Brief war um einen Tag früher datiert, was kein Irrtum sein konnte, weil der Poststempel dieses Datum bestätigte.

Diese Entdeckung beunruhigte sie zutiefst, denn da doch nicht angenommen werden konnte, daß er seherisch den Unfall vorausgeahnt hatte, konnte sie sich nicht des Verdachtes erwehren, daß ein unheimliches Geheimnis den Unglücksfall umgab und von Tag zu Tag wurde ihr die Ungewißheit unerträglicher und immer langsamer vergingen ihr die bleiernen Sekunden der Angst. Da begriff sie, daß sie bisher die Wirklichkeit unterschätzt hatte, und daß sie ein Faktor war, mit dem man rechnen mußte, weil sie ein unverletzlicher Gegenspieler unserer verletzlichen Traumwelt war.

Als sie endlich, endlich nicht mehr vergeblich an seine Tür klopfte, endlich seine Stimme vernahm, die sie einzutreten bat, endlich schluchzend neben seinem Lager kniete und seine Hände küßte und von ihm hören wollte, wie das Unglück geschehen sei, fragte er nur: »Hast Du meinen Brief nicht erhalten?«

Erst in diesem Augenblick erinnerte sich Ursula an das beängstigend rätselhafte Datum, das sie, wie sie ihm gestand, so sehr beunruhigt hatte, und wollte wissen, was für eine Bewandtnis es damit habe, da er doch unmöglich schon vorher wissen konnte, was ihm am folgenden Tag zustoßen würde.

»Doch, Ursula«, entgegnete er leise, »ich wußte es vorher.«

»Du wußtest es vorher?« stammelte Ursula verständnislos.

»In ein paar Wochen wird der Krieg ausbrechen«, gestand er tonlos. »Kannst Du verstehen, Liebste, daß ich es tun mußte?«

Einen Augenblick lang starrte Ursula ihn wie betäubt an, dann streiften ihre Augen scheu den Fuß, den ein Gipsverband umschloß. Endlich sagte sie erschüttert: »Du mußtest es tun, Liebster.«

Die Tage, die sie bei dem Genesenden in der kahlen Dach-
kammer verbrachte, in die hinein die Sommersonne ihren
goldenen Glanz schüttete, der den nackten Boden mit einem
schimmernden Gespinst bedeckte, das Wasser im Glas zu gelb-
funkelndem Wein umkelterte und die vergilbten Blumen der
zerschlissenen Tapete in blühende Ranken verwandelte, die
sich in einer Hecke verwebten, waren unselig selige Tage, unselig, weil sie verzweifelt begriff, daß der Mann, den sie liebte,
seiner Gesinnung ein furchtbares Opfer gebracht hatte, daß
er sich dazu verurteilt hatte, zeitlebens ein Krüppel zu sein,
selig, weil ihr Herz in steilem Flug den Gipfel der Liebe erreicht hatte, den zu erreichen nur wenigen Herzen vergönnt
ist. Jede Handreichung, die sie dem Hilflosen leistete, den sie
betreuen mußte, weil er seinem Fuß noch wenig Bewegung
zumuten durfte, verwandelte sich in eine Zärtlichkeit, die sie
ihm erwies, wurde zum Gleichnis einer schrankenlosen und
zugleich wunschlosen Hingabe, die sie auslöschte, wie niemals
noch eine Liebkosung sie ausgelöscht hatte.

Es ist nicht verwunderlich, daß die so tief in ihre Liebe Entrückte keinen Laut zu vernehmen vermochte, der von außen
her in das Zimmer eindrang, das für sie eine Insel war, die sich
von der Wirklichkeit losgerissen hatte und an Traumgestaden
vorbeitrieb, daß die gellenden Worte, die das Radio schrill
hervorstieß, ihr in den Ohren zu sinnlosen Buchstaben zerbröckelten, aber auch die Stimme ihres Geliebten, der sie in
die Wirklichkeit zurückzurufen versuchte, weil sich das Unheil, das kommen sollte, schon so deutlich abzuzeichnen begann, streifte nur wie ein klingender, singender Hauch über
sie hin und seine Worte verwandelten sich ihr in den Ohren in
eine betörend süße, unendlich zärtliche Musik.

Der erste Laut, den sie vernehmen konnte, war der unheimliche langgezogene Warnungsruf der Sirene, die zur
Luftschutzübung rief. Versteint lauschte Ursula dieser schau-

rigen Stimme, bis sie aufheulend abbrach, dann begann sie zu zittern, wie eine Schlafwandlerin, die man anruft. Wie blind tastete sie nach der Hand ihres Geliebten und rang nach Worten, die auszudrücken vermochten, was sie in diesem Augenblick bewegte, in dem sie so grausam erfuhr, daß es keinen, auch nicht einen einzigen Traum gibt, in den wir uns hineinflüchten können, vor der Wirklichkeit, der wir nicht entkommen können, die noch in die verschollensten Bezirke unserer inneren Welt einbricht, uns schonungslos in den geheimsten Schlupfwinkeln unseres Herzens aufscheucht und uns ereilt, unerbittlich und unentrinnbar, wie der Tod uns ereilt. Aber schließlich sagte sie nur hoffnungslos: »Ich liebe Dich.«

»Ich liebe Dich«, sagte auch er, fast tonlos.

Dann schwiegen sie beide und starrten Hand in Hand in die hereinbrechende Dämmerung hinein, bis die verblichene, zerschlissene Tapete in der Dunkelheit erlosch, hinter der sich der nächste Tag und dahinter die gezählten Tage, die noch ihnen gehörten, verbargen, bis alle Geräusche verebbten und das Zimmer sich, als hielte die Nacht den Atem an, mit Stille füllte, die schon, fühlten sie, ein Vorbote jener verhängnisvollen Stille war, die sich bleiern herabsenkte, ehe der Sturm losbricht. Da suchte verzweifelt ihr Mund seinen Mund, der ihren suchte, aber der Kuß, der ihre Herzen zu einem verschmolz, schmeckte schon bitter nach Abschied.

Als sich diese schmerzlich selige Nacht grau färbte und die beiden Liebenden erwachten, gab er ihr zu bedenken, daß es geboten sei, daß sie unverzüglich nach Hause zurückkehre, wenn ihre Abwesenheit keinen Verdacht erregen sollte, denn ihre Eltern erwarteten zweifellos, daß eine angeblich von einem Lehrer geführte Wanderung in so beunruhigten, von so beängstigenden Gerüchten durchschwirrten Tagen vorzeitig abgebrochen werde, was Ursula zugeben mußte. Dann schwiegen sie lange, denn sie wußten, daß ihnen nur noch gezählte Tage beschieden waren und sie wollten auch nicht auf einen einzigen verzichten. »Nur noch bis morgen«, bettelte Ursula endlich und am nächsten Tag bettelte er: »Nur noch bis morgen.«

Aber so schnell auch und viel zu schnell die Tage einer um den andern vergingen, bleiern vergingen ihnen die stockenden Stunden der Angst vor dem Abschied, denn keine mehr gehörte ihnen ganz, ehe sie nicht vorüber war, jede konnte, kaum hatte sie begonnen, die Trennungsstunde sein, die ihnen bevorstand, und das Ticken der Uhr, deren Zeiger unmerklich und unaufhaltsam vorrückte und sich unerbittlich dieser gefürchteten Stunde näherte, dröhnte ihnen so drohend in den Ohren, daß sie den dumpfen Widerhall der Tag und Nacht stampfenden Maschinen zu hören vermeinten, die nur noch, als hätte der Tod sie gepachtet, ausspien, was der Vernichtung diente, die spitzen, zweischneidigen, blitzenden Klingen der Bajonette und Kugellager, Kanonenrohre und bläulich. schimmernde Pistolenläufe, die stampften und unterirdische Hallen mit Flugzeugen füllten, stampften und aus den Werften Unterseeboote hervorspien, stampften und unabsehbar Motorräder und Tanks in ihre Verstecke hineinrollen ließen, stampften und in die geheimen Depots Munition hineinschmetterten, Bomben, Torpedos und Handgranaten, pausenlos stampften und das ganze Land, als hätte es sich den Tod zum Führer erkoren, in ein einziges, ungeheures Arsenal verwandelten, stampften, bis Ursula sich verstört in die Arme ihres Geliebten hineinstürzte und aufschluchzte: »Ich liebe dich.«

»Ich liebe Dich«, antwortete er und einen seligen Augenblick lang hörte sie nur das Klopfen seines, nur das Klopfen ihres Herzens.

Aber schon begann die Uhr wieder zu ticken, lauter und immer lauter, bis sie das leise Klirren von Retorten, Tiegeln und Reagenzgläsern zu vernehmen glaubten, und das leise Zischen der kleinen Flammen, die Tag und Nacht flackernd unter ihnen brannten, bis sie den Hauch giftiger Gase zu riechen vermeinten, und Ursula, irr vor Angst, ihren Geliebten umklammerte und mit erstickter Stimme flüsterte: »Ich liebe Dich.«

»Ich liebe Dich«, antwortete er und in Seligkeiten entrückt, hörte sie nur seinen, er nur ihren Herzschlag.

Aber schon begann die Uhr wieder zu ticken und dieses Geräusch, das ihnen so widerwärtig in den Ohren klang, verwandelte sich unversehens in das Knistern von Papier, das Bogen um Bogen pausenlos aus den Druckerpressen hervorquoll, sich Stoß um Stoß aufstapelte, ballenweise in Kellergewölben verstaut wurde, wo Ballen auf Ballen getürmt auf den Augenblick warteten, für den sie bestimmt waren und in dem sie hervorbrechen sollten, wie Stauwasser, um das ganze Land mit Kundmachungen und Verordnungen, mit Befehlen und Verboten zu überschwemmen. Unheimlicher noch als das Stampfen der Maschinen, als das Klirren der Reagenzgläser klang dieses knisternde Geräusch, das sich anhörte, als weine das Papier, weil es sich mit so verhängnisvollen und so lügnerischen Worten bedecken mußte, und hoffnungslos sagte Ursula: »Ich liebe Dich« und hoffnungslos antwortete er: »Ich liebe Dich.«

Dann begannen die Lautsprecher zu schreien. Rasselnde, knatternde, donnernde Stimmen vermischten sich mit den Geräuschen der Arbeit, übertönten das Surren der Maschinen in den Fabriken, das Klappern der Schreibmaschinen in den Ämtern und Betrieben, vermischten sich, mit den Geräuschen der Rast und des Vergnügens, übertönten das Klirren der Gläser in Wirtshäusern und Restaurants, übertönten Gelächter und Gespräche, die verstummten, das Rascheln der Buchseiten, die müßige Hände wendeten, und schleuderten tückische Worte wie vergiftete Pfeile in die gemarterten Ohren hinein, bis jeder Gedenke in Buchstaben zerbröckelte, die sich schließlich automatisch jedem Gehirn, in jedem Mund zu dem dreieinigen Wort zusammensetzten, das unablässig aus den Lautsprechern auftönte, das wie ein Kehrreim jedem Satz folgte: *Volk ohne Raum.*

Da wußten die beiden Liebenden, daß sie es nicht länger hinausschieben durften, sich zu trennen, und nach einer letzten verzweifelten und verzückten Nacht kehrte Ursula nach Hause zurück.

Es blieb Ursula erspart, die unbequemen Fragen, die sie ihrer verspäteten Rückkehr wegen befürchtete, beantworten zu müssen, denn als sie, den Rucksack am Rücken, das Zimmer betrat, worin ihre Eltern und ihr Bruder noch um den Frühstückstisch saßen, streiften sie nur flüchtige Blicke und die wenigen Worte, die ihre Mutter an sie richtete und die ihr Vater mit einem »Kannst Du nicht schweigen« schroff unterbrach, klangen teilnahmslos.

Ihre Mutter, die verweint aussah, brach daraufhin in Tränen aus und verstummte, während der Bruder höhnisch sagte: »Du wirst Dich noch um Deinen Kopf schweigen.« Ihr Vater aber, dessen Gesicht einer Maske glich, schien diese Worte nicht zu hören.

Ursula, die sich inzwischen betreten zu Tisch gesetzt hatte, würgte an jedem Bissen, denn so unheimlich war das Schweigen, das folgte, so bis an den Rand war es mit dem Grauen eines Angsttraums erfüllt, daß sie Schemen zu erblicken vermeinte, die sich zu einem gespenstisch lautlosen Mahl versammelt hatten.

Als endlich ihre Mutter sich erhob und unmittelbar darauf auch ihr Vater, und beide das Zimmer verließen, hielt sie ihren Bruder, der sich auch entfernen wollte, zurück und fragte noch ganz benommen: »Was ist geschehen?«

»Ich habe es nur getan, weil ich beauftragt wurde, es zu tun«, verteidigte sich ihr Bruder.

»Was hast Du getan?« fragte Ursula.

»Hätte ich mich geweigert, es zu tun«, fuhr er fort, ohne die

Frage zu beachten, »so hätte man mir angekreidet, was man ihm zur Last legte, denn es ist längst kein Geheimnis mehr, daß er unverläßlich ist.«

»Was hast Du getan?« wiederholte Ursula entsetzt.

»Ich mußte mich von dem Verdacht, mit ihm unter einer Decke zu stecken, reinwaschen«, entgegnete er heftig und wich der Frage neuerlich aus.

»Was hast Du getan?« rief Ursula außer sich.

Als hätte er nicht gehört, was sie sagte, ging er zur Tür, aber ehe er sie öffnete, wandte er sich noch einmal um und sagte verzerrten Gesichts: »Er soll sich hüten, sag ihm das, er soll sich hüten, denn ich habe ihn in der Hand, wie er weiß, und wenn er nicht endlich einsieht, daß ich maßvoll genug gehandelt habe, und wenn es ihm noch weiterhin beliebt, verächtlich zu finden, was ich getan habe, um mir Gewißheit zu verschaffen, dann könnte es mich jucken, ihm einen Denkzettel zu geben.«

»Was hast Du getan?« fragte Ursula tonlos, aber als Antwort schlug krachend die Tür hinter ihm zu.

Da auch ihre Mutter ihr nicht sagen konnte, was vorgefallen war, weil sie es nicht wußte, paßte Ursula zutiefst beunruhigt ihren Vater ab, als er zu Mittag nach Hause zurückkehrte, um ihn, wie verlangt, zu warnen und um auch an ihn die Frage zu richten: »Was ist geschehen?« Aber er blickte sie nur trübe an und schwieg.

Beim Mittagessen fehlte ihr Bruder, auch beim Abendessen ließ er sich nicht blicken, verbrachte die Nacht außer Haus und fehlte, auch am nächsten Morgen beim Frühstück. Seine Abwesenheit, die so unmittelbar den Drohungen, die er gegen ihren Vater ausgestoßen hatte, folgte und befürchten ließ, daß er seine Worte wahrmachen wollte, beängstigte Ursula und ihre Angst wuchs, als er sich tagelang nicht sehen ließ.

Von einem Besuch bei ihrem Geliebten zurückgekehrt, wollte sie eben zu Bett gehen, als die Tür, ihres Zimmers aufgerissen wurde und ihr Bruder hereinstürzte. »Wir marschieren«, rief er fiebrig erregt aus. »Wir marschieren und diesmal bin ich dabei.«

Ursula erblaßte und begann zu zittern.

»Fürchte Dich nicht«, flüsterte er und schloß sie zärtlich in die Arme. »In ein paar Wochen bin ich wieder zu Hause.« Dann ging er zur Tür, aber ehe er sie hinter sich schloß, wandte er sich noch einmal um und sagte zerknirscht: »Vater steht unter Beobachtung. Warne ihn.«

Erst gegen Morgen schlief Ursula ein. Sie überhörte das leise Klopfen, mit dem das Mädchen sie zu wecken pflegte und wurde erst einige Stunden später durch ein sonderbares Getöse geweckt, das sie sich, schlaftrunken wie sie war, nicht zu erklären vermochte. Sie sprang aus dem Bett und eilte ans Fenster, wo sich ihr ein befremdlicher Anblick bot. Durch die Straßen zogen, Bachanten vergleichbar, tanzend und singend und heulend Horden junger Burschen im braunen Hemd, schwenkten blutrote, mit unheimlichen, gekreuzten Haken gezeichnete Fahnen und schnellten drohend grüßende Arme in die Luft, und wo sie vorbeikamen, schnellten auch die Passanten grüßende Arme vor und begannen fahlen Gesichts zu tanzen und zu schreien, als wären sie Marionetten, die eine unsichtbare Hand in Bewegung setzt, denn kaum hatte sich die Horde verzogen, erschlafften sie und schlichen bedrückt weiter, bis sie von der nächsten Horde ereilt wurden und ihre schlotternden Beine neuerlich zu tanzen begannen und ihre Kehlen sich, vor Angst nicht genug zu tun, heiser schrien.

Die Stadt feierte, teils verzückt, teils verzweifelt die Kriegserklärung.

Drittes Buch

Ursula wagte es erst auszugehen, als es bereits dämmerte und nur noch da und dort vereinzelte Jubellaute zu hören waren, aber als sie ihren Geliebten, bei dem sie ein paar viel zu kurze Stunden verbracht hatte, knapp vor Torsperre verließ, taumelten und torkelten funkensprühende Irrlichter durch die dunklen Straßen, an deren Ecken und Kreuzungen sie sich gesellig zusammenrotteten und zu einem Tümpel aus Licht verschmolzen, ehe sie schwankend weitertanzten.

Noch ahnte Ursula nicht, daß ihr diese erneute Feier, zu der sich die von allen Seiten her aus der Dunkelheit auftauchenden Fackelträger versammelten, den Heimweg abschneiden sollte, aber kaum bog der Autobus, der sie nach Hause bringen sollte, in die Hauptstraße ein, die in die weite Allee mündete, die ringartig die innere Stadt einhegte, mußte er, von hastig vorwärtsdrängenden Menschen umwogt, jäh abbremsen und die Fahrgäste wurden ersucht auszusteigen. Von dem Menschenstrom erfaßt und fortgerissen, wurde Ursula vorwärtsgedrängt, bis sie, eingekeilt zwischen den Gaffern, die den Gehsteig der Allee säumten, sich nicht mehr regen konnte. Sie konnte nichts sehen als den flackernden Schimmer, der sich in dem Laub der Bäume verfing, die gelb und rot verfärbte Blätter wie Blüten herabstreuten, und zuweilen das blutige Rot einer Fahne, die steil emporstieg und flatternd die unheimlich gekreuzten Haken, mit denen sie gezeichnet war, entfaltete, aber sie konnte hören, was sie nicht sah und die drohend dröhnenden Schritte, von unablässig auftönenden gellenden, schrillen und heiseren Jubelschreien umbrandet, verrieten ihr, daß unabsehbar der Fackelzug vorbeimarschierte.

Betäubt von dem Getöse, das sie umgab, und fast zerquetscht von den Nachdrängenden, bis sie kaum mehr zu atmen vermochte, verlor Ursula, die mit einer Ohnmacht kämpfte, jedes Gefühl der Zeit und wußte nicht mehr ob Stunden oder nur qualvolle Minuten vergangen waren, als sich plötzlich eine

Fahne an einer Fackel entzündete, Feuer fing und flammend flatterte. Schon wurden die vorne am Rande des Gehsteigs Stehenden von einer Panik ergriffen und drängten zurück, während die hinten Stehenden, die kaum sehen konnten, was vorging, sich nicht rührten und wie eine Mauer jeden Ausweg versperrten, und schon gellten Angstschreie auf und es schien, als könnte nichts mehr ein furchtbares Unheil verhüten. Aber da wurde der Bannerträger von einer mystischen Verzückung ergriffen und rief: »Mir nach und unserer flammenden Fahne, die die Welt in Brand stecken wird« und begann zu laufen, und hinter ihm her rannten die Fackelträger, wie Amokläufer, und heulten verzückt: »Sieg Heil unserer flammenden Fahne.« Wo aber die brennende Fahne wie ein Spuk vorübertrieb, verstummten die Jubelschreie und die Gesichter wurden grau, denn die Flammen verzehrten das Symbol des tausendjährigen Reiches, die kreuzweise verschränkten Haken, und die verkohlten Fetzen, die wie der schwarze Fittich des Todesengels an der versengten Stange flatterten, waren ein so unheimlicher Anblick, als wären sie ein böses Omen.

Auch um Ursula herum verstummte jäh jeder Laut und fahle, verfallene Gesichter versteckten sich verstört hinter gespenstisch grinsenden Grimassen. Dann öffnete sich unversehens zwischen zurückweichenden Menschenmauern eine Gasse, durch die eine Ohnmächtige weggetragen wurde, hinter der sich andere, auch Ursula, davonschlichen.

Aber Schon wenige Tage später schimmerte auch in den kleinmütigsten Gesichtern wieder Zuversicht auf, denn die unglaublichsten Gerüchte liefen von Mund zu Mund, geradezu phantastische Gerüchte, die sich anhörten, als geschähen noch Wunder und Zeichen, oder als wären magische Kräfte am Werke, um Unmögliches möglich zu machen, Gerüchte, die sich unversehens in amtliche Nachrichten verwandelten, an denen keiner mehr zweifeln konnte, denn sie wurden, im

Radio verlautbart und waren schwarz auf weiß in den Zeitungen zu lesen. Immer dichter folgte eine der andern, zuweilen in stündlich erscheinenden Extra-Ausgaben, und die Hände, die jene winzigen Siegesfähnchen in Landkarten steckten, konnten sich nicht rasch genug regen, so unaufhaltsam rasten die motorisierten Truppen, wie apokalyptische Reiter, so unablässig rollten die Tanks an entsetzten Dörfern vorbei, durch verödete, ausgebrannte Städte, die noch schwelten, an Schutt und Trümmern vorbei und hinein in die feurige Wolke aus Rauch und Brand, die vor ihnen herzog, wo Flugzeuge wie Raubvögel die silbrig glitzernden Fittiche ausgespannt, auf ihre Beute niederfuhren, so unaufhaltsam stampften, die Stiefel der nachrückenden Infanterie durch die fremden Felder, die von den schweren Geschützen der Artillerie zerpflügt wurden, so unbeirrbar rollten die rasenden Räder weiter, mitten durch gellende Schreie und das Röcheln der Sterbenden, versperrten ihnen Fliehende oder Verwundete den Weg.

Diese in ihrer Blitzartigkeit ans Unwahrscheinliche grenzenden Erfolge, die auch noch die zögerndsten Überzeugten und sich die vorbehaltlose Zustimmung der Lauesten erzwangen und deren Widerschein Ursula, wohin sie auch blickte, aus fanatisch aufleuchtenden Augen entgegenstrahlte, hätte vielleicht auch sie verblendet, die dazu berufen war, alle Strahlungen, die sie streiften, widerzuspiegeln, wären ihre Ohren, in denen noch die Schreie nachgellten, die sie als eine der Namenlosen, zu denen sie sich zählte, vernommen hatte, nicht gefeit gewesen gegen das wilde Triumphgeheul, das die amtlichen Berichte ausstießen, die es keineswegs dem Zeitungsleser und dem Radiohörer überließen, die Runenschrift der Ereignisse zu entziffern, denn unerlässlich war es, daß sich an der sieghaften Idee, die einem Sturm vergleichbar durch das verheerte und eroberte Land hinfegte, die letzten säumigen Herzen im eigenen Land entzündeten, weil nur brennenden

Herzen jedes Opfer zugemutet werden kann, unerlässlich war es, den ungeheuren, aber notwendigerweise noch beschränkten Sieg nach außen in einen unumschränkten inneren Sieg zu verwandeln, und mit einem einzigen Wort jeden ins Unrecht zu setzen, der es noch wagte, Widerstand zu leisten, ehe verlangt werden konnte, was verlangt werden mußte, nicht nur blinder, nicht nur bedingungsloser, sondern verzückter, fanatischer, selbstmörderischer Gehorsam. Daher verzichteten die amtlichen Berichte weise darauf, sich der errungenen Siege zu rühmen und nannten sie GOTTESURTEIL.

Dieses Wort, dem, zwar verjährte aber erprobte, magische Kräfte innewohnten, sollte die Gehirne mit mystischer Trunkenheit erfüllen und sich als ehrfürchtiger Schauer in die Adern hineinergießen, um jeden zur äußersten Leistung anzustacheln, ehe jene andern Worte ausgesprochen wurden, auf die es ankam: Allgemeine Arbeitspflicht. Denn was sich bisher auf Fabriken, Laboratorien und Druckerpressen beschränkt, rastlos und pausenlos abgespielt hatte, um die geheimen Depots zum Bersten anzufüllen, war nur ein Vorspiel. Was in Hinkunft not tat war mehr, war etwas noch nie Dagewesenes, war zu einer einzigen ungeheuren Maschine zusammengeschweißtes Volk. Wie Zahnräder mußten die Hände ineinandergreifen, Gehirne mußten, Turbinen vergleichbar, rotieren, jeder Arm mußte zum Hebel werden, damit er in seiner vervielfachten Hebelwirkung Übermenschliches zu leisten vermochte, denn Übermenschliches mußte zur Norm werden, jede Bewegung mußte schon die nächste auslösen, jede Schwingung pausenlos eine Schwingung erzeugen, und der unbeugsame, der bis zur Weißglut erhitzte patriotische Wille zum Sieg sollte den Treibriemen abgeben, der die zur Maschine verschweißte Nation in rasende Drehungen versetzte, ehe zum entscheidenden Schlag ausgeholt werden konnte.

In die entlegendsten Dörfer hinein, in Städte und Großstädte leerte der Krieg sein Füllhorn aus, schüttete in gierig ausgestreckte Hände seine verhängnisvollen Gaben hinein, Versprechungen und Bestechungen und berauschende Worte, überschwemmte Pfade und Straßen mit einem Regen aus Papier, Kundmachungen und Verordnungen, schenkte den Arbeitslosen Arbeit, den Ehrgeizigen Titel und Ämter, den Geizigen Gold, kaufte den Menschen ihre Seelen ab, ihre Gefühle, ihre Gedanken, bis sie ausgehöhlten Schalen glichen, die mit klingenden Worten und klingenden Münzen ausgestopft wurden, wie Puppen mit Sägespänen, denn Menschen mußten aufhören Menschen zu sein, wenn sie brauchbare Bestandteile einer Maschine werden sollten. Nicht Menschen brauchte man, nur Hände, willige Hände, die Mordwaffen anfertigten und skrupellose Hände, die mordeten, und emsige Hände, die Verbände anlegen konnten und Verwundete betreuen, und Hände, die Giftgase herstellten und Bakterien züchteten, und Ohren, denen kein Laut entging, die jede akustische Schwingung auffangen konnten, die ihnen die Ätherwellen als Wort oder Morsezeichen zutrugen, und die auch noch hören konnten, was ein Verdächtiger dachte, und wachsame Augen, die jede Geheimschrift entziffern konnten, die zwischen den Zeilen harmloser Briefe Unsichtbares zu lesen vermochten und die auch noch sehen konnten, was ein Verdächtiger fühlte, und Gehirne, die immer tödlichere Waffen ersannen und das Geheimnis der einen, der unüberwindlichen Waffe entdeckten, dem sie auf der Spur waren, der Waffe, die in einem einzigen Augenblick ganze Städte zertrümmern und ausradieren sollte.

Noch hatte Ursula die Wahl, ob sie diesem Ruf zur Arbeit Folge leisten wollte oder nicht, denn auch der Künstler, dem es oblag zu verherrlichen, was der Verherrlichung bedurfte, den Schweiß, der die Maschine netzte, und das Blut, das die Felder tränkte, und die Tränen, die sich in den Opferkrügen sammelten, dem es oblag, Kleinmut in Begeisterung umzumünzen, wurde als ein Rad, wenn auch nur als ein winziges, in dem gigantischen Räderwerk der zur Maschine verschweißten Nation betrachtet, und als der ferne Kanonendonner verhallte und jene unheimliche, jene lähmende Stille eintrat, die ein zum Sprung geducktes Raubtier umgibt, wenn alle seine Kräfte sich in seinen Augen sammeln, um mit tödlicher Sicherheit die Entfernung abzuschätzen und die nächste Bewegung des erkornen Opfers, also etwa Ende Oktober, eröffnete die Lehranstalt über ausdrückliche Weisung mit geringfügiger Verspätung ihre Kurse.

Da Ursulas Geliebter, dessen Fuß ihm noch immer viel zu schaffen machte, weil der zersplitterte Knochen nicht recht heilen wollte, weshalb er auch bei der ersten Musterung als kriegsuntauglich bis auf weiteres vollständig zurückgestellt worden war, vorläufig davon absehen mußte, sich der Bewegung, der er zu dienen wünschte, neuerlich zur Verfügung zu stellen und infolgedessen beschloß, einstweilen wieder die Kurse aufzunehmen, flüchtete auch Ursula sich in diese Kurse hinein, um, wie sie vorgab und auch selbst glaubte, in seiner Nähe zu sein. In Wahrheit jedoch war ihr Entschluß ein Kompromiß, das sie mit ihrem Gewissen schloß, das ihr einerseits verbot, zu dem gigantischen Kraftaufwand, zu dem die ganze Nation aufgerufen wurde, auch nur einen einzigen Handgriff beizusteuern, und das sie andererseits bestimmte, ihre geheimen Dienstleistungen endlich wieder aufzunehmen, wovor sie, wie eingestanden werden muß, zurückschreckte, denn die Bewegung, der sie verhaftet war, hatte, von den Ereignissen notwendigerweise radikalisiert, fast nur noch Aufträge zu vergeben, auf deren Ausführung die Todesstrafe stand. Was gebraucht wurde, waren Spione und Saboteure. Die Kurse, die es Ursula ermöglichten zu unterlassen, was ihr Gewissen ihr verbot ohne zu tun, was es von ihr forderte, waren also sozusagen neutrales Gebiet, das der vor ihrem Gewissen Flüchtenden ein Asyl bot.

Diese Flucht aber, mußte sie schon nach wenigen Tagen einsehen, konnte nur von befristeter Dauer sein, und der vertagte Entschluß, ob sie für ihr Gewissen sterben oder gegen ihr Gewissen leben sollte, konnte ihr nicht erspart bleiben, denn die Zeichensäle waren verödet und die Wenigen, die sich wieder eingefunden hatten, wurden nicht nur mit scheelen Augen angesehen, sondern behandelt, als wären sie der Abschaum der Menschheit, verhöhnt und verächtlich gemacht, sobald sich nur die leiseste Gelegenheit dazu bot, kaum einer Antwort gewürdigt oder angebrüllt, wie Sträflinge, denn der Leiter der Anstalt hatte sich dazu hinreißen lassen, sich dafür zu verbürgen, daß keiner der jungen Leute, deren Seelen er geknetet und geformt zu haben glaubte, sich wieder in den Zeichensälen einfinden würde, daß auch nicht ein Einziger von ihnen es über sich bringen würde, sich unter dem fadenscheinigen Vorwand sein Studium fortzusetzen dem Ruf zur Arbeit zu entziehen, und wer es dieser verzückten Prophezeiung zum Hohn gewagt hatte, sein Studium wieder aufzunehmen, dem sollte es vergällt werden, den Drückeberger zu spielen, der sollte je eher desto besser einsehen lernen, daß er sich seine verscherzte Menschenwürde nur in einer Fabrik oder am laufenden Band wieder erwerben konnte.

Schon nach wenigen Tagen ganz zermürbt von dieser Behandlung, erwog es Ursula zu kapitulieren, aber noch einmal blieb ihr der verzweifelte Entschluß, den sie zu fassen hatte, erspart, denn als sie nach Hause kam, lag auf dem Tisch, von der Dämmerung düster umrahmt, der Brief mit dem amtlichen Aufdruck, der sie wochenlang, Tag und Nacht, neben einem Krankenlager festhalten sollte. Vor dem verhängnisvollen Brief, dessen Inhalt jeder erriet, der ihn bekam, hockte, auf ihrem Stuhl zusammengesunken, ihre Mutter. In ihrem versteinerten Gesicht brannten irre Augen. Sie hatte es nicht gewagt, den Brief zu öffnen.

Aufschluchzend sank Ursula neben der Reglosen auf die Knie, schlang die Arme um sie und stammelte unzusammenhängende Worte des Trostes.

Die alte Frau merkte es nicht und rührte sich nicht.

Als etwas später ihr Vater nach Hause kam, ahnungslos in das dunkle Zimmer trat und das Licht einschaltete, kehrte die Versteinerte einen Augenblick lang aus der tödlichen Einsamkeit ihres Schmerzes in die Wirklichkeit zurück und ihre bebenden Hände tasteten nach dem Brief. Aber kaum hatte sie ihn berührt, umnachtete neuerlich irre Verzweiflung ihre verzerrten Züge, sie riß ihn mitten durch, als könnte sie damit ungeschehen machen, was geschehen war und lallte: »Es ist nicht wahr. Er ist nicht tot.« Dann verbog ein grauenhaftes Lächeln ihren Mund und sie flüsterte verzückt: »Er regt sich unter meinem Herzen, er ist zurückgekehrt in meinen Schoß« und verlor das Bewußtsein.

Erst einige Stunden später, als ein Arzt seine Anordnungen getroffen hatte und das Krankenzimmer verließ, reichte Ursulas Vater ihr den in zwei Teile zerfetzten Brief.

Ihr Bruder war für ›unseren geliebten Führer‹, wie es darin hieß, und für das tausendjährige Reich auf dem Felde der Ehre, wie sie es nannten, gefallen.

In das Tag und Nacht von einer Dämmerung aus gedämpftem Licht erfüllte Krankenzimmer, in dem sich Ursula lautlos und schattenhaft bewegte, Kompressen wechselte und Medikamente einflößte, die den erlöschenden Lebenswillen einer tödlich Getroffenen, die sich verzweifelt dagegen wehrte weiterleben zu müssen, in flackernde Schwingungen versetzte, drang wochenlang nicht der leiseste Laut von außen her, denn nicht einmal das Knistern einer Zeitung durfte die tiefe Stille stören, derer die Kranke bedurfte, und in der nur zuweilen das Stöhnen der Fiebernden und abgerissene im Delirium hervorgestoßene Worte auftönten.

Jedoch auch wenn ihr Vater sie in den Abendstunden ablöste und Ursula das Krankenzimmer verließ, um versäumten Schlaf nachzuholen oder um zu ihrem Geliebten zu eilen, hatte sie nicht das Bedürfnis nach einer Zeitung zu greifen und in eine Gegenwart zurückzukehren, die nicht nur eben erst zu einem so grausamen Schlag gegen sie ausgeholt hatte, sondern sich vielleicht bereits anschickte, zu einem noch tödlicheren Schlag gegen sie auszuholen, wie sie in ihres Herzens Herzen befürchtete, denn Ursula hatte nicht nur alle Ursache sich um ihre Mutter zu ängstigen, auch um ihren Geliebten, der seiner Gesinnung wegen beständig gefährdet war, mußte sie zittern. Eine so beklemmende Gegenwart wollte sie vielmehr vergessen und gab sich daher rückhaltlos jenem Zustand der Betäubung hin, der sich so barmherzig einstellt, wenn das Schicksal uns verwundet, und der uns lähmt, um unserer Fähigkeit zu leiden Grenzen zu setzen.

Als sich dieser Zustand der Betäubung nach einer Weile abnützte, die unnatürliche Teilnahmslosigkeit, die ihre Augen barmherzig verschleierte, dünner und immer dünner wurde, und schließlich wie Nebel, den der Sturm zerfetzt, zu zerreißen drohte, und nur noch die Trauer um den Bruder, dem sie verzeihen und den sie beweinen durfte, weil er seinen Irrtum, wie sie es jetzt nachsichtig nannte, so bitter gebüßt hatte, ihren Blick mit Tränen trübte, flüchtete sie sich in ihren Schmerz hinein, verkroch sich förmlich darin, weil er sie in eine schützende Schattenwelt der Erinnerungen entrückte, die ihren Augen die gefürchtete Gegenwart entzog. Denn nicht der Bruder, den sie eben verloren hatte, war es, den sie beweinte, sondern ein Bruder, mit dem sie noch das Band geschwisterlicher Liebe verknüpft hatte, und den sie in unendlich fernen, von der Sonne ihrer Kindheit umspielten Tagen suchen mußte, in jener verzauberten Welt, in der es noch verwunschene Wälder für uns gibt und paradiesische Gärten weil wir noch das Rascheln der Blätter verstehen und das Gezwitscher der Vögel, mit Blumen Zwiesprache halten und mit Schmetterlingen, und weil sich noch jeder Stein, jede Glasscherbe, die unser Blick berührt, für uns in ein funkelndes Kleinod verwandelt; den sie auch noch in jenen noch unbeschwerten und zugleich schon von ersten staunenden Erfahrungen beunruhigten, von erwachenden Wünschen, für die es noch keinen Namen gibt, bedrängten Jahren suchen durfte, die sich vermittelnd zwischen Kindheit und Jugend einschieben, um diese verschollenen Tage und Jahre, die ihre trüben Gedanken heraufbeschworen, verwebten sich zu tröstlichen Bildern, weil Ursula, wie jeder, der die Augen auf Vergangenes heftet, nur noch einmal verlor, was sie längst schon verloren hatte, und weil der nach rückwärts gerichtete Blick nur schon überstandene Kümmernisse, schon erfüllte Verpflichtungen, schon erreichte Ziele sieht, und weil sie sich in einer Welt, in der sich spukhaft nur bereits Geschehenes ereignete und sie, weil ihr Gedächtnis sozusagen die Vorsehung spielte, nichts Unvorhergesehenes zu befürchten hatte, mit keinem Schmerz und keiner Enttäuschung rechnen mußte, auf die sie nicht schon gefaßt war, sich noch einmal geborgen fühlen durfte.

Aus diesem Schlupfwinkel, den sie sich aus Bruchstücken

der Vergangenheit zurechtgezimmert hatte, wurde sie jäh aufgescheucht, als sie eines Abends zur vereinbarten Stunde zu ihrem Geliebten eilte. Ihre Verwunderung darüber, ihn auf seinen Stock gestützt ganz unerwartet in der Nähe der Haltestelle zu erblicken, als sie den Autobus verließ, verwandelte sich in Bestürzung, als er sich, während sie auf ihn zuging, abwandte und langsam davonhinkte. Verdutzt blieb sie stehen und sah ihm verständnislos nach, bis er in einiger Entfernung vor einem Schaufenster stehenblieb und sich suchend umblickte. Dann erst verstand sie, eilte ihm nach und blieb, von trüben Vorahnungen erfüllt, neben ihm vor dem Schaufenster stehen. Er ging weiter und schob im Vorbeigehen wortlos einen Zettel in ihre Hand, um den sich ihre Finger zitternd schlossen. Sie blieb noch eine kleine Weile vor dem Schaufenster stehen und blickte blicklos vor sich hin, ohne gewahr zu werden, was hinter der Glasscheibe zur Schau gestellt war, dann schlenderte sie weiter, wobei sie versuchte sich zu vergewissern, ob sie beobachtet wurde oder nicht, und schlüpfte schließlich in das Halbdunkel eines spärlich erleuchteten Hausflurs hinein, um dort, falls niemand ihr folgte, während sie umständlich an ihrem Schuhband nestelte, den Zettel zu lesen. Die Botschaft, die sie auf so beunruhigende Weise empfangen hatte, war kurz. Sie wurde gebeten, sich nicht in der Wohnung ihres Geliebten einzufinden, sondern bei Leuten, deren Adresse ihr bekannt war und bei denen sie den Freund schon wiederholt getroffen hatte, wenn jede Spur ihrer Zusammenkünfte aus irgendwelchen Gründen mit besonderer Vorsicht verwischt werden mußte. Daß sie sich zu dem für das Stelldichein bestimmten Orte nur auf Umwegen begeben durfte, die es ermöglichten etwaigen unbefugten Augen ein Schnippchen zu schlagen, durfte von dem Verfasser der Botschaft als bekannt vorausgesetzt werden.

Für diese eine, von so beklemmenden Vorsichtsmaßregeln beschützte Zusammenkunft, nach deren Ursache sich

Ursula, kaum war sie mit ihrem Geliebten allein, zutiefst beunruhigt erkundigte, hätte sich vielleicht eine glaubwürdige Ausrede finden lassen, mit der er die Angst, die sich in ihren Zügen spiegelte, gerne beschwichtigt hätte, aber da er ihr an diesem Abend mitteilen mußte, daß sie sich bis auf weiteres auch in Hinkunft nicht bei ihm blicken lassen durfte, um nicht in Unannehmlichkeiten verwickelt zu werden, die sie vielleicht auf diese Weise vermeiden konnte, mußte er sich dazu bequemen ihr einzugestehen, was ihn in Wahrheit dazu veranlaßte, ihre Beziehungen zu ihm soweit es anging zu verleugnen, und so erfuhr Ursula, was er, um ihr Unruhe zu ersparen, beabsichtigt hatte ihr zu verschweigen. Der Arzt, der seinen Fuß behandelte, hatte, vermutlich um sich Liebkind zu machen, in einem ihm abverlangten Bericht seiner Verwunderung darüber Ausdruck gegeben, daß sich der angebliche Unfall zu einem Zeitpunkt ereignet hatte, als es schon jedem, der Augen hatte zu sehen und Ohren zu hören, klar sein mußte, was sich vorbereitete, zu einem Zeitpunkt also, als der von dem Unfall Betroffene bereits voraussehen konnte, ja angesichts seiner Altersgruppe geradezu damit rechnen mußte, ehestens einberufen zu werden, und diesem Bericht zufolge war gegen ihren Geliebten das Vorverfahren wegen Selbstverstümmelung eingeleitet worden.

Daß er selbst diesem Verfahren mit einigen Besorgnissen entgegensah, nicht etwa weil er ein schlechtes Gewissen hatte, sondern weil er damit rechnen mußte, daß man vielleicht ein Exempel statuieren wollte, und daß die Zeugen, die er namhaft machen konnte, diesfalls unter Druck gesetzt, sich dazu bequemen würden auszusagen, was man von ihnen hören wollte, verschwieg er ihr, gab vielmehr vor, dieser unerfreulichen Wendung, die die Dinge genommen hatten, gar keine Wichtigkeit beizumessen, denn da sich der Unfall glücklicherweise in der Öffentlichkeit abgespielt habe und er daher eine ganze Reihe von Entlastungszeugen anführen könne, so sei zweifellos früher oder später mit einer Einstellung des Verfahrens zu rechnen, wobei er als besonders beruhigend darauf hinwies, daß man von einer Verhaftung abgesehen habe, obwohl er argwöhnte, daß man es nur deshalb unterlassen hatte ihn festzunehmen, weil man es als geboten erachtete, ihn zu beobachten. Auch was er Ursula im Verlaufe der nächsten Wochen über die Verhöre mitteilte, denen er unterworfen wurde, hielt sich nicht sehr wahr an die Wahrheit, denn er verschwieg ihr geflissentlich, daß diese endlosen Verhöre darauf abzielten, ihn mürbe zu machen, daß er stundenlang trotz Fußverletzung stehend und ganz benommen von den Schmerzen, die es ihm verursachte, mit vertrockneter Kehle und schließlich halb bewußtlos vor Erschöpfung Rede und Antwort stehen mußte, daß er stundenlang mit tückischen Kreuz- und Querfragen gemartert wurde, die zuweilen abgefeuert wurden, wie tödliche Schüsse, zuweilen ausgeworfen wie Schlingen, in denen er sich fangen sollte. Auch verheimlichte er ihr, daß ihm gelegentlich erfundene Zeugenaussagen vorgehalten wurden und ihm auf den Kopf zugesagt wurde, er sei bereits überführt, um ihm ein Geständnis abzulisten, und auch noch als sein Wille schließlich abzubröckeln begann, beteuerte er ihr standhaft, daß sie keine Ursache habe, sich um ihn Sorgen zu machen.

Warum Ursula sich von ihm täuschen ließ, denn sie ließ sich von ihm täuschen, obwohl sich in seinem Gesicht von Woche zu Woche unverkennbarer die Spuren der Qualen einzeichneten, denen er unterworfen wurde, ist schwierig zu erklären. Zweifellos ließ sie sich dabei unbewußt ein wenig von dem Wunsch sich selbst zu betrügen leiten, sozusagen aus Angst vor der Angst, und glaubte so willig daran, daß sie nicht um ihn zittern mußte, weil sie so inbrünstig daran glauben *wollte*. Was sie jedoch darüber hinaus geradezu blind für die Qualen machte, die er erlitt und die sich in seinen Zügen spiegelten, war etwas anderes. Sie hatte, seit sie den Umfang seiner geheimen aufrührerischen Tätigkeit kannte und seit sie wußte, daß er in der Untergrundbewegung, wie man es nannte, eine ziemlich verantwortungsvolle um nicht zu sagen prominente Stellung einnahm, immer schon und zuweilen irr vor Angst befürchtet, daß ihm Schlimmeres bevorstand, denn für das, was seine Gesinnung als ausreichende Strafe betrachtet, nur ein langsamer, martervoller, unausdenkbar grauenhafter Tod, der den Gefolterten auch dazu zwingen sollte, Mitschuldige preiszugeben. Mit diesen furchtbaren Angstvorstellungen, die sie verfolgt hatten, verglichen, war das gegen ihn eingeleitete Verfahren noch verhältnismäßig harmlos zu nennen, schien ihr, zumal sie zutiefst überzeugt davon war, daß es schließlich eingestellt werden mußte, weil sich ein Beweis seiner Schuld einfach nicht erbringen ließ. Überdies beredete sie sich, daß ihm das Schicksal diese kleine Prüfung vielleicht als eine Art Ablöse auferlegte, weil es ihm die größere gnädig erlassen wollte.

Am 23. Dezember wurde das Verfahren, darin hatte das Gefühl der Zuversicht, das Ursula erfüllt hatte, sie nicht betrogen, eingestellt, und obwohl Ursula den Weihnachtsabend mit ihrer Mutter in einem verdunkelten Zimmer verbringen mußte, glaubte sie niemals vorher einen so strahlenden heiligen Abend erlebt zu haben und in ihrem Herzen, schien ihr, brannten Weihnachtskerzen, denn nicht nur die Einstellung des Verfahrens gegen ihren Geliebten war ihr wie ein Wunder beschert worden, auch die vertrockneten Augen ihrer Mutter hatten sich unter dem Ansturm der Erinnerungen, die dieser ehedem so festlich glückliche Abend heraufbeschwor, mit Tränen gefüllt und es durfte als ein Vorbote der Heilung betrachtet werden, daß die Genesende endlich, endlich weinen konnte.

Die strahlenden Hoffnungen, die dieser Abend in Ursulas Herzen entzündet hatte, schienen sich zu erfüllen und das Schicksal gab sich den Anschein als sei es bemüht, sie für die

Prüfungen, die es ihr auferlegt hatte, zu entschädigen, denn die Wochen, die folgten, waren die sorglosesten, die Ursula seit langem erlebt hatte. Sie mußte weder um ihren Geliebten zittern, da sich die Heilung des verletzten Fußes durch die erlittene Behandlung sehr verzögerte und er daher noch nicht daran denken konnte, seine gefährliche Tätigkeit wieder aufzunehmen, noch um ihre Mutter, die sich zusehends erholte. Zwar bedurfte die Genesende noch der Pflege, was jedoch Ursula mit einem sehr willkommenen Vorwand versorgte, den Entschluß, zu dem ihr Gewissen sie drängte, hinauszuschieben. Erst als ihr Geliebter sich, kaum durfte sein Fuß einigermaßen als geheilt betrachtet werden, zum Arbeitsdienst meldete und sich Ende Januar um eine Stelle in einer Munitionsfabrik bewarb, begriff Ursula, daß das Schicksal ihr nur kurz eine Atempause gewährt hatte.

Ursula, die nicht annehmen konnte, daß er sich nur deshalb um Arbeit in einer Munitionsfabrik beworben hatte, weil es ihn drängte, zu den tödlichen Vorräten, die aufgespeichert wurden, sein Schärflein beizutragen, die vielmehr sowohl von den Erfahrungen der Eingeweihten als auch von ihrem eigenen Gewissen beraten, erriet, was er vorhatte, verbrachte einige Tage wie betäubt von Angst, unfähig einen Gedanken, einen Entschluß zu fassen, kaum fähig sich zu regen, einen Bissen hinunterzuwürgen. Dann eilte sie zu ihm, warf sich in seine Arme und schluchzte: »Tu es nicht«, sank zu Boden vor ihm, umklammerte seine Knie und bettelte verzweifelt: »Tu es nicht.«

»Wie sehr mußt Du mich lieben, Ursula«, sagte er tonlos, »wenn Du es über Dich bringst, so Ungeheuerliches von mir zu verlangen.«

»Wie wenig mußt Du mich lieben«, rief Ursula außer sich, »wenn Du auch nur daran denken kannst, es zu tun.«

Dann schwiegen sie lange und Ursula wimmerte nur leise in sich hinein.

Endlich nahm er ihren Kopf zwischen seine Hände, beugte sich zu ihr herab und flüsterte, ein zuversichtliches Lächeln um den Mund: »Es kann auch gut enden, Ursula.«

»Nein«, stammelte Ursula verstört. »Damit laß ich mich nicht abspeisen. Du mußt mir versprechen, daß Du es nicht tun wirst. Du mußt es mir versprechen.«

Sein Lächeln erlosch, sein Gesicht verdunkelte sich, seine Lippen preßten sich zusammen und wurden eine dünne, harte Linie, die sein Gesicht zerschnitt. Dann sagte er ruhig: »Ich verspreche es Dir.«

Sie glaubte es ihm nicht und glaubte es ihm doch, zweifelte und hoffte, verging vor Angst und wiegte sich in Zuversicht, aber als Woche um Woche verging ohne daß geschah, was sie befürchtete, wurde sie ruhiger, wagte sie aufzuatmen und schließlich frohlockte sie fast, denn sie hatte, schon schien es sich zu bestätigen, das Unheil abgewendet.

Da ereignete sich die Explosion, die einen Flügel der Munitionsfabrik und Maschinen vernichtete. Auch Menschenleben waren zu beklagen, wenn auch glücklicherweise weniger als ein Unglück so großen Umfangs anfänglich befürchten ließ, denn es hatte sich, was als ein ganz besonders glücklicher Zufall betrachtet wurde, gerade während einer kurzen Arbeitspause ereignet, die einer Luftschutzübung, zu der die Belegschaft abgerufen wurde, diente.

Fast irr vor Angst eilte Ursula, kaum hatte das Radio die Nachricht von diesem Unglück verlautbart, zu ihrem Geliebten. Er ließ sie nicht einmal eintreten, fertigte sie fast barsch in der Türe ab und schärfte ihr mit vor Erregung heiserer Stimme ein, daß sie sich nicht bei ihm blicken lassen durfte, ehe er ihr nicht ausdrücklich die Erlaubnis dazu erteilte. Er versprach zu schreiben. Erst nachträglich kam es ihr zum Bewußtsein, wie fahl und verfallen sein Gesicht ausgesehen hatte.

Schon am nächsten Morgen, nach einer schlaflosen Nacht,

erhielt sie einen Brief von ihm. Es war der zärtlichste Brief, den sie je vor ihm erhalten hatte, ein so überschwänglicher Brief, daß sie darüber in Tränen ausbrach und nicht wußte, warum.

Dann folgten Tage des Schweigens, immer unerträglichere Tage des Schweigens.

Erst als die Meldung von der Explosion sowohl im Radio als auch von den Zeitungen erhaltenen Weisungen zufolge dementiert wurde, weil sich inzwischen die Verdachtsmomente verdichtet hatten, die auf Sabotage schließen ließen, was man, um nicht Nachahmer zu züchten, zu vertuschen für geboten hielt, wagte es Ursula, die dieses drohende, dieses qualvolle Schweigen nicht länger ertragen konnte und sich daher nur zu willig von dem Dementi täuschen ließ, sein Verbot zu mißachten und ohne sich länger daran zu kehren zu ihm zu eilen.

Sie kam vor eine verschlossene und versiegelte Tür.

»Sie haben ihn«, erklärte die Hausbesorgerin, »vor einigen Tagen geholt.«

Torkelnd wie eine Betrunkene verließ Ursula das Haus, worin eben eine verschlossene und versiegelte Tür ihre schlimmsten Befürchtungen bestätigt hatte. Sie tastete sich wie blind an der Mauer entlang, stolperte über ihre eigenen Füße und taumelte weiter. Ihre Augen blickten starr und ohne etwas zu sehen in die abendliche Dämmerung hinein und ihr Mund war geöffnet, wie zu einem lautlosen Schrei.

Mechanisch hatte sie, ohne sich dessen bewußt zu werden, den Weg zur Autobushaltestelle eingeschlagen. Dort angelangt blieb sie wie angewurzelt stehen, denn hinter einem Mauervorsprung, wo sich die Dämmerung schon zur Dunkelheit verdichtete, erblickte sie ihren Geliebten, der ihr, auf seinen Stock gestützt, beschwichtigend zulächelte und sich, während sie aufschluchzend auf ihn zueilte, abwandte und davonhinkte. Aber er blieb nicht, wie damals, vor einem Schaufenster stehen, er humpelte weiter. Sie lief hinter ihm her und konnte ihn nicht einholen, lief immer schneller und konnte ihn nicht einholen, denn kam sie ihm nur um ein Weniges näher, so löste er sich in Dunkelheit auf und sie verlor ihn aus den Augen. Aber kaum blieb sie keuchend stehen, erblickte sie ihn wieder und rannte neuerlich hinter ihm her, bis sie ihn neuerlich aus den Augen verlor. Je dunkler es wurde, desto deutlicher konnte sie ihn sehen, was sie sich anfangs nicht zu erklären vermochte, bis sie endlich begriff, daß nur die Dunkelheit ihm Gestalt verleihen konnte, weil er ein Schatten war, der körperlos kreuz und quer vor ihr her durch die Straßen glitt, und da wußte sie auch, weshalb sie ihn nicht einholen konnte. Seine Füße berührten den Boden nicht, er schwebte, schnellte sich vorwärts, flog, während sie keuchend hinter ihm herrannte, Straße um Straße entlang, durch immer dichtere Dunkelheiten. Schon begannen ihre Kräfte zu versagen, sie stolperte und stürzte, raffte sich auf und schleppte sich weiter, immer ihm nach, prallte an Laternenpfählen an, stieß mit Vorübergehenden zusammen, die hinter ihr her fluchten, wankte weiter, sah, daß er in eine Seitengasse einbog und stürzte ihm nach, verlor ihn neuerlich aus den Augen und sah ihn plötzlich aus einem Haustor hervortreten, sah ihn, sich aus einem Fenster herausneigen, erblickte ihn in einem vorbeiflitzenden Autobus, sah ihn da und dort zugleich, wußte nicht mehr, wohin sie sich wenden sollte, begann sich im Kreise zu drehen oder vielleicht drehten sich die Häuser im Kreis, denn die Mauern wichen schwankend zurück, als ihre bebenden Hände nach einer Stütze tasteten, ehe sie bewußtlos zu Boden sank.

Im Rettungswagen, der sie einige Stunden später ins Krankenhaus brachte, schlug sie blicklose Augen auf, versuchte stöhnend aufzuspringen, wurde von kräftigen Händen festgehalten und sank in Bewußtlosigkeit zurück. Als sich neuerlich ihre Augen öffneten, starrten sie verstört auf weißgetünchte Wände und schlossen sich wieder. Während ihr Körper sich auf dem Spitalsbett bog und bäumte, wie die verrenkten Glieder einer Gefolterten, vermischten sich mit den irren Bildern, mit denen sie stöhnend, schreiend, keuchend in den purpurnen Finsternissen ihres Deliriums rang, Zerrbilder der Wirklichkeit, die sich, aus jedem Zusammenhang herausgerissen, in erschreckende Nachtgesichte verwandelten und zum Albdruck wurden. Die weiße Haube der Nachtschwester war ein gespenstischer Vogel, der lautlos durch den Saal flatterte, von Bett zu Bett, bis er an ihres kam, es umkreiste und sich schließlich in einen weißlichen Nebel auflöste, der sich erstickend herabsenkte, bis sie kaum noch zu atmen vermochte, aber nur, weil sie keuchend, hinter ihrem Geliebten her durch dunkle Straßen rannte und rannte und ihn nicht einholen konnte, stundenlang rannte, tagelang, bis endlich, endlich ihre ausgestreckte Hand seine berührte, aber während sie aufjauchzte, wandte er sich um und sie starrte verstört in das angstentstellte Gesicht ihrer Mutter hinein, das sich sekundenlang über sie beugte, rannte weiter in tiefere Dunkelheiten hinein, erblickte den Verlornen wieder und diesmal kam er auf sie zu, sie konnte ihn so deutlich sehen wie noch nie, aber er trug einen weißen Kittel und seine Hand legte sich prüfend um ihr Gelenk, dann schritt er von Bett zu Bett, und erst als er den Saal wieder verließ, streifte er seine Verkleidung ab und gab sich ihr wieder zu erkennen als der, den sie liebte und aufschreiend sprang sie aus dem Bett und während kräftige Hände ihr wehrten, sie festhielten und sie schließlich wieder in die Kissen hineindrückten, entschlüpfte sie ihnen in purpurne Finsternisse hinein und rannte ihm nach.

Als Ursula einige Stunden später oder einige Tage später, sie wußte es nicht, zum ersten Mal die Augen öffnete, die wieder die Wirklichkeit zu sehen vermochten und verständnislos über die kahlen, weißen Wände glitten und von Bett zu Bett, bis sie endlich begriff, wo sie war, stürzte sich, als hätte sie nur auf diesen Augenblick gelauert, die Erinnerung an die verschlossene und versiegelte Tür auf sie, wie ein Geier, der seine Fänge in die Flanken seines Opfers schlägt. Sie wagte es nicht zu fragen, wie lange sie schon hier sei, denn sie fürchtete zu hören, daß sie sich Wochen und Wochen in ihre Bewußtlosigkeit eingeschlossen und seinem Schatten nachgejagt hatte, statt Augen und Ohren offen zu halten, um den leisesten Hilferuf, den er ausstoßen mochte, aufzufangen, und der winzigsten Andeutung, wo er gefangen gehalten wurde, nachzujagen. Aber sie hatte nur wenige Tage im Spital verbracht, wie sie erfuhr als ihre Mutter sie an diesem Nachmittag besuchte, und es war inzwischen weder ein Brief für sie angekommen, noch hatte irgendwer nach ihr gefragt.

Als Ursula kurz darauf nach Hause zurückkehren durfte, eilte sie, sobald, sie sich nur wieder aufrecht halten, konnte, zu jenen Freunden, bei denen die geheimen Zusammenkünfte mit ihrem Geliebten so oft ein Asyl gefunden hatten, und die man Gesinnungsfreunde nennen sollte, weil nichts sie mit ihnen verband als die aufrührerische nächtliche Tätigkeit, der sie sich, wie sie, verschrieben hatten, eilte zu ihnen, weil sie von ihnen zu erfahren hoffte, wo ihr Geliebter sich befand, von ihnen zu hören hoffte, daß Hilfe möglich war und daß vorgekehrt wurde, was vorgekehrt werden konnte, um ihn zu retten, um wenigstens das Schlimmste abzuwenden, was ihm bevorstand. Aber ihre Hoffnung wurde grausam enttäuscht. Obwohl man, wie ihre Freunde es ausdrückten, Himmel und Hölle in Bewegung gesetzt hatte, um zu ermitteln, wohin man den Unglücklichen verschleppt hatte, und obwohl sogar einige Angehörige der Geheimen Staatspolizei, denen man vertrauen durfte, sich darum bemüht hatten, ausfindig zu machen, was mit ihm geschehen war, hatte es sich als absolut unmöglich erwiesen, auch nur festzustellen, wo er sich befand. Er war verschwunden, wie vom Erdboden verschluckt.

Betäubt als wäre ein schwerer Schlag auf sie niedergesaust, kehrte Ursula nach Hause zurück. Sie wußte, was es zu bedeuten hatte, wenn einer spurlos verschwand. Es wurde ihm nicht der Prozeß gemacht, auf den er Anspruch hatte, und er wurde auch nicht einfach ermordet, denn aus einem Mord machte man längst kein Geheimnis mehr, einen Mord scheute man sich nicht einzugestehen, denn auf einen Mord mehr oder weniger kam es nicht mehr an, wer spurlos, verschwand, erlebte Grauenhaftes, mit dem verglichen der Tod ein beneidenswertes Schicksal war. Wer spurlos verschwand, wurde der Inquisition übergeben, den Folterknechten, die ihm die Glieder verrenkten und zerbrachen und glühendes Eisen in aufzischendes Fleisch bohrten, die Namen hören wollten, die Namen seiner Mitschuldigen, ehe sie ihn zu Tode peitschten.

Von diesen entsetzlichen Bildern bedrängt, fühlte Ursula, fast irr vor Angst, daß sie ein Äußerstes tun mußte, wenn sie abwenden wollte, was noch abzuwenden war, daß sie Namen nennen mußte und sei es auch nur ihren eigenen, um ihm wenigstens jenes Quentchen der Marter zu ersparen, das *ein* Name ihm ersparen konnte, daß sie ohne Verzug den Mann, der alles wußte und noch mehr wissen wollte, aufsuchen mußte. In diesem Augenblick erst bemerkte sie den Brief, den ihre Gesinnungsfreunde ihr eingehändigt hatten und den sie noch immer in der Hand hielt.

Der Brief war von ihrem Geliebten und während sie ihn las, glaubte sie eine Stimme aus dem Grab, eine Stimme aus dem Jenseits zu vernehmen. In diesem Brief, der ein längst verjährtes Datum trug, beschwor er sie, im Falle einer Verhaftung, mit der er jederzeit rechnen müsse, nichts zu unternehmen, was sie selbst oder die Bewegung, der sie beide sich verschrieben hatten, gefährden könnte und auch nicht den leisesten Versuch zu machen, sich zu ihm zu bekennen, weil sie damit nur unsägliches Leid über sich selbst und andere, und unausdehnbares Unheil heraufbeschwören würde, ohne ihm helfen zu können, ohne ihm auch nur die winzigste Qual, war sie ihm zugedacht, zu ersparen. Sie mußte, schloß er, diesen Brief als sein Vermächtnis betrachten, das ihr auferlegte, eingedenk der Liebe, die sie zu einem einzigen Wesen verschmolzen hatte, fortzusetzen, was ihm fortzusetzen verwehrt war und der Bewegung, der er nicht länger dienen durfte, zu dienen.

Lange hielt sie diesen warnenden Brief, der ihr verwehrte zu tun, was sie eben zu tun beschlossen hatte, in zitternden Händen und starrte die geliebten Schriftzüge an, bis Tränen ihre Augen trübten. Dann faltete sie ihn zusammen und starrte vor sich hin, mutlos, hoffnungslos. Sie mußte, fühlte sie, dieser Stimme gehorchen, nicht nur weil es seine war und nicht nur, weil sie wie aus dem Jenseits zu ihr herübertönte, sondern auch, weil sie sich nicht länger verhehlen konnte, daß das, was sie eben zu tun beschlossen hatte, unausdenkbares Unheil und unsägliches Leid heraufbeschwören mußte, denn der Mann, der alles wußte und noch mehr wissen wollte, konnte sich, wie hatte sie nur daran vergessen können, nicht damit begnügen, einen einzigen Namen, ihren eigenen zu hören, und würde sie, hochnotpeinlich verhört, die Kraft aufbringen, die Antwort zu verweigern? Sie durfte nicht tun, was sie eben zu tun beschlossen hatte, weil sie befürchten mußte, daß ihr zwischen den Schreien, die ihr die Qualen, mit denen sie rechnen mußte, abpressten, ein Name entschlüpfen könnte und noch einer und vielleicht noch mehr, weil sie befürchten mußte, unter der Folter, die ihr bevorstand, alle Geheimnisse preiszugeben, die ihr Geliebter mit einem so teuer bezahlten Schweigen behütete, denn *seine* Lippen, das wußte sie, waren versiegelt.

Noch einmal entfaltete sie den Brief und las tränenlos vor Schmerz Wort für Wort, um zwischen den Zeilen, zwischen den Buchstaben eine Lücke zu entdecken, durch die sie entschlüpfen konnte, um ihm als letzten Liebesdienst ihr Opfer bringen zu dürfen, denn sie fühlte, daß sie nicht weiterleben konnte, weil sie beständig zu sehen vermeinte, wie er gemartert wurde, weil sie unaufhörlich seine Schmerzensschreie zu hören vermeinte, und wenn sie sterben sollte, wollte sie für ihn sterben. Aber sie konnte keine Lücke zwischen den Zeilen, zwischen den Buchstaben entdecken, die Worte verknüpften sich vielmehr zu einem Gitter, hinter dem er in seiner Zelle seinen furchtbaren Tod starb, den sie nicht abwenden konnte. Da wußte sie plötzlich, weshalb sie seinen Brief noch einmal gelesen hatte. Sein Verbot hatte eine Lücke. Sie durfte sterben, wenn auch nicht für ihn, doch mit ihm.

Kaum hatte sie diesen Gedanken zu Ende gedacht, flüsterte ihr eine zärtliche Stimme, die sie als seine erkannte, ins Ohr: ›Und wenn ich wiederkehre, Liebste, aus meiner Zelle, die Du ein Grab nennst und das Jenseits, und die doch nur eine Zelle ist, und wenn ich Dich suche und suche, soll ich Dich nicht finden? Vielleicht kehre ich zu Dir zurück, Liebste, vielleicht.‹

Da wußte Ursula, daß sie immer noch hoffte, von tiefster Hoffnungslosigkeit erfüllt hoffte, daß sie noch hoffen *mußte* und daß sie nicht sterben durfte. Noch nicht.

Noch glaubte Ursula die geliebte Stimme zu vernehmen und die tröstlichen Worte ›Vielleicht kehre ich zu Dir zurück‹, da gellten ihr schon die schrillen Sieg-Heil-Rufe in die Ohren und die Schreie »Extra-Ausgabe«, und auf den Dächern, auf den Straßen heulten Lautsprecher auf und verkündeten den ungeheuren, den unwahrscheinlichen, den unheimlichen Sieg. In einem einzigen Tag hatten die motorisierten Truppen ein ganzes Land überrannt und rasten weiter, unaufhaltsam, zogen blutige Furchen durch ächzende Felder, die die nachstürmenden, sieghaften Stiefel zerstampften, rasten durch verödete Dörfer, an verkohlten Gehöften vorbei, rasten durch Städte, die in Flammen standen, von Bombern wie von Raubvögeln umkreist, durch Städte, die nur noch schwelten, durch Städte, die sich in Rauchschwaden einhüllten, wie in Trauergewänder, durch Straßen, die keine Straßen mehr waren, sondern nur noch ein zerlöcherter, zerfetzter Streifen Asphalt von Trümmerhaufen gesäumt, durch Straßen, die kopflos flüchtende Menschen verstopften, Frauen, Kinder und Greise, die niedergerannt wurden, wenn sie nicht ausweichen konnten, durch Straßen, die Leichen bedeckten, denen die rasenden Räder Köpfe und Gliedmaßen vom Rumpfe trennten, die unaufhaltsamen Räder, die durch Tag und Nacht rasten und von Sieg zu Sieg.

Ursula aber hörte nicht, was die Lautsprecher ihr in die Ohren heulten, hörte nicht den Jubel, der in den Straßen aufschäumte, wo jeder Sieg gefeiert wurde, hörte nicht den immer wilderen Pulsschlag der fiebernden und stöhnenden Maschinen, die sich, von immer maßloseren Verordnungen zur äußersten Leistung angekurbelt, wie entfesselte Dämonen mit jenen fernen rasenden Rädern um die Wette drehten, um den unersättlichen Appetit der Schlachtfelder zu befriedigen, hörte nur die unhörbaren Schmerzensschreie, die ihr Geliebter ausstieß und wartete. Sie sah nicht die ekstatischen Schlagzeilen der Zeitungen, sah nicht, wie sich Herz um Herz heftiger an jedem Sieg entzündete und wie auch noch die Lauen, auch noch die Widerspenstigen aufflammten, sah nicht den fanatischen Widerschein irrer Inbrunst, der in den blinden und geblendeten Augen aufstrahlte, sah nur das schmerzverzerrte Gesicht ihres Geliebten und wartete. Tränenlos und versteint vor Schmerz wartete sie darauf, daß sich seine Botschaft aus dem Jenseits erfüllte, daß er zu ihr zurückkehrte. Als Krüppel, wenn er nur zu ihr zurückkehrte.

Plötzlich wußte sie, daß sie vergeblich auf seine Rückkehr wartete, wußte, daß sie ihn verloren hatte, unabänderlich, daß ihre Arme und wenn sie sie noch so sehnsüchtig ausstreckte, ihn nie mehr umschlingen konnten, nie mehr, und sie wartete nur noch darauf, ein winziges Lebenszeichen von ihm zu erhalten, nur noch darauf, daß es den unermüdlichen Bemühungen, die heimlich am Werke waren, gelingen sollte, eine Spur aufzufinden, die zu ihm führte. Sie wollte nur noch wissen, wo ihre Gedanken, die unablässig herumirrten und ihn suchten, ihn finden konnten, um endlich, endlich hinter vergittertem Fenster oder hinter Stacheldraht bei ihm verweilen zu dürfen.

Da gellte ihr, schauerlicher als je, sein Schmerzensschrei in den Ohren und sein fahles, verzerrtes, verbeultes Gesicht, das kaum mehr einem menschlichen Gesicht glich, starrte sie aus brechenden Augen so flehentlich an, daß sie von Grauen geschüttelt fast die Besinnung verlor. Von diesem Augenblick an wartete sie nur noch auf die Nachricht von seinem Tod, betete und bettelte um seinen Tod, gelobte weiterzuleben, ihr zerbrochenes, leeres, entseeltes Leben bis zu Ende zu leben, wenn nur der Tod dieses furchtbarste Opfer, das sie bringen konnte, annahm und endlich, endlich barmherzig seinen Qualen, seinen unerträglichen Qualen, seinen irren Qualen ein Ende setzte. Sie wollte nur noch wissen, daß er tot war, nur noch die Gewißheit haben, daß er tot war, diese grausame Gewißheit, die jeden Rest einer Hoffnung aus ihrem Herzen austilgen sollte, diese barmherzige Gewißheit, die den irren Pulsschlag ihres gefolterten Herzens stillen sollte.

Sie wartete, presste ihr Gesicht in Kissen hinein, um ihre Schreie zu ersticken, bohrte sich ihre spitzen Nägel ins Fleisch, raufte sich die Haare aus, zerkratzte sich das Gesicht und wartete.

Ihre Tränen versiegten wieder, von dem flammenden Schmerz, der sie verbrannte, aufgetrocknet und immer noch wartete sie. Ihre Schreie wurden heiser, verstummten und immer noch. wartete sie. Ihr Gesicht wurde zu einer steinernen Maske des Schmerzes und immer noch wartete sie.

Sie wartete und wartete.

Auch als Ursula schon jede Hoffnung aufgeben mußte und wußte, daß nur noch ein Wunder ihr die Gewißheit, die sie erflehte, schenken konnte, wartete sie noch, denn es war längst schon das Einzige, was sie noch mit dem Geliebten, den sie so grausam verloren hatte, verband und so schleppend vergingen ihr die vergeblichen Tage und Nächte des Wartens, daß die Zeit in ihrem Herzen stille zu stehen schien, wie ein zur Ewigkeit erstarrter Augenblick, weil jeder qualvoll dem nächsten glich, weil sich jeder bis an den Rand mit jener tiefen Hoffnungslosigkeit füllte, die wie eine dunkle Wolke reglos über ihrer zertrümmerten inneren Welt hing. Doch während die trägen Stunden tränenloser Trauer ihr stockend zu bleiernen Sekunden zertropften, stürzte die Zeit, von den Ereignissen vorwärtsgepeitscht, die sich in der von ihrem Jammer unberührten äußeren Welt abspielten, atemlos und unaufhaltsam an ihr vorbei, wie die kreisende Landschaft, die an den Fenstern eines in voller Fahrt befindlichen Zuges vorbeistürzt. Blätter, die eben noch grün waren, verfärbten sich rot und gelb, fielen ab, wurden von Stürmen durch kahle Alleen gewirbelt, Blumen verwelkten, und wer Unhörbares hören konnte, vernahm die unheimlichen Geräusche des sich entfernenden und zugleich immer weitere Kreise ziehenden Krieges, mit denen sich die immer längeren Nächte füllten, das Surren der Propeller, denn allnächtlich wurden drohend dröhnende Luftschiffgeschwader über das Meer, das schon längst den motorisierten Truppen eine naturgewollte Grenze gesetzt hatte, geschickt, um ihre Bombenlast wie tödliche Blitze in die verdunkelten Städte eines noch unverwundeten Landes hineinzuschleudern, die dumpfen Drehungen der Schiffschrauben, denn schon wurden Truppen und Tanks verschifft, Waffen und Munition. Auch die Unterseeboote begannen sich emsiger zu rühren und zu regen und als sich an einem trüben Dezembertag aus dem Grau, das ihn verhängte, die ersten Schneeflocken loslösten, sich immer dichter und dichter herabsenkten und sich schließlich zu jener unendlich friedlichen Stille verwebten, die alle Geräusche in gedämpfte, traumhafte Laute verwandelt, ertönten unter einer fernen, glühenden Sonne die ersten Detonationen der Bomben, die sich krachend in verdorrtes Erdreich bohrten. Aber wie jene an den Fenstern eines fahrenden Zuges vorbeiflitzende Landschaft in ihrer vorgetäuschten, ihrer imaginären Bewegtheit, die hier ihre Schatten verlängert, sie dort verkürzt und ihre Farben ineinandermischt, an dem Blick, der sie streift und nicht halten kann, traumhaft unwirklich vorbeigleitet, trieb die vorbeiflitzende Zeit und die Ereignisse, die sie so unaufhaltsam vorwärtshetzten, wie ein Spuk an Ursula vorbei, denn ihre nach innen gerichteten Augen waren blind, ihre nach innen lauschenden Ohren waren taub für alles, was sich außerhalb ihres Schmerzes abspielte und die Menschen, mit denen sie mechanisch gewohnte Worte wechselte, auch ihr Vater, auch ihre Mutter, waren schattenhafter als die Schatten, mit denen ihr Herz seine gramvolle Zwiesprache hielt.

Der irre Widerspruch, der zwischen ihrem inneren, von ihrem Gram gelähmten Zeitgefühl und ihrem fiebernden, äußeren Zeitgefühl, hinter dem sich ihr Gewissen versteckte, bestand, kam Ursula kaum zu Bewußtsein, weil sie es noch nicht vermochte, die Stimme ihres Gewissens zu hören, das eine Schuld einforderte, die eine so schwer Geprüfte nicht anerkennen konnte, denn wer leidet, wie Ursula litt, glaubt jede Schuld bezahlt zu haben. Auch wußte Ursula nicht, daß in der Heftigkeit und Ausschließlichkeit ihres Schmerzes, für den allein sie lebte, weil er allein es rechtfertigte, daß sie weiterlebte, schon der Keim ihn zu überwinden lag und daß die tiefe, tödliche Gleichgültigkeit, der er schließlich wich und die sie wie ein Grab aufnahm, als sich ihre Fähigkeit zu leiden erschöpft hatte und ihre Kräfte versagten, nur das Grab war für jenes Ich, das sie abstreifen mußte, um weiterleben zu können,

174

denn sterben muß, wer auferstehen will. In diese barmherzige Gleichgültigkeit entrückt erlosch ihr Lebenswille, aber nur um ihr Zeit zu geben, in ihren stilleren Schmerz hineinzuwachsen, nur um sich endlich, endlich an einem winzigen Vorwand wieder zaghaft zu entzünden. Dieser Vorwand war sein Vermächtnis, das ihr auferlegt hatte, weiterzuleben, um der Bewegung zu dienen, der er nicht mehr dienen konnte.

Aber als eine vom Schmerz Gezeichnete kehrte Ursula ins Leben zurück. Er hatte den Glanz der Jugend von ihrem Gesicht gestreift und harte Linien hineingegraben. Ihr Mund, schien es, sollte nie mehr lächeln. Nur ihre Augen brannten. In ihnen loderte unversöhnlich und unvergänglich ihr Schmerz, dessen läuternder Flamme sie entstiegen war, um ihr Leben noch einmal zu beginnen.

Noch hatten sich nicht ihre Kräfte, nur ihr Wille erneut, dem ihr erschöpfter Körper noch den Gehorsam verweigerte, und ihre abgezehrten Hände, deren Kraftlosigkeit sie noch zum Müßiggang verurteilte, im Schoße, folgten ihre brennenden Augen unverwandt und unversöhnlich den Ereignissen, die sich verwirrend da und dort zugleich in beklemmenden Fernen abspielten, um die winzige Blöße zu finden, wo keiner, der sich in Drachenblut badete, gegen den tödlichen Stoß gefeit war, wo ein Unüberwindlicher, der sich in Menschenblut badet, verletzlich ist, folgten ihn durch die Schlagzeilen der Zeitungen, durch Leitartikel, Kundmachungen, Verordnungen, und aus dem, was geschah, was sie hörte, was in schlaflosen Nächten in Bilder verwandelt unzusammenhängend als Erinnerungen auftauchte, die sich ohne ihr Bewußtsein zu berühren in ihr Gedächtnis eingeritzt hatten, reimte sie sich zusammen, was sich ereignet hatte, während sie sich, von ihrem Kummer verschüttet, blind durch die Finsternisse des Schmerzes, der ihr Herz umnachtet hatte, durch Monate der Dunkelheit ins Leben zurückgetastet hatte, und angesichts des gigantischen Umfangs, den die Ereignisse, wie sie einsehen mußte, inzwischen angenommen hatten, mußte sie sich eingestehen, daß die Wunden, die jene schwachen, von Angst und Vorsicht gefesselten Hände, die der Bewegung dienten, schlagen konnten, nur Nadelstiche sein konnten, Hautabschürfungen, Kratzwunden. Aber sie wagte es nicht, diesen Gedanken zu Ende zu denken, wagte es nicht, sich einzugestehen, daß jene schwachen Hände tödlich treffen konnten, wenn sie sich kräftigerer, weder von Befürchtungen gelähmter, noch von Spitzeln belauerter Hände bedienten, wenn sie das Geheimnis, wo ein Unüberwindlicher, der sich in Menschenblut badet, verletzlich ist, in mächtigere Hände hineinspielten, wenn sie, von einem heroischen Verantwortlichkeitsgefühl beseelt, mit dem unseren Feind gegen den inneren Feind gemeinsame Sache machten. Sie wagte es nicht, sich einzugestehen, daß nur noch Verrat Rettung bringen konnte, denn um sich mit einem so schauerlichen Gedanken auseinanderzusetzen, fehlte es ihr sowohl an jener moralischen Größe, die sich nicht scheut, eine von einer lauteren Gesinnung diktierte verwerfliche Handlung zu begehen, als auch an körperlichen Kräften, die sich immer noch nicht einstellen wollten, weil sie sich, ihrem geschwächten Gesundheitszustand zufolge besonders anfällig und empfindlich gegen das raue Winterwetter, eine Grippe zugezogen hatte, die sich, vermutlich des aus Kohlemangel ungenügend geheizten Zimmers wegen, als äußerst hartnäckig erwiesen hatte.

Erst als ein später Frühling milderes Wetter gewährte und der furchtbare Tag, an dem Ursula die verschlossene und versiegelte Tür erlebt hatte, sich bereits jährte, begann sie sich langsam, langsam zu erholen. Noch immer lagen ihre fast durchsichtigen Hände kraftlos und müßig in ihrem Schoß, aber als hätte die eben überstandene Krankheit sie geheilt, fühlte sie, daß ihr endlich, endlich neue Kräfte zuströmten, doch nicht etwa weil ihr Schmerz in die Tiefen der Vergangenheit zurückgewichen war. Sie strömten ihr, fühlte sie, unmittelbar aus ihrem tödlich verwundeten Herzen zu, das nicht vergessen konnte und nicht vergessen wollte, das vielmehr alle gramvollen Erinnerungen, die es aufgespeichert hatte, zu der Bereitschaft Vergeltung zu üben ummünzte.

Da schien plötzlich das Schicksal die Vergeltung, an der sich Ursulas Lebenswille neuerlich zu entzünden begann, an sich zu reißen, denn im Frühsommer, als sich eben die ersten optimistischen Berechnungen über den zu erwartenden Ernteertrag anstellen ließen, geschah das Unbegreifliche, das jedem, der es hörte, den Atem raubte, das Unfaßbare, das kein menschliches Gehirn ausgeheckt haben konnte, sondern das eine unwiderstehliche, schicksalhafte Stimme dem Unbesiegbaren eingeflüstert haben mußte, um ihn in eine Falle hineinzulocken und ihn zu verderben. Die ungeheure Front wurde aufgerollt, die das tausendjährige Reich im Osten dem tödlichen Stoß, der es im Westen verwundbar machte, bloßlegte.

Doch verfrüht frohlockte Ursula, denn als hätte sich der Unüberwindliche dem Teufel verschrieben, der den mit dem Blut von Millionen Menschen unterzeichnete Pakt getreulich hielt, rasten die motorisierten Truppen von Sieg zu Sieg. Aber sie rasten an verkohlten Dörfern, an ausgebrannten Städten vorbei, die sie nicht in Brand gesteckt hatten. Flammende Wälder, die sie nicht angezündet hatten, säumten die Straßen, die zerlöchert und mit Trümmern übersät die rasenden Räder zwangen, ihre Drehungen zu verlangsamen. Aber nicht die Explosion der Bomben, die voraneilende Flugzeuge abwarfen, hatten diese Trümmer hingeschleudert. Auch die zu Hügeln aufgeworfene Erde der versengten Felder und die Gräben, die sie durchschritten, in die Luft gesprengte Brücken und Barrikaden aller Art versperrten immer dichter jeden Weg durch das in eine Wüste verwandelte Land. Nur die Partisanen, die sengend und brennend ihre Heimat gegen den heranstürmenden Feind verteidigten, atmeten noch zwischen den Trümmern, hinter denen sie sich verkrochen hatten und wurden als einzige Beute von den brandschatzenden, feindlichen Händen hervorgezogen, an ihrem Haar die Frauen, und hingemetzelt, ehe die siegreichen Truppen, die alle Hindernisse überrannten, weiterstürmten, von Sieg zu Sieg in ihr Verhängnis hinein.

Die Augen unverwandt auf diese gigantischen historischen Ereignisse gerichtet, bemerkte Ursula plötzlich, was sich, wie deren Widerschein, in ihrer Nähe ereignete. Winzige Tragödien spielten sich täglich, stündlich in den Straßen ab, über die sich schon ein trüber Herbsthimmel tief herabsenkte, die schon graue Novembernebel verhängten, durch die schon eisige Winterstürme fegten, denn eine neue Verhaftungswelle hatte eingesetzt, die das Übel, dem sie entgegensteuern sollte, bloßlegte. Unzufriedenheit begann sich da und dort zu regen, denn die Rationen wurden knapper und immer knapper, weil die Kriegsalchemie Butter in Kanonen verwandelte, Zucker und Mehl in Munition und Milch in Öl, das Maschinen schmierte und Motoren trieb, und zuweilen waren die knappen Rationen überhaupt nicht erhältlich, weil Züge, die Truppenverschiebungen dienten, dem Lebensmitteltransport entzogen werden mußten, und wer murrte, wurde verhaftet, wem nur der Magen knurrte, wurde verhaftet, denn Unzufriedenheit ist ansteckend und mußte im Keim erstickt werden, Unzufriedene durfte man nicht frei herumlaufen lassen, denn von ihnen und nur von ihnen ist der Dolchstoß von hinten zu befürchten.

Diese Unzufriedenheit, fühlte Ursula, war es, wo angesetzt werden mußte. Sie mußte ermutigt, genährt, geschürt werden. Den Hunger, der erst aus vereinzelten leeren Schaufenstern drohend hervorgrinste, mußte sich die Bewegung, der sie diente, zum Bundesgenossen machen, mußte ihn als Schreckgespenst, das von Pestilenz gefolgt würgend durch die Straßen schreitet, an die Wand malen, um den Selbsterhaltungstrieb eines Volkes aufzuwiegeln, dessen Selbsterhaltungstrieb systematische Drohungen und Erpressungen in Angst verwandelt hatten, in Angst vor Mißhandlungen, Angst vor Gefängnissen, Angst vor Konzentrationslagern, bis sich der aufgewiegelte Selbsterhaltungstrieb an der Angst, oder diese an jenem, zu einer ungeheuren Explosion entzündete, die den Spuk, der Menschen in Marionetten verwandelte, hinwegfegen sollte.

Von diesem Einfall angefeuert, strömten alle Kräfte, die ihr Vergeltungswille aufgespeichert hatte und die sie noch nicht angetastet hatte, weil man die Genesende nur zu geringfügigen Handlangerdiensten für die Bewegung herangezogen hatte, in ihre Hände hinein, die endlich, endlich wieder nach dem Pinsel griffen. Damals entstanden jene von prophetischen Händen gemalten Plakate, die so ungeheures Aufsehen erregten und Hungerplakate genannt wurden, jene in Farben zersprengten Visionen der namenlosen Not, die als Strafgericht über ein blindes und verblendetes Volk hereinbrechen sollte, jene erschütternden Visionen, die warnend und beschwörend und verzweifelt zum Aufruhr aufriefen. Sie klebten an Mauern, an den leeren Schaufenstern der Geschäfte, an Haustoren. Und wo sie auftauchten, sammelten sich Menschen an und begannen zu tuscheln. Aber diesem Unfug wurde bald ein Ende gesetzt. Wer vor einem solchen Plakat getroffen wurde, der wurde verhaftet. Wer es erblickte und nicht sofort Meldung erstattete, wurde verhaftet. Ein Preis wurde auf den Kopf des Täters und seiner Helfershelfer gesetzt und kaum tauchte ein Plakat auf, wurde es auch schon von besoldeten Spähern und Spitzeln oder zuweilen von fanatischen Händen zerfetzt.

Der Täter und seine Helfershelfer wurden nicht entdeckt, obwohl man Spürhunde in jeden Winkel hineinhetzte, aber die verfemten, verfolgten Plakate, deren Anblick jeder, der es wagte sie anzusehen, mit harten und immer härteren Gefängnisstrafen bezahlen mußte, schürten und nährten nur die Angst, die sie zum Aufruhr entzünden wollten und auch als ihnen der Hunger, dessen Herolde sie waren, schon auf dem Fuße folgte, und gierig seine ausgemergelten Hände nach Beute ausstreckte, den einen nicht nur die Wangen aushöhlte, sondern wie ein Vampir Saft und Kraft aus den Gliedern saugte, andern mit spitzen Krallen in den Eingeweiden wühlte und sie aufs Krankenlager warf, Säuglinge erwürgte, während sie an den vertrockneten Brüsten ihrer Mütter hingen, auch als schon in Gesicht um Gesicht, vom Hunger weggewischt, der Fanatismus erlosch, verfehlten die Plakate die beabsichtigte Wirkung, denn Hunger macht stumpf. Überdies wurden die Ausschreitungen, zu denen es zuweilen vor einem leeren Laden kam, wenn die Wartenden nach stundenlangem Schlangestehen mit Versprechungen abgespeist und nach Hause geschickt wurden, und die vereinzelten Hungerkravalle mit so abschreckend schweren Strafen belegt, daß auch die Mutigsten verstummten, und als Ursula, die bisher ein ärztliches Zeugnis davor bewahrt hatte, dem Ruf zur Arbeit Folge leisten zu müssen, sich den immer dringlicheren Vorstellungen, die ihr gemacht wurden, nicht mehr entziehen konnte, und die Stelle als Hilfskraft in dem Amt für Verbrauchsstatistik, die man ihr aufdrängte, annahm, erschienen die Plakate immer seltener und schließlich tauchte keines mehr auf.

Einförmige Tage vergehen unerträglich langsam, aber wenn einer dem andern folgt, flitzen sie schließlich vorbei wie ein Spuk. Auch die nächtlichen Stunden, durch die Ursula wieder schattenhaft schritt, trieben wie Spuk vorbei. Die Bäume schlugen aus und schon wiegte sich in dichtbelaubten Baumkronen der Wind. Die Sonne verbrannte erbarmungslos das reifende Korn und schon fuhren die Sensen hinein, schon verfärbten sich die Blätter, wurden rot, wurden gelb, schon wirbelte sie der Sturm durch kahle Alleen und Regengüsse setzten ein und aus grauen Wolken lösten sich flatternde Schneeflocken los. Und immer noch rollten die rasenden Räder wie Spuk von Sieg zu Sieg.

Da steckten sie. Blieben im Schnee stecken. Froren am vereisten Boden fest. Wurden zurückgetrieben, zurück und immer noch zurück. Die große Niederlage hatte begonnen.

Der Verlautbarung dieser Niederlage, die endlich, zögernd erfolgte, nicht um bekanntzugeben, sondern um zu beschönigen, was sich ereignet hatte, weil ihr schon die beängstigendsten Gerüchte vorausgeeilt waren, die zum Schweigen gebracht werden mußten, folgte ein Tag tödlicher Stille. Phantomen vergleichbar, die geschäftig durch die gespenstischen Straßen einer ins Meer versunkenen Stadt irren, hasteten lautlos dunkle, vermummte Gestalten durch das zähe Grau des Wintermorgens, fahle, erloschene, hoffnungslose Gesichter beugten sich über Pulte, Tische und Schreibmaschinen, und als sich Ämter, Betriebe und Geschäfte schlossen und ihre Angestellten in die unwirtliche, frostige Finsternis der verdunkelten abendlichen Straßen hineinschütteten, ertönte nicht wie sonst das fröhliche Geklapper eilender Füße auf dem Asphalt, sondern das schlürfende Geräusch schleppender Schritte, als bewegte sich durch die Straßen langsam ein endloser Zug schwerbeladener Menschen, die unter ihrer Last fast zusammenbrachen.

Diese spontane Kundgebung entpersönlichter, nationaler Trauer erschütterte Ursula tiefer als sie wahrhaben wollte, denn in der beklemmenden, in der trostlosen Stille, die sie umgab, fühlte sie sich wie eine aus jeder Gemeinschaft Ausgestoßene, weil ihr Herz über den Schlag, den das Schicksal dem Unüberwindlichen versetzt hatte, frohlockte, obwohl dieser Schlag in ihm alles traf, was ihr teuer war, weil sie es Heimat nannte, und sie wollte sich nicht eingestehen, daß sich in jenen Tiefen ihrer inneren, die sich dem Bewußtsein entziehen, immer noch Kräfte regten, die bejahten, was sie verneinte, daß immer noch ein unaustilgbarer Rest uneingestandenen Schuldbewußtseins ihre Hände lähmte, wenn sie sich aufrührerisch rührten, daß nicht ihr Gewissen, daß nur ihr Herz gewählt hatte, als sie sich zu jenen gesellte, die sich von menschlichen und nicht mystischen Gefühlen, von politischen Erwägungen vielleicht aber nicht von patriotischen leiten ließen, und daß ihr Gewissen diese Wahl bisher noch nicht bestätigt hatte, weil sie nie gewagt hatte, es zu Rate zu ziehen, denn sie hatte immer geglaubt und sie glaubte es noch, nur die Wahl zu haben zwischen Schuld und Schuld.

Während sie noch nach Fassung rang, unfähig das eindeutige Bekenntnis, das wie ihr schien dieser Tag nationaler Trauer von ihr verlangte, abzulegen, fragte schroff ihr Gewissen: ›Weißt Du denn nicht, Du Unglückselige, daß die Vergeltung, zu der es Dich so sehr drängt Dein Schärflein beizutragen und die, wie Du so inbrünstig wünschest, die Schuldigen wegfegen soll, auch die Schuldlosen strafend ereilen wird? Weißt Du nicht, daß die Niederlage, vor der es Dir noch nicht genug graut, das arme Land, das Du so sehr liebst, weil es Deine Heimat ist, mit Tränen bitterer als Wermut überschwemmen wird, wie eine Sintflut, die wahllos Schuldige und Schuldlose austilgt?‹

›Ich weiß es‹, antwortete Ursula tonlos.

›Weißt du denn nicht, Du Unglückselige‹, fragte sanft ihr Herz, ›daß der Sieg, vor dem es Dir noch nicht genug graut, über dieses arme Land, das Du so sehr liebst, weil es Deine Heimat ist, wie eine tausendjährige Nacht hereinbrechen wird, deren Finsternis nur die Schuldlosen verschütten wird, während sie die Schuldigen, den Herrn der Finsternis und seine Knechte, schont?‹

›Ich weiß es‹, antwortete Ursula tonlos.

Da tauchte plötzlich aus der Dunkelheit, in die sie verstört hineinstarrte, fahl das entstellte, zerbeulte Gesicht ihres Geliebten auf, das kaum mehr einem menschlichen Gesicht glich, und lautlos bewegten sich die zerrissenen Lippen, bis sie entsetzt die Augen schloß. Dann erst konnte sie die geliebte Stimme vernehmen, die ihr ins Ohr flüsterte: ›Weißt Du denn noch immer nicht, Liebste, daß keiner schuldlos ist, nicht ein Einziger, auch Du nicht, auch ich nicht. Nenne sie schuldlos Schuldige, die aus Feigheit geschehen ließen, was geschehen ist, und vergönne es ihnen zu büßen, wie ich gebüßt habe und wie Du büßt. Begreife endlich, daß ein Strafgericht hereinbrechen muss über dieses arme Land, das Du so sehr liebst, weil es Deine Heimat ist, daß es hereinbrechen wird, unabwendbar, um die Schuldigen auszutilgen und die schuldlos Schuldigen zu läutern.‹

Da wurde das trostlose Bild hilfloser, hoffnungsloser Verzweiflung, das sich einen Tag lang vor ihren Augen entrollt hatte, zur prophetischen Vision der Katastrophe, die unentrinnbar über alles, was ihr teuer war, weil sie es Heimat nannte, hereinbrechen mußte. Sieg oder Niederlage, beides war das Verhängnis, in das vorwärtsstürmende oder flüchtende Füße hineinrannten, eines wie das andere mußte sich unabwendbar in namenloses Elend verwandeln, aber nur die läuternde Niederlage durchstrahlte wie ein Widerschein der göttlichen Friedensbotschaft der wehe Schein unzähliger schimmernder Tränen.

Was sich ihr als Bild enthüllt hatte, wurde ihr kaum als Bekenntnis bewußt, denn etwas viel Tieferes schien sich vollzogen zu haben, ein Schöpfungsakt, der Licht und Finsternis scheidet, und wo sie sich trennten und Tag und Nacht wurden, Sommer und Winter, Wirklichkeit und Traum, quollen die Bilder nur so hervor, daß ihre Augen ihnen kaum folgen konnten. Da begriff Ursula, daß Augen, die sich von einem unschlüssigen Herzen leiten lassen, zu sehen verlernen, und daß Händen, die sich in Zweifel verstricken, nach und nach der Pinsel entfällt, weil sich das innere und das äußere Leben zur untrennbaren Einheit verweben muß, wenn nicht das eine oder das andere verkümmern soll.

Die kurzen grauen Wintertage, die noch fahle Dämmerung verhängte, wenn sie sich morgens ins Amt begab, und die schon in den verfinsterten Straßen erloschen, wenn sie nach beendeter Arbeitszeit das Amt verließ, erlaubten es ihren reuigen Händen, die es so sehr drängte, Versäumtes nachzuholen, nicht, nach dem Pinsel zu greifen, aber die langen Abende und die schwarzen Nächte begünstigten jene gefährlichen Gänge und schattenhaften Zusammenkünfte, die es sie ganz ebenso drängte auf sich zu nehmen, um nachzuholen, was sie vielleicht aus Wankelmut versäumt haben mochte.

Endlich wurden die Tage wieder länger, endlich schütteten die frühen Morgenstunden, die ihr gehörten, ihr kühles Licht in das Atelier hinein, das Ursula gemietet hatte, endlich konnte sie nach Bleistift, Kohle und Pinsel greifen. Doch kaum setzte sie diesen, setzte sie jene an, entschlüpfte ihr das Bild und was sie eben noch erschaut hatte, löste sich in Nebel auf. Was sich in ihren Händen angestaut hatte, spritzte nicht, wie sie gehofft hatte, aus ihnen hervor, die Fülle wurde, ganz im Gegenteil, zum Gewicht und lähmte sie. Fieberhaft hingeworfene Entwürfe entstanden und wurden verzweifelt zerfetzt. Immer neue Entwürfe entstanden und wurden zerfetzt. Nur wenn sie die Hände entmutigt sinken ließ, wenn der Pinsel ihren Fingern entglitt und sie verstört vor sich hinstarrte, erschaute sie wieder das Bild, das ihr vorschwebte, erschaute sie es in allen Einzelheiten, als hätte sich jede Linie, jede Farbe, Schatten und Licht in ihre Netzhaut eingeätzt. Aber ihre Hände konnten nicht festhalten, was ihre Augen sahen, ihre Hände tappten im Dunkeln.

Verzweifelt und verständnislos starrte Ursula die leere Leinwand an, aus der Farben hervorbrachen, wenn ihre Augen darauf ruhten, Farben, die erloschen, sobald sie nach Pinsel und Palette griff, und grübelte darüber nach, was ihre widerspenstigen Hände anfeuern könnte und wo der Fehler steckte, der sie lähmte. Immer heller wurde das Licht, das die Morgenstunden in das Atelier hineinschütteten, immer wärmer. Schon schimmerte darin ein Widerschein reifer, gelber Ähren, schon glitzerte es, wie Sicheln in der Sonne glitzern. Und immer noch tappten ihre Hände im Dunkeln.

Erst als das Licht schon fahl und verfärbt über die leere Leinwand fiel, begriff Ursula, daß ihre Hände nur deshalb versagten, weil sie nicht miterlebt hatten, was ihr Herz erlebt hatte, weil sie versucht hatte, dort anzuknüpfen, wo sie aufgehört hatte, und noch nicht verstehen wollten, daß sie neu beginnen mußten, und noch nicht gelernt hatten, daß sie immer wieder anknüpfen und zugleich neu beginnen mußten, weil das Herz, während es altert und reift, ihnen immer neue Aufgaben stellte. Aber vielleicht hatten ihre Hände versagt, weil ihnen gar nicht die Fähigkeit gegeben war, sich zu wandeln und mit ihrem Herzen Schritt zu halten, fiel ihr ein, während ihre Augen mutlos auf der leeren Leinwand ruhten, über die schon graues Herbstlicht wie ein Schatten fiel.

Das Bild, das sie so fiebernd erfüllt hatte und das ihre Hände nicht gestalten konnten, begann in der zunehmenden herbstlichen Dunkelheit zu verblassen, löste sich in eine schmerzhafte, verzweifelte Gleichgültigkeit auf, löste sich in Nebel auf, die ihr Herz verdunkelten, wie die trostlosen Novembernebel die Straßen verdunkelten. Schon verwebte sich die innere Dunkelheit, die sie erfüllte, mit der äußeren, die von allen Seiten her auf sie eindrang, zu einem bösen Traum, den sie nicht abzuschütteln vermochte. Da weckte die Wirklichkeit sie auf. Sie fror. Eisige Stürme fegten durch die Straßen und es gab keine Kohle. Wenigstens nicht für sie, nicht für Bedürftige, nicht für Kranke. Wer ein Ansuchen befürworten oder bewilligen konnte, wer über eine ersehnte Beförderung, über den Ausgang eines Prozesses zu entscheiden hatte, kurz wer imstande war nennenswerte Gegendienste zu erweisen, auch ein Denunziant, der darauf verzichtete, die angedrohte Anzeige zu erstatten, und wer bereit war, Kohle mit Gold aufzuwiegen, konnte natürlich haben, soviel er wollte. Doch auch in den Ämtern und Betrieben wurde noch ein wenig geheizt, um jeden, der sich noch einigermaßen schleppen konnte, aus

den ungeheizten Wohnräumen in die Arbeitsstätten hineinzulocken, wodurch sich das bißchen Wärme reichlich verzinste.
Nur die Säuglingssterblichkeit konnte durch diese weise Maßnahme nicht herabgesetzt werden.

Ursula fror, aber nicht nur weil es keine Kohle gab und
nur ganz selten eine knappe Zuweisung erfolgte, die nur ein
paar Tage erträglich machte, sondern auch, weil sich die Un-
terernährung geltend zu machen begann. Die zugewiesenen
Lebensmittelrationen stillten notdürftigst den Hunger, aber
sie ernährten den Körper nicht. Er kühlte aus und fror. Noch
nannte sie das nagende Kältegefühl in ihrem Magen nicht
Hunger, aber schon ertappte sie sich dabei, wie ihre Augen gierig auf das belegte Brot starrten, das ein Bürokollege schmat-
zend verzehrte. Da bemerkte sie, als sie scheu um sich blickte,
um sich zu vergewissern, daß keiner sie dabei beobachtet hatte,
daß im ganzen Saal, an allen Pulten und Tischen, die Arbeit
ruhte und daß alle Augen gierig auf das belegte Brot starrten,
daß jeder es sozusagen mit hungrigen Augen verschlang. Dann
geschah etwas Unfaßbares. Einer sprang auf, schnellte wie zum
Gruß seinen Arm vor, und während er mit heiserer Stimme die
Worte hervorstieß, die den Gruß begleiteten, krallten sich seine Finger in das belegte Brot hinein, das der andere eben wieder zum Mund führte, aber ehe er selbst es sich in den Mund
stopfen konnte, riß ein anderer es ihm aus der Hand und dem
ein dritter, und schon kam es zu einem Handgemenge. Alles
sprang entsetzt auf. Man trennte die beiden, die sich förmlich
ineinander verkrallt hatten. Da öffnete sich auch schon eine
Tür. Jeder huschte auf seinen Platz zurück, duckte sich über
seine Arbeit. Nur das belegte Brot lag noch zertreten und zer-
krümelt auf dem Boden. An diesem Tag fühlte Ursula zum
ersten Mal, daß sie Hunger hatte, Hunger.

Hunger, schien es Ursula, war leichter zu ertragen als Kälte,
denn saugte er einem auch alle Kraft aus den Gliedern und

auch noch aus den Knochen, höhlte er einem auch die Wangen aus, der Magen gewöhnte sich nach und nach daran, mit einem Minimum an Nahrung auszukommen und tat nur ein wenig weh, während Beulen, die sich auf steifgefrorenen Fingern und Füßen bildeten, äußerst schmerzhaft waren. Aber gesellte sich einträchtig zum Hunger die Kälte und verbündeten sie sich zum Angriff, dann wurden sie zu Mahlsteinen, zwischen denen alles zerrieben wurde. Jeder Gedanke wurde zerrieben, jedes Gefühl, Wille und Mut und Hoffnungen zerbröckelten, wie alles, was zwischen diese beiden Mahlsteine geriet, zerbröckelte.

Zwischen Hunger und Kälte eingeklemmt schien schließlich auch die Zeit stille zu stehen, für Ursula, für jeden, denn unbeweglich, wie eine dunkle, drohende Wolke, die sich weder entlädt noch weiterzieht, hing das Verhängnis über grauen Straßen, schneebedeckten Feldern und kahlen Bäumen, und so völlig glich ein Tag dem andern, daß man immer den gleichen, trostlosen Tag zu erleben glaubte. In den Fabriken hoben und senkten sich pausenlos Arme und Hebel, hoben und senkten sich heute wie gestern; in den Spitälern stöhnten und genasen Verwundete, um an die Front zurückzukehren, heute wie gestern, und die Setzer der Zeitungen schienen den Satz gar nicht mehr auszuwechseln, denn was man heute in der Zeitung las, hatte man schon gestern darin gelesen, was heute im Radio verlautbart wurde, hatte man schon gestern gehört, denn so unendlich langsam näherte sich das Ende mit Schrecken, daß es sich schon in einen Sehrecken ohne Ende zu verwandeln begann, in einen zur Ewigkeit erstarrten gespenstischen Augenblick stumpfer Hoffnungslosigkeit.

Aber Ursula durfte noch einmal vergessen, was ihr, was allen bevorstand, denn als im Spätfrühling ihre erstarrten Finger auftauten und das erneute Licht sich über die leere Leinwand ergoß, strömten die ausgeruhten schöpferischen Kräfte in ihre aufgesprungenen, verbeulten Hände zurück und sie begann endlich, endlich wieder zu malen. Noch waren es nur Entwürfe, hastig hingeworfene farbige Skizzen, die sich unter ihren wie von Fieber geschüttelten Händen anhäuften, und die sich auf der Leinwand zu dem großen Gemälde zusammenfügen sollten, das sie dem Grauen der letzten Jahre als Denkmal setzen und das sie INFERNO nennen wollte, noch war sie nicht fähig zu sichten und zu verzichten, weil alles, was sich in ihrem Herzen angestaut hatte, hervorstürzen wollte. Das Licht, das über die Blätter fiel, die ihre fiebernden Hände mit Farben bedeckten, das über die Blätter fiel, mit denen sich die Bäume bedeckten, wurde immer heller, sommerlich hell, ehe sich in die Trunkenheit ihrer Hände jene harte Nüchternheit mischte, die das Übermaß bändigt und in Maß verwandelt, und sie fühlte, daß sie endlich vor die Leinwand hintreten durfte. Dann aber verwandelte sich die Zeit für sie in Farben, blaue Stunden stürzten vorbei, sammelten sich in schillernden Becken zu Wochen, korngelb schimmerten die Tage der blitzenden Sensen und rötlich färbte sie die Weinlese, während sich gespenstische Gestalten auf der Leinwand zu regen begannen, spukhaft verrenkte Gestalten, Gesichter, von denen der Pinsel die Züge weggewischt hatte, in irres Grinsen zersprengte Gesichter, in blutige Schreie verwandelte Gesichter, in Wimmern, Stöhnen und Röcheln entrückte Gesichter.

Schon verfärbten sich herbstlich Blätter und Licht, als Ursula zurücktrat, um das vollendete Bild prüfend zu betrachten. Aber das Licht wurde regengrau, nebelgrau, schneegrau, ehe sie, aus den Tiefen ihres Traumes den Weg in die Wirklichkeit zurückfand und neuerlich gewahr wurde, daß immer noch, einer dunklen drohenden Wolke vergleichbar, das Verhängnis unbeweglich über den schon wieder schneebedeckten Straßen hing, durch die, lautlos wie Gespenster, hungrige und frierende Menschen taumelten.

Der Krieg war verloren, fühlte Ursula, als im Radio verlautbart wurde, dementiert und neuerlich verlautbart, daß sich ereignet hatte, was niemand habe voraussehen können, weil das Unmögliche nicht vorausgesehen werden kann, daß der Sicherheitsgürtel mit dem man sich umgeben hatte, dieser Streifen Meer, nicht zur Gänze gehalten habe, was man sich zurecht davon versprochen habe, daß der Wasserpanzer, mit dem man sich umgürtet hatte, an einer Stelle durchstoßen sei und daß, wo bisher nur Wasser war, plötzlich wie aus dem Boden gewachsen gegnerische Truppen standen.

»Verloren«, frohlockte Ursula. »Verloren«, wiederholte sie fassungslos und von Grauen geschüttelt, denn plötzlich begriff sie, daß der Krieg schon verloren war, noch ehe er begonnen hat, weil der betrogene Betrüger, dem ein ganzes Volk auf den Leim gegangen war, seinen Gegnern auf den Leim gegangen war, sich von ihnen in Sicherheit hatte wiegen lassen und sie für blind gehalten hatte, weil sie um Zeit zu gewinnen die Augen zugedrückt hatten, daß ein Gaukler ein ganzes Volk rattenfängerisch in eine Flut aus Blut hineingelockt hatte, in der es ersaufen sollte, daß ein Taschenspieler ein ganzes Volk mit dem Blendwerk seiner Pyrrhussiege an den Rand des Abgrunds gelockt hatte, daß ein Hasardeur ein ganzes Land als Einsatz hingeworfen hatte, um sein frevelhaftes, sein verbrecherisches Spiel zu spielen, das sein kranker, das sein irrer Ehrgeiz ihn zu spielen kitzelte. Ein Glücksritter hatte sich ein ganzes Volk zu seinem Gaul gemacht, ein gigantischer Gaul, den er zu Schanden ritt.

Der Krieg war verloren, aber er war nicht zu Ende. Unabwendbar näherte sich das Verhängnis, aber nur zollweise. Noch schimmerten zwischen zermürbenden Tagen der Angst hellere Stunden der Hoffnung auf. Noch versprachen Zeitungen, versprachen Lautsprecher, daß sich das Loch im Wasserpanzer zustopfen ließ. Sie versprachen es noch, als schon die dem Meer entstiegenen Truppen wie Wasser, das einen Damm durchbricht, in das besetzte Land hineinfluteten, das plötzlich seine erzwungene Willfährigkeit abstreifte und wieder zu einem feindlichen Land wurde, wo nicht nur die Partisanen, wo schon fast jeder seine knirschenden Zähne zeigte, und hinter jedem Baum, hinter jeder Tür, in jeder Dunkelheit Verrat lauerte. Sie versprachen es noch, als schon keiner mehr daran glaubte, denn dichter und dichter sammelten sich die dem Meer entstiegenen Truppen und schon waren sie ein Heer, das sich in Bewegung setzte.

Unabwendbar näherte sich das Verhängnis, aber noch legte es nur einige Meilen pro Tag zurück und war es auch unsagbar schauerlich, einer Gefahr ins Gesicht zu blicken, die unaufhaltsam näher und näher rückte, noch trennten unzählige schützende Meilen das Land von dem Verhängnis, das es ereilen sollte, noch entzündete sich zuweilen zwischen zermürbenden Wochen ein Augenblick zu einem Funken Hoffnung, denn noch konnte ein Wunder geschehen, und die Zeitungen beteuerten, Lautsprecher beteuerten, daß vorübergehende Rückschläge nichts zu besagen hatten und: daß vor dem Strom, vor dem heiligen Strom, dem Hüter, der treu und fest seine Wacht hielt, das Verhängnis Halt machen *musste*.

Aber die Vögel des Todes, die der heilige Strom, der getreue Hüter nicht aufhalten konnte, schwirrten in immer dichteren Schwärmen heran und kreisten über aufflammenden Städten. Die unbeweglichen Flügel glitzerten in der Sonne, glitzerten in den Lichtgarben der Scheinwerfer, glitzerten im Widerschein auflodernder Brände. Da verstummten die Zeitungen, die Lautsprecher verstummten. Nur die Sirenen heulten, heulten Tag und Nacht, heulten. Der unheimliche Warnungsruf machte auch noch den Mutigsten Beine. Hurtig, hurtig ließen die einen die Maschinen im Stich, verließen andere den Schreibtisch, den Ladentisch, sprangen sie alle aus den Betten und rannten, rannten, stürzten sich blindlings in die Luftschutzkeller hinein. Die Arbeit stockte. Schlaf war nur noch denen vergönnt, die in verschollenen Dörfern lebten. In den Städten verlernte man es zu schlafen, denn Nacht um Nacht heulte die Sirene, heulte. Schon rannten die Flüchtenden nicht mehr, sie torkelten nur noch, taumelten stolpernd vor Erschöpfung in die Luftschutzkeller hinein. Aber so wach sie auch waren, so überwach, daß ihnen nur der Tod, schien es, barmherzig die Augen schließen konnte, folterte sie doch allnächtlich ein Angsttraum, zu dem sich die schauerlichsten Geräusche verwebten, das drohende Dröhnen der herannahenden feindlichen Flieger, der langgezogene Pfiff der niedersausenden Bomben, die donnernden Detonationen und das dumpfe Getöse einstürzender Häuser, in das sich prasselnd und knatternd das Geräusch der zischend emporschießenden Flammen und der Abwehrgeschütze mischte, ein Angsttraum, der sich nicht abschütteln ließ, wie der Angsttraum, den ein Schlafender schweißbedeckt abschüttelt.

Auch Ursula hörte den unheimlichen Warnungsruf der Sirene, aber nur zuweilen, denn noch wurde die Stadt, aus der steil der gothische Turm ihres geliebten, dem heiligen Stephan geweihten Domes emporstieg, geschont. Doch ihre Augen, denen es gegeben war, das Unsichtbare zu erschauen, sahen, was sie nicht sah, und ihre Ohren, die Unhörbares zu erlauschen vermochten, hörten, was sie nicht hörte. Zwischen den Zeilen der Zeitungen brachen die Flammen hervor, die ferne Städte verheerten und verzehrten, die Worte, die das Radio hervorstieß, zerplatzten krachend, wie ferne Detonationen, und was Zeitungen und Radio verschwiegen, spiegelte sich in den aschgrauen, jäh verfallenen Gesichtern, die an ihr vorbeiglitten, wie ein Spuk. Tiefe und immer tiefere Furchen gruben die Räder der Meile um Meile heranrollenden Tanks in diese Gesichter, von denen das unerbittlich und unentrinnbar sich

nähernde Verhängnis nach und nach den letzten Hoffnungs-
schimmer wegwischte und fast auch, schien es, die Züge, so
leer, so entseelt starrten die erloschenen Augen unverwandt in
die Ferne, wo nur noch wenige, verzweifelt verteidigte Meilen die siegreichen feindlichen Truppen vom heiligen Strome
trennten.

Da wußte jeder: der Krieg war verloren. Da hoffte jeder:
der Krieg war zu Ende. Der Krieg *war* zu Ende, denn was sich
jetzt noch abspielte an den einbrechenden Fronten, die zer-
bröckelnd zurückwichen, konnte man nicht mehr Krieg nennen. Die reißenden Fluten, die sich über einen zerberstenden
Damm ergießen, wurden mit Menschenleibern gestemmt. Ein
Rasender, der sein Leben verteidigte, und seine Helfershelfer,
in die Enge getrieben, verschanzten sich schlotternd hinter
einem tödlich getroffenen, einem verblutenden Land, hinter
Bergen von Leichen, die sie zu einer Festungsmauer aufschich-
teten, hinter Strömen von Blut, mit denen sie den imaginären
Festungsgraben füllten, nur um in diesem von Stöhnen, Schrei-
en und Röcheln umtönten, von Tränen umbrandeten Versteck
noch ein paar Wochen, ein paar Tage, ein paar Stunden lang
die von dem Atem des Todes verpestete Luft zu atmen.

Da reckte sich aus dem Grauen eine Hand empor, um den
Rasenden, der sich Schaum vor dem Mund, in Blut badete,
den Vampir, der aus klaffenden Wunden den Saft saugte, der
seine stockenden Pulse beleben sollte, zu erwürgen. Aber so
ungeheure Kräfte auch dieser kühnen Hand aus dem Vergel-
tungswillen unzähliger verwaister Herzen, aus Gräbern und
Massengräbern zuströmten, sie war zu schwach und der Anschlag mißlang. Er mißlang, weil es dem von Blut und Tränen
Triefenden nicht vergönnt war, so rühmlich zu sterben. Der
Tod wich entsetzt vor ihm zurück, wie man vor Aussätzigen
zurückweicht, und spie ihn aus.

In der tödlichen Stille, die dem mißglückten Anschlag

folgte, konnte man hören, wie das Beil niedersauste, das die Köpfe der Verschwörer, einen nach dem andern, vom Rumpfe trennte. Dann brach mit ohrenbetäubendem Getöse das Strafgericht herein.

Die Sirene ertönte, wie die Posaune des jüngsten Gerichts. Gott hatte seine apokalyptischen Reiter ausgeschickt. Sie setzten über den schützenden Strom. Von allen Seiten her drangen sie ein. Aus den Nüstern ihrer Pferde fuhren Flammen hervor und äscherten die Städte ein. Die Hufe ihrer Pferde zerstampften die Felder. Sie fegten wie ein Sturm durch das Land, durch berstende Mauern, zersplitternde Fenster, über krachend einstürzende Häuser hinweg, durch Brände, die sie anfachten. Sie stürmten durch goldene Herbsttage und wo sie vorbeibrausten, flüchteten verzweifelte Menschen in das schützende Dunkel der Wälder hinein; sie stürmten durch graue Novembertage und wo sie vorbeistürzten, verkrochen sich verstörte Menschen in Kellern; sie stürmten durch eisige Wintertage und wo sie vorbeirasten, irrten obdachlose, ausgemergelte Menschen wie Spuk durch die Rauchschwaden qualmender Straßen, dahin, dorthin, planlos, gespenstisch, taumelnd vor Erschöpfung, rasend vor Hunger, erstarrt vor Kälte und irr vor Angst. Und immer noch stürmten die apokalyptischen Reiter weiter, durch rauchverdunkelte Tage und flammenhelle Nächte in den Frühling hinein.

Durch die tödliche Stille, über die ein Maihimmel sein strahlendes Blau ausspannte, wehte ein linder Frühlingswind. Klagend strich er über die zertrampelten Felder, schluchzend streifte er mit seinem zärtlichsten Hauch über das verheerte Land.

Nachwort

von Vojin Saša Vukadinović

Das wandelsame Lebenswerk von Mela Hartwig (1893–1967) durchlief drei Phasen: Sie debütierte als Schauspielerin, erreichte als Schriftstellerin ihren künstlerischen Höhepunkt und komplettierte ihre Karriere als Malerin.[1] Als wäre diese Abfolge nicht denkwürdig genug, steht der mittlere Abschnitt für eine bedeutsame Reihe an Romanen, Novellen und Erzählungen, denen nie die kontinuierliche Aufmerksamkeit zuteilwurde, die sie zweifelsohne verdienen – und die zum Teil noch immer unveröffentlicht sind.

Der vorliegende Roman aus dem Nachlass, *Inferno*, erweitert die Konturen des wieder zugänglich gemachten literarischen Werkes Hartwigs um einen eminent politischen Aspekt. Das Manuskript ist zwischen 1946 und 1948 abgefasst worden, unmittelbar nach dem Zweiten Weltkrieg, dessen Vorabend und Ende es zum Sujet hat. Es erzählt aus dem Leben der künstlerisch begabten, zu Beginn 18-jährigen Ursula, die sich 1938, zum »Anschluss« Österreichs, zu entscheiden hat: zwischen dem konformen eigenen Anschluss an den Massenwahn oder dem Widerstand gegen ebendiesen. Die Darstellung fällt, wie bei Hartwig zu erwarten, beachtlich aus: kühn in der Vision, verstörend in der Schilderung der Wahrnehmungen, außerordentlich in der Analyse psychologischer Zugzwänge.

Einige Monate, nachdem die Autorin im Frühling 1967 in London gestorben war, gedachte Ernst Schönwiese in der Zeit-

schrift *Literatur und Kritik* seiner Kollegin und Vertrauten. Er
hoffte, dass ihr im Nachlass befindlicher Roman *Die andere
Wirklichkeit* eines Tages dafür sorgen werde, »dem heute fast
vergessenen Namen Mela Hartwig neuen Klang zu geben, der
den von einst noch übertreffen würde.«[2] Ähnliche, um Wie-
derentdeckung bedachte Plädoyers sind in den nachfolgenden
Jahrzehnten nebst einigen literaturwissenschaftlichen Analy-
sen mehrfach vorgelegt worden.[3] Früh fand sich die Autorin
zudem in Nachschlagewerken vermerkt.[4] Auch eine Ausstellung hat mittlerweile an sie erinnert.[5] Damit scheinen alle Vor-
aussetzungen zur profunden Relektüre eines Werkes gegeben,
das zum Ende der Weimarer Republik mit dem Novellenband
Ekstasen sowie dem Roman *Das Weib ist ein Nichts* einen be-
achtlichen Auftakt gemacht hatte.[6] Doch selbst die zwischen
2001 und 2004 bei Droschl erschienenen Neuausgaben von
Hartwigs Arbeiten, die im deutschsprachigen Feuilleton auf
erhebliche, bisweilen gar stürmische Resonanz stießen, haben
Schönwieses Wunsch nicht in ersehntem Umfang erfüllt. »Am
gründlichsten vergessen werden in der Literaturgeschichte
jene Frauen, deren Werke der Nationalsozialismus zunichte-
machte«, schreibt Franz Haas, und dieser Einschätzung ist, wie
das Schicksal des Hartwig'schen Œuvres belegt, leider beizu-
pflichten.[7] Der Schnitt, den 1933 markiert, war irreparabel.
Er traf die damaligen Schriftstellerinnen härter als die Schrift-
steller, und er trifft sie auch nachträglich in anderem Maße.
Trotz sporadischer Erinnerungsbemühungen, Neueditionen
oder nach ihnen benannter Preise und Straßen sind diejenigen,
die der nationalsozialistischen Gewalt nicht entkamen, heute
gründlich vergessen: Else Feldman, Lili Grün, Alma Johanna
Koenig, Selma Meerbaum-Eisinger, Josefa Metz, Ruth Re-
wald. Ihre jeweiligen »Wiederentdeckungen« belaufen sich auf
Gesten konjunktureller Aufmerksamkeit; eine fortdauernde
Rezeption bleibt aus. Gleiches gilt für viele jener Autorinnen,

die sich ins Exil hatten retten können: Mimi Grossberg, Grete Hartwig-Manschinger, Else Jerusalem, Emma Kann, Marta Karlweis, Ruth Landshoff-Yorck, Maria Lazar, Hertha Pauli oder Adrienne Thomas, um einige exemplarisch zu nennen. Dass die Erinnerung an sie längst verblasst ist, scheint losgelöst von Umfang, Einfluss und einstiger Anerkennung der jeweiligen Werke: Selbst der Nobelpreis für Nelly Sachs vermochte eine wirklich als bleibend zu bezeichnende Erinnerung an die bedeutendste Dichterin deutscher Sprache im 20. Jahrhundert nicht zu wahren. Was vom Nationalsozialismus zerstört wurde, war nicht mehr zusammenzufügen; es kehrt nur sporadisch wieder. Die schriftstellerischen Arbeiten Mela Hartwigs teilen das Schicksal der Vorgenannten.

Überaus vielversprechend hatte 20 Jahre vor Beendigung der Arbeit an *Inferno* der literarische Abschnitt in Hartwigs Leben begonnen: 1928 war *Ekstasen* erschienen, eine Sammlung von vier Novellen, die allesamt auf höchst originelle Weise von exaltierter Weiblichkeit in misslicher Lage handelten und, ganz im Sinne der Entzifferungsarbeit am Unbewussten, Tabuisiertes zur Sprache brachten. Der Vorsitzende des Internationalen Psychoanalytischen Verlags, A. J. Storfer, hatte dem Paul-Zsolnay-Verlag die Autorin empfohlen[8] – ein untrügliches Indiz dafür, dass die von der Literaturwissenschaft mehrfach hervorgehobene inhaltliche Nähe Hartwigs früher Schriften zur Psychoanalyse auch umgekehrt von Interesse war; bezeichnenderweise hatte die angehende Schriftstellerin für *Ekstasen* ursprünglich die ebenfalls sprechenden Titel »Die Besessenen« oder »Die Verzückten« angedacht.[9] 1929 folgte *Das Weib ist ein Nichts*, der erste Roman der Autorin, der von profunden Kenntnissen kriminologischer wie antifeministischer Weiblichkeitsvorstellungen der Jahrhundertwende zeugt. Für ihre beiden Erstlingswerke erhielt Hartwig ein Jahr später den Julius-Reich-Dichterpreis. Mochten damit die Weichen für eine herausragende Literaturkarriere gestellt sein, wirkte einer solchen mit Beginn des neuen Jahrzehnts politischer Wandel entgegen. Das Manuskript des 1931 fertiggestellten Romans *Bin ich ein überflüssiger Mensch?*, der das Leiden einer Stenotypistin an totaler Konventionalität zum Thema hat, wurde vom Verlag mit der Begründung abgelehnt, dass es sich »um ein absolut publikumsunwirksames und abseitiges Werk [handelt], das in der heutigen Zeit einem heutigen Publikum vorzulegen einen sicheren Misserfolg bedeuten würde« – »darüber sind auch Sie sich wohl klar«.[10] Da Irmgard Keuns Romane *Gilgi, eine von uns* und *Das kunstseidene Mädchen* just zu diesem Zeitpunkt Sensationserfolge waren, dürften die Gründe für die attestierte Abseitigkeit weniger in der Wahl einer fiktiven Protagonistin gelegen haben, die sich den Herausforderungen des Arbeitsalltags stellt – zumal es sich bei Keuns Heroine Gilgi ebenfalls um eine Stenotypistin handelt –, als vielmehr in der pessimistischen Darstellung des tristen Erwerbslebens, der zugehörigen individuellen Entwertung und damit einhergehenden Deformierung einer weiblichen Persönlichkeit.[11] Als Hartwig dann im März 1933 Zsolnay ihre verschollene Kurzgeschichtensammlung *Quer durch die Krise* offerierte, war die Absage kaum mehr verschlüsselt. »Sie wissen, sehr verehrte gnädige Frau, daß das Weltbild des deutschen Lesepublikums und besonders der deutschen Frau heute ein anderes ist als die Lebensanschauung, die aus Ihrem Werk spricht«, beschied ihr der Verlag nun: »Wir bitten Sie, über diesen Gegenstand jetzt nicht mehr sagen zu müssen […], wir können nur soviel andeuten, daß wir für einige Zeit mit unserer Produktion sehr vorsichtig sein müssen.«[12] Im Herbst des Jahres wurden die noch verfügbaren Exemplare von

Ekstasen verramscht.[13] Zwei Jahre später, im Oktober 1935 – die Nürnberger Gesetze waren gerade erlassen worden –, führte die »Liste I des schädlichen und unerwünschten Schrifttums« nicht weniger als 21 Zsolnay-Autoren. Einige Autorinnen des Hauses wiederum waren vorsorglich aus dem Programm genommen worden: Lili Grün, die 1942 im Vernichtungslager Maly Trostinez ermordet wurde; Hilde Spiel, die 1936 nach England ins Exil ging; Victoria Wolff, die Deutschland bereits im April 1933 verlassen hatte. Und Mela Hartwig.[14]

Mit den Werken dieser und zahlreicher weiterer Literatinnen waren auch Arbeiten aus dem Verkehr gezogen worden, die bisweilen schon vor dem nationalsozialistischen Triumph die nahende Gefahr erkannt hatten. »Man hätte 1931, als der Roman erschien, ihn nur richtig lesen müssen, um zu begreifen, was sich in den Kleinstädten anbahnte«, schrieb Heidi Pataki 1973, nachdem Marieluise Fleißers einstige *Mehlreisende Frieda Geier* unter dem Titel *Eine Zierde für den Verein* gerade neu aufgelegt worden war: »Das Prophetische dieses Romans liegt«, so die Wiener Dichterin weiter, »klar zutage.«[15] Fleißer hatte die emporklimmende Barbarei in der deutschen Provinz erkannt, Maria Lazar in der österreichischen.[16] Hartwig wiederum würde sich mit *Inferno* daran machen, rückblickend nachzuzeichnen, »wie das ferne Grauen immer drohender anschwoll, wie es sich in trüben Wellen unabwendbar immer näher heranwälzte.«[17]

Es ist beachtlich, mit welcher Präzision sie die Genese der Gewaltherrschaft und deren inneren Zusammenhalt so früh aufarbeiten konnte, und doch ist es nicht erstaunlich. Noch vor diesem Roman – und das heißt: vor der Vernichtung der europäischen Juden – hatte die Autorin eine unmissverständliche literarische Warnung vor dem Pogrom als Gemeinschaftserfahrung verfasst: *Das Wunder von Ulm*.[18] Dezidiert als »politische Streitschrift« konzipiert, hatte diese 1936 veröffentlichte Novelle die »Auseinandersetzung zwischen Judentum und Deutschland« zum Thema gemacht.[19] Um die damalige Gegenwart kritisieren zu können, war Hartwig wie zahlreiche andere, bereits exilierte Autoren vorgegangen: Vorsorglich hatte sie die Handlung ins Mittelalter gelegt, um die Arbeit überhaupt in Druck geben zu können. Dennoch schien selbst ihr eine Veröffentlichung potenziell zu brisant. Sie war bereit, die wenigen Seiten ohne Autorinnenangabe und in preisgünstigem Format zu verbreiten, und setzte darauf, die »Aufmerksamkeit des internationalen Judentums«[20] zu erregen, wie sie Zsolnay mitteilte – offenbar darauf hoffend, auf ihre Weise für die dringliche Notwendigkeit von Exilmaßnahmen in sicherer Ferne zu sensibilisieren. *Das Wunder von Ulm* war schon früh, 1934, fertiggestellt worden, was die hellsichtigen Qualitäten der Erzählung umso beklemmender macht. Dass die Handlung weit in der Vergangenheit spielt, ließ die Bedrohung nur noch deutlicher hervortreten: Sie gab der Hetze und der Gewalt wider die Juden eine lange Vorgeschichte, die zugleich einschärfte, worin der entsprechende Hass zumeist kulminierte. Dass auch der diktatorisch institutionalisierte, alltäglich angereizte Antisemitismus ein mörderischer sein würde, daran wird die Autorin keinen Zweifel gehabt haben. Die Novelle beginnt mit einem »gigantischen Scheiterhaufen«[21] und endet mit dem nächsten, auf welchem der johlende Pöbel die Jüdin Rahel Nachmann brennen sehen will. Dazwischen wird auf notorische Stereotype angespielt – Ahasver, Wucher, »die schöne Jüdin«, Rache –, um dann den raschen Umschlag von Ressentiment in Mordgelüste aufzuzeigen.

Im deutschsprachigen Raum war eine solche Veröffentlichung längst undenkbar geworden. Der Band erschien schließlich bei Éditions de Phénix, dem Pariser Emigrantenverlag, der »Werke nichtgleichgeschalteter Autoren aus allen Gebieten der Literatur, Kunst und Wissenschaft«[22] veröffentlichte. Damit war die Schriftstellerin allerdings gezeichnet: War sie bis dahin als Urheberin unkonventioneller Arbeiten wahrgenommen worden, die bei aller polarisierenden Rezeption zuvörderst mit der Darstellung weiblicher Schicksale in Verbindung gebracht wurden – das Handbuch der *Deutsch-Österreichischen Literaturgeschichte* etwa notierte in den 1930er-Jahren lapidar, ihre ersten beiden Titel befassten sich »mit dem abwegigen Seelenleben von Frauen«[23] –, hatte sie sich nun politisch exponiert. Jetzt war unverkennbar, was sie dachte. Und sie unmittelbar gefährdet.

Es dauerte folglich nicht lange, bis sich die Lage für sie und ihren Ehemann zusehends verschärfte. Mit dem »Anschluss« blieb ihnen nur das Exil. »Ich […] mußte im März 1938 aus Österreich emigrieren, da mein Gatte Dr. Robert Spira, der Rechtsanwalt in Graz gewesen war, eine Reihe politischer Prozesse gegen prominente Nazis geführt hatte und von der Verfolgung der Nazis bedroht war. […] Außerdem sind wir beide Juden, überdies war ich […] wegen meiner Publikationen, insbesondere wegen […] ›Das Wunder von Ulm‹, in persönlicher Gefahr.«[24] Sie konnten sich über einige Umwege nach England retten; Grete Hartwig-Manschinger, die Schwester der Schriftstellerin und später ebenfalls als Autorin tätig, erreichte mit ihrem Ehemann die Vereinigten Staaten. Im August 1938 raubte die Gestapo das »Vermögen des Dr. Robert und der Melanie Spira«[25], wie Nazi-Akten vermerken: das Haus des Paares in Gösting, jenes auf der Tauplitz und seine Kunstsammlung. Drei Monate später, am 9. November 1938, brannten im »Deutschen Reich« die Synagogen, wurden jüdische Geschäfte demoliert und geplündert, Juden schikaniert, in KZs verschleppt, ermordet oder in den Suizid getrieben.

Im Londoner Exil prägten materielle Sorgen das Leben der beiden. Mela Hartwig lernte jedoch alsbald Virginia Woolf kennen, deren Werk sie Zeit ihres Lebens verehren sollte. Die britische Schriftstellerin setzte sich für ein *work permit* für die beiden Flüchtlinge ein; als Robert Spira 1940 zusammen mit Tausenden anderen geflohenen Juden als *enemy alien* auf der Isle of Man interniert wurde, konnte Woolf mit Hilfe eines Briefes, den sie für ihn aufsetzte, zu seiner Freilassung beitragen.[26] Später verbesserte sich die Situation des Paares etwas. Zwischen 1943 und 1944 nahm Hartwig das Schreiben wieder auf und verfasste *Der verlorene Traum*, einen Roman, der unpubliziert blieb.[27] Dessen auffällig privatives Sujet – die Gefährdung eines Ehelebens durch die Tagträume der Gattin – stand in erheblichem Kontrast zur damaligen Gegenwart, dem Ende des Zweiten Weltkriegs. Nichtsdestotrotz würde sich die Autorin diesem alsbald thematisch annehmen und hierüber zum Urteil kommen, dass es »nicht einen einzigen Traum gibt, in den wir uns hineinflüchten können, vor der Wirklichkeit, der wir nicht entkommen können, die noch in die verschollensten Bezirke unserer inneren Welt einbricht, uns schonungslos in den geheimsten Schlupfwinkeln unseres Herzens aufscheucht und uns ereilt, unerbittlich und unentrinnbar, wie der Tod uns ereilt.«[28]

◆

1947 veröffentlichte die in Stockholm gebliebene Nelly Sachs den Gedichtband *In den Wohnungen des Todes*, der die Opfer des nationalsozialistischen Massenmordes an den europäischen Juden betrauerte.[29] Zu diesem Zeitpunkt hatte auch Mela Hartwig damit begonnen, die Gewaltherrschaft literarisch aufzuarbeiten, allerdings die andere Seite in Blick nehmend. Seit dem Vorjahr schrieb sie an einem Skript, das sie mit dem martialisch-dunklen Titel *Inferno* versah.

Schon dies unterscheidet den Roman erheblich von den ersten Arbeiten der Autorin. Zwar hatten auch in diesen genötigte, unter Zugzwängen stehende weibliche Figuren im Mittelpunkt gestanden, hier jedoch wird von einer Beengung erzählt, die nicht von der Relationalität zum Männlichen, sondern vom Politischen herrührt, wodurch gemeinschaftlich das Verderben angesteuert wird. Lebensführung und Treuegelöbnis, Staat und Glauben sind in *Inferno* eine unheilvolle Verkettung hin zum Tode. Der Roman seziert den kollektiven Rausch, der die planmäßige Vernichtungspolitik getragen hatte: die einträchtige Erregung, die den reibungslosen Ablauf des Massenmordes noch befeuerte. Hartwig zeigt, wie affektiv besetzt die hierfür notwendige Vor- und Zuarbeit war. Sie interessiert sich für die Lust hinter der Überzeugungstat, für die Formen jener geradezu »mystischen Verzückung«, die etwa einen Bannerträger mit unerschütterlichem Sendungsbewusstsein ausrufen lässt: »Mir nach und unserer flammenden Fahne, die die Welt in Brand stecken wird«.[30] Ein »verzückter, fanatischer, selbstmörderischer Gehorsam« schwört alle ein, bis schließlich »ein zu einer einzigen ungeheuren Maschine zusammengeschweißtes Volk« marschiert.[31] »Besessene« auch diesmal also, obschon in ganz anderem Sinne als in *Ekstasen*: keine geschlechtliche Entrückung, sondern eine in politischen Ideen gründende Raserei, die aus der Verschmelzung zur Masse hinaus nach Krieg und Vernichtung gierte. »Die Antisemiten sind dabei, ihr negativ Absolutes aus eigner Macht zu verwirklichen, sie verwandeln die Welt in die Hölle, als welche sie sie schon immer sahen«, haben Theodor W. Adorno und Max Horkheimer in der *Dialektik der Aufklärung* festgehalten.[32] So auch hier: Der Gefallen am Autoritären, die Freude an der Schikane, die Lust an der Züchtigung, das Verlangen nach dem Blut derjenigen, die nicht der »Volksgemeinschaft« zugehören, schließlich der Genuss am Zerstören und am Töten daselbst – all dies schichtet *Inferno* auf. Der Roman protokolliert die Geburt des Massenmordes aus dem Geist der Masse. Hartwig sondierte retrospektiv das Reich der Enthemmten, die sich in der zweiten Hälfte der 1930er-Jahre am kollektiven

Rausch ergötzten oder aber diesen nicht verhinderten: Es geht um jene, die bereits ausgiebig diffamiert, drangsaliert und geprügelt hatten, bevor sie zu Schlächtern werden sollten; jene, welche die staatlich angereizte Macht der Meute aus Opportunismus gewähren ließen; und jene, die Zweifel befielen, den Mut zum Widerstand jedoch nicht aufbrachten – und sei es, um aus dem Verborgenen heraus die eigene Stimme dafür zu nutzen, »die Schlafenden zu wecken und die Verzweifelnden zu trösten«[33], wie es Ursulas Geliebter formuliert.

Inferno inspiziert zudem das innere Erleben des äußeren Schreckens. Bedingt durch den Druck, sich entscheiden zu müssen, drängt es den Zwiespalt nach außen: als Gewissen, als Heimsuchung, als Kunstwerk und auch als Vorahnung dessen, was kommen würde, wie einer der aufschlussreichsten Sätze des Romans verkündet: »Da verknüpften sich für Ursulas seherische Augen die grüßend dem Podium entgegengereckten Arme zu Strängen, die der eine dort oben in seiner zum Gruße ausgereckten Hand hielt, Rasende, die mit speichelnden Lefzen und Schaum vor dem Mund sprungbereit nur darauf warteten, losgelassen zu werden und sich auf ihr wehrloses Opfer stürzen zu dürfen und endlich, endlich morden zu dürfen, morden.«[34] Eine solch »libidinöse Konstitution einer Masse« hat Sigmund Freud bestimmt als »*eine Anzahl von Individuen, die ein und dasselbe Objekt an die Stelle ihres Ichideals gesetzt und sich infolgedessen in ihrem Ich miteinander identifiziert haben.*«[35] Hartwig zeigt am Empfinden einer Beteiligten, was alle zu verarbeiten hatten. In *Bin ich ein überflüssiger Mensch?* hatte die Autorin mit der »flotte[n] Maschinschreiberin«[36] Aloisia Schmidt einen weiblichen Durchschnittsmenschen sprechen lassen, der neurotisch an ebendieser Durchschnittlichkeit leidet. Die Protagonistin von *Inferno* weist einen gewissen Berührungspunkt insofern auf, als »Ursula« unter den um 1920 Geborenen ein überaus häufiger Vorname war – »Ursula«, das hatte folglich jede sein können, weil alle vor der Wahl standen, dem Willen zum Morden zu folgen oder sich diesem zu verweigern. Der Unterschied zwischen den beiden Romanen liegt freilich darin, dass Aloisias Entfremdung von der Massenkultur der Angestellten herrührt, die Siegfried Kracauer zeitgleich beschrieben hat.[37] Ursula hingegen erfährt die Macht einer ganz anderen Masse: nämlich diejenige radikaler Entindividualisierung – und es ist kein Zufall, dass im gesamten Roman andere Namen nicht fallen –, welche die Submission der Einzelnen bedingt: »Der Führer der Masse ist noch immer der gefürchtete Urvater, die Masse will immer noch von unbeschränkter Gewalt beherrscht werden, sie ist im höchsten Grade autoritätssüchtig, hat […] den Durst nach Unterwerfung.«[38]

Während *Das Wunder von Ulm* das horrende Pogrom-Panorama vor dem Hintergrund des einstigen Antijudaismus entrollt, ist die historische Transformation zum Antisemitismus in *Inferno* gesetzt. Die Anfeindung der nun »artfremden Menschen«[39] firmiert als »Prüfstein nationaler Gesinnung«[40], der in einem Klima allgemeinen Argwohns streng über gewünschtes Denken und erlaubtes Dazugehören entscheidet, denn »jeder belauerte jeden und wurde von jedem belauert und wem man am meisten misstraute, um den scharten sich die meisten« – wie auch »jeder den Beweis erbringen wollte, daß er keine Geheimnisse vor dem anderen habe, weil keiner sich dabei ertappen lassen durfte, daß er flüsterte.«[41] Gerüchteweise drangen »die schauerlichen Dinge«, die sich »hinter Gefängnismauern und in Konzentrationslagern abspielten«[42], zwar durch, die Herrschaft der Masse bekam davon jedoch ebenso wenig Risse ab wie durch den zwangsweisen Einzug in den Krieg oder durch den Arbeitsdienst. Sie war zu selbstberauschend, und das Ziel, die Juden aus der Welt zu schaffen, zu gewaltig. »Immer ruft der Antisemitismus erst noch zu ganzer Arbeit auf«, schreiben Adorno und Horkheimer weiter: »Zwischen Antisemitismus und Totalität bestand von Anbeginn der innigste Zusammenhang. Blindheit erfaßt alles, weil sie nichts begreift.«[43] »Oh, Ihr Verblendeten, frohlocken sollten Eure Herzen, weil die Finsternis dem Licht weichen mußte«, verkündet der Leiter der Anstalt, an der Ursula Malerei lernt, ganz in diesem Sinne: »Denn die Finsternis selbst war es, die brannte, das Symbol der Finsternis, der Judentempel. Der Feuerschein, der den Himmel rötete, war die Morgenröte, die allen, die gläubigen Herzens sind, verkündet hat, daß das tausendjährige Reich angebrochen ist.«[44]

Am Ende steht die Desillusionierung der Masse – nicht durch Einsicht, sondern durch den Zweiten Weltkrieg, den sie herbeigesehnt hatte. Strafend tauchen die Alliierten als die vier apokalyptischen Reiter am Horizont auf. Ursula, die zwischenzeitlich ein Nietzscheanisches Kunstverständnis entwickelt hat – die Malerin als »Herold des Kommenden, der die Fahne der Wandlung entrollt und vorauseilt in noch unerschlossene Bezirke des Herzens und der Gedanken, ein Einsamer, der allen voran als Erster irgend eine Welt von Morgen betritt«[45] –, setzt dem Grauen der vergangenen Jahre ein Denkmal. Es zeigt all das, woran sich das emporstrebende »*Volk ohne Raum*«[46] zuvor erregt hatte: »gespenstische Gestalten […], spukhaft verrenkte Gestalten, Gesichter, von denen der Pinsel die Züge weggewischt hatte, in irres Grinsen zersprengte Gesichter, in blutige Schreie verwandelte Gesichter, in Wimmern, Stöhnen und Röcheln entrückte Gesichter.«[47] Ein fiktives Gemälde, das realer Opfer gedenkt, deren Leid posthum mit dem doppelten Verdikt von Undarstellbarkeit und willentlichem Vergessen belegt werden sollte.

♦

Der Nationalsozialismus, dessen psychosozialen Wahn *Inferno* ergründet, war von den Alliierten militärisch besiegt worden. In der Welt geblieben war jedoch der Antisemitismus. Im Roman ertönt der Schreckliches ankündigende Ruf »DER TEMPEL BRENNT«[48] an zentraler Stelle. Er weist über das konkrete historische Ereignis hinaus, indem er auf das Niederbrennen des Jerusalemer Tempels durch die Römer im Jahr 70 anspielt. Damit erinnert die Passage daran, dass die verordnete Erbarmungslosigkeit, die in jener Nacht des Jahres 1938 ausagiert wurde, zwar als politisches Ereignis singulär war, gleichwohl aber eine sehr alte Verachtung zur Bedingung hatte. Deren Gefahr wiederum lag in stetiger Wiederkehr. Schon *Das Wunder von Ulm* hatte die Annahme, dass solch brutale Akte in der Spanne eines Menschenlebens nur einmal geschähen, als Trugschluss ausgewiesen. Indem die Novelle die auf Mord zulaufende Verfolgung wiederholt, endet sie so, wie sie beginnt: mit der Gewalt, die in der Masse gründet und deren kollektives Verlangen befriedet.

Die zirkuläre Form, die Mela Hartwig dem Albtraum gegeben hatte, korrespondierte mit realen Entwicklungen. Exakt in jenen Jahren, die sie an *Inferno* arbeitete, von 1946 bis 1948, erlebte die Anfeindung der Juden eine neuerliche, radikale Konjunktur. Als die Autorin das Schreiben aufnahm, waren Libyen und Ägypten, das nach dem Zweiten Weltkrieg zu einer wichtigen Fluchtburg für überzeugte Nationalsozialisten geworden war[49], bereits von einer antisemitischen Pogromwelle überzogen worden; 1947 folgten solche in Aden, Jemen; in Aleppo, Syrien; in Manama, Bahrain; 1948 dann in Oujda und in Jerada, Marokko. In diesem Jahr schließlich, in dem Hartwig das *Inferno*-Manuskript beendete, wurde Israel gegründet. Unmittelbar auf die Unabhängigkeitserklärung folgend griffen die paktierenden Armeen mehrerer arabischer Länder den jüdischen Staat an, der siegte; mehr als eine halbe Millionen Juden flohen in den kommenden Jahren aus den arabischen Ländern.

Auch in Osteuropa schien sich die düstere Prognose von der zirkulären Wiederkehr der Verfolgung, welche *Das Wunder von Ulm* entworfen hatte, zu bestätigen: 1948 wurden in Polen und in der Tschechoslowakei sogenannte »Kosmopoliten« und »Zionisten« der staatsfeindlichen Verschwörung bezichtigt; ähnliche Verfahren wurden in der Sowjetunion bis in die frühen 1950er-Jahre geführt.[50] Über die mit extremer Feindseligkeit beladene Bezeichnung »Zionisten«, die das vorhergehende »Jude« nun camouflierte, transformierte sich der Antisemitismus erneut. Selbst bei sich wandelnder politischer Gestalt ähnelte sich das mörderische Verlangen: Mutmaßlich waren es bundesdeutsche Linksradikale, die auf den Tag genau 31 Jahre nach der von Hartwig literarisch verarbeiteten Reichspogromnacht, am 9. November 1969, einen Sprengsatz im Jüdischen Gemeindehaus in West-Berlin platzierten, und mutmaßlich waren es ebenfalls bundesdeutsche Linksradikale, die wenige Monate später den Brand im jüdischen Altersheim in München legten, bei dem sieben Menschen starben, darunter zwei Überlebende der Shoah.[51]

»DER TEMPEL BRENNT«, exklamiert *Inferno*, und allegorisiert die lebensgefährliche Ausprägung des Antisemitismus mit der in den Feuertod getriebenen Schwangeren, was von Ursula beobachtet wird. Deren anfängliche Unentschlossenheit steht für das Zögern und Zweifeln jener, die eine Entscheidung, auf welche Seite sie sich schlagen sollten, selbst dann noch aufschoben, als es bereits zu spät war. In diesem Sinne hatte auch *Das Wunder von Ulm* ein pessimistisches Bild vom Hoffen auf Sicherheit gezeichnet: Abraham Nachmann entkommt mit seiner Tochter der tobenden Bevölkerung jener »Stadt, die dem verzweifelten Flüchtling Gastfreundschaft gewährt hatte und die er verzweifelter und als Flüchtling verließ, um weiterzuwandern und ein Asyl zu suchen.«[52]

Mela Hartwig selbst begegnete dem Antisemitismus in einer seiner Nachkriegsvarianten erneut. 1948 besuchte sie gemein-

sam mit ihrem Ehemann die einstige Heimat. Sie waren uner-
wünscht. „Die Leute in der Steiermark haben sich geschreckt,
wie sie uns gesehen haben", berichtete Robert Spira.[53] Eine
Rückkehr war ausgeschlossen, das Paar blieb in London.

◆

Mit *Inferno* war die schriftstellerische Phase in Mela Hartwigs
Leben zu Ende gegangen. Von London aus konnte sie nur bedingt Kontakt zur deutschsprachigen Kulturszenerie halten.
Versuche, dieses und die übrigen Manuskripte zu veröffent-
lichen, blieben erfolglos. 1951 erschien ihr Essay über Virginia
Woolf – für deren Werk sie sich lange vor Einsetzen der hie-
sigen Rezeption stark gemacht hatte – in der von Ernst Schönwiese herausgegebenen Zeitschrift *das silberboot*, zusammen
mit einer auszugsweisen Übersetzung aus deren letzten Roman
Between the acts.[54] Ein Jahr später war ihre Übertragung von
William Blakes Gedicht »Der Tiger« in einer von Felix Braun
herausgegebenen und von Zsolnay verlegten Lyriksammlung
vertreten.[55] Dann legte sie ihre letzte Buchpublikation vor:
Spiegelungen, eine Sammlung eigener Gedichte aus den Jahren
1914 bis 1952, nebst einigen ihrer Übertragungen von Paul
Verlaine ins Deutsche.[56] Ende 1953 begann sie zu malen – und
hatte alsbald unter dem Namen Mela Spira neuerlich Erfolg:
Mehrere Galerien stellten ihre Bilder aus, Sammler kauften sie.
 Mitte der 1960er-Jahre nahm sie die literarische Arbeit
ein letztes Mal auf. Das Resultat war *Die andere Wirklichkeit*,
ein Roman, den sie nicht mehr beenden konnte und der mit
seinen beiden Vorgängern, *Der verlorene Traum* und *Inferno*,
die Frage nach der konfliktuösen Beziehung zwischen Realität und innerem Erleben teilt. Am »Höhepunkt ihrer eigenen
Entwicklung« begonnen, befand Ernst Schönwiese diesen Text
selbst als Fragment für vortrefflich.[57]

Mela Hartwig starb am 24. April 1967 in London. Robert Spira ordnete in den folgenden Tagen das Nötigste und verschickte noch einige Briefe, u.a. an Felix Braun. Dann nahm er sich das Leben.

Im Sommer jenes Jahres erschien in *Literatur und Kritik* ein Auszug aus dem Manuskript von *Die andere Wirklichkeit*.[58] Anschließend setzte das gründliche Vergessen der Autorin ein.

1 Die biographischen Details in diesem Nachwort stützen sich auf Ernst Schönwiese, »Mela Hartwig«, in: *Literatur und Kritik*, Nr. 16/17, August 1967, S. 406–409; ders., *Literatur in Wien zwischen 1930 und 1980*, Wien/München 1980, S. 97–102; Günter Eisenhut, »Mela Spira (Hartwig)«, in: ders./Peter Weibel (Hg.), *Moderne in dunkler Zeit. Widerstand, Verfolgung in Exil steirischer Künstler und Künstlerinnen 1933–1945*, Graz 2001, S. 424–431; o.A., »Hartwig, Mela«, in: Renate Heuer (Red.), *Lexikon deutsch-jüdischer Autoren*, Band 10, München 2002, S. 237–240.

2 Ernst Schönwiese, »Mela Hartwig«, S. 409; Mela Hartwig, *Die andere Wirklichkeit*, unveröffentlichtes Manuskript, Wienbibliothek im Rathaus.

3 Vgl. Sigrid Schmid-Bortenschlager, »Der zerbrochene Spiegel. Weibliche Kritik der Psychoanalyse in Mela Hartwigs Novellen«, in: *Modern Austrian Literature*, Vol. 12, No. 3/4, 1979, S. 77–95; Hartmut Vollmer, Nachwort, in: Mela Hartwig, *Ekstasen*. Novellen, herausgegeben und mit einem Nachwort versehen von Hartmut Vollmer, Frankfurt am Main/Berlin 1992, S. 247–269; Petra Maria Wende, »Eine vergessene Grenzgängerin zwischen den Künsten. Mela Hartwig 1893 Wien – 1967 London«, in: *Ariadne. Almanach des Archivs der deutschen Frauenbewegung*, Heft 31, Mai 1997, S. 32–37; Bettina Fraisl, Nachwort zu Mela Hartwig, *Bin ich ein überflüssiger Mensch?*, Graz 2001, S. 157–171; dies., Nachwort zu Mela Hartwig, *Das Weib ist ein Nichts*, Graz 2002, S. 177–189; dies., *Körper und Text. (De-)Konstruktionen von Weiblichkeit und Leiblichkeit bei Mela Hartwig*, Wien 2002; Margit Schreiner, »Mela Hartwig: Ekstasen. Ein Kultbuch«, in: Mela Hartwig, *Das Verbrechen. Novellen und Erzählungen*, Graz 2004, S. 5–16; Julya Rabinowich, *Mela Hartwig. In zerbrochenen Spiegeln*, Wien 2017.

4 Vgl. etwa Wilhelm Sternfeld/Eva Tiedemann, *Deutsche Exil-Literatur 1933–1945. Eine Bio-Bibliographie*, Heidelberg 1970, S. 197; Mechthild Hahner (Red.), *Deutsches Exilarchiv 1933–1945. Katalog der Bücher und Broschüren*, Stuttgart 1989, S. 213.

5 Kuratiert von Gerhard Dienes, realisierten die Steirische Gesellschaft für Kulturpolitik, das Universalmuseum Joanneum und die Steiermärkische Landesbibliothek 2013 die Ausstellung *Der Tempel brennt*, die Leben und Werk Mela Spiras dokumentierte. Siehe dazu den zugehörigen Band von Gerhard Dienes (Hg.), *Der Tempel brennt. Texte von und über Mela Hartwig-Spira, begleitend zur Ausstellung*, Graz 2013.

6 Mela Hartwig, *Ekstasen. Novellen*, Berlin/Wien/Leipzig 1928; dies., *Das Weib ist ein Nichts*, Berlin/Wien/Leipzig 1929.

7 Franz Haas, »Bitterböse Geschichten aus der Wienerstadt«, in: *Der Standard*, 24.05.2016.

8 Vgl. Murray G. Hall, *Der Paul Zsolnay Verlag. Von der Gründung bis zur Rückkehr aus dem Exil*, Tübingen 1994, S. 76.

9 Vgl. ebd., S. 177.

10 Zitiert nach ebd., S. 178.

11 Vgl. Irmgard Keun, *Gilgi, eine von uns*, Berlin 1931; dies., *Das kunstseidene Mädchen*, Berlin 1932.

12 Zitiert nach Sigrid Schmidt-Bortenschlager, »Exil und literarische Produktion: das Beispiel Mela Hartwig«, in: Charmian Brinson et al. (Hg.), *Keine Klage über England? Deutsche und österreichische Exilerfahrungen in Großbritannien 1933–1945*, München 1998, S. 88–99, hier: S. 92f.

13 Vgl. Murray G. Hall, *Der Paul Zsolnay Verlag*, S. 179.

14 Vgl. ebd., S. 392f.

15 Heidi Pataki, »Marieluise Fleißer«, in: *Neues Forvm*, Nr. 230/231, März 1973, S. 67–69, hier: S. 69; Marieluise Fleißer, *Eine Zierde für den Verein. Roman vom Rauchen, Sporteln, Lieben und Verkaufen*, Frankfurt am Main 1975 [zunächst *Mehlreisende Frieda Geier. Roman vom Rauchen, Sporteln, Lieben und Verkaufen*, Berlin 1931]

16 Vgl. Maria Lazar, *Die Eingeborenen von Maria Blut*, Wien 2015 [zunächst erschienen unter dem Pseudonym Esther Genen, *Die Eingeborenen von Maria Blut*, Rudolstadt 1958].

17 Mela Hartwig, *Inferno*, S. 21.

18 Mela Hartwig, *Das Wunder von Ulm*, Paris 1936. Im Folgenden zitiert nach dem Wiederabdruck in *Das Verbrechen*, S. 265-290.

19 Mela Hartwig, Brief an den Paul-Zsolnay-Verlag, 24.06.1934, in: Christa Gürtler/Sigrid Schmid-Bortenschlager, *Erfolg und Verfolgung. Österreichische Schriftstellerinnen 1918–1945. Fünfzehn Porträts und Texte*, Salzburg/Wien/Frankfurt am Main 2002, S. 202–203, hier: S. 202.

20 Ebd., S. 203.

21 Mela Hartwig, *Das Wunder von Ulm*, S. 265.

22 Éditions de Phénix, Selbstverständnis des Verlags im Anhang zu Mela Hartwig, *Das Wunder von Ulm*, o.S.

23 Eduard Castle (Hg.), *Deutsch-Österreichische Literaturgeschichte. Ein Handbuch zur Geschichte der deutschen Dichtung in Österreich-Ungarn*, vierter Band: *Von 1890 bis 1918*, Wien 1937, S. 2260.

24 Zitiert nach Hartmut Vollmer, Nachwort, in: Mela Hartwig, *Ekstasen. Novellen*, herausgegeben und mit einem Nachwort versehen von Hartmut Vollmer, Frankfurt am Main/Berlin 1992, S. 247–269, hier: S. 247.

25 Zitiert nach Günter Eisenhut, »Mela Spira (Hartwig)«, S. 425.

26 Vgl. Karen V. Kukil, »Teaching the Material Archive at Smith College«, in: Carrie Smith/Lisa Stead (Hg.), *The Boundaries of the Literary Archive. Reclamation and Representation*, Abingdon/New York 2016, S. 171–181, hier: S. 182.

27 Mela Hartwig, *Der verlorene Traum*, unveröffentlichtes Manuskript, Wienbibliothek im Rathaus.

28 Mela Hartwig, *Inferno*, S. 139.

29 Nelly Sachs, *In den Wohnungen des Todes*, Berlin 1947.

30 Mela Hartwig, *Inferno*, S. 148.

31 Ebd., S. 150.

32 Theodor W. Adorno/Max Horkheimer, *Dialektik der Aufklärung. Philosophische Fragmente*, 3. Auflage, Frankfurt am Main 1996, S. 225.

33 Mela Hartwig, *Inferno*, S. 121.

34 Ebd., S. 28.

35 Sigmund Freud, *Massenpsychologie und Ich-Analyse*, in: ders., Studienausgabe, Band IX: *Fragen der Gesellschaft/Ursprünge der Religion*, Frankfurt am Main 1982, S. 61–134, hier: S. 108 (Hervorhebung im Original).

36 Mela Hartwig, *Bin ich ein überflüssiger Mensch?*, S. 5.

37 Siegfried Kracauer, *Die Angestellten. Aus dem neuesten Deutschland*, Frankfurt am Main 1930.

38 Sigmund Freud, *Massenpsychologie und Ich-Analyse*, S. 119.

39 Mela Hartwig, *Inferno*, S. 57.

40 Ebd., S. 59.

41 Ebd., S. 42 und S. 101.

42 Ebd., S. 32.

43 Theodor W. Adorno/Max Horkheimer, *Dialektik der Aufklärung*, S. 196.

44 Mela Hartwig, *Inferno*, S. 88.

45 Ebd., S. 134.

46 Ebd., S. 142 (Hervorhebung im Original).

47 Ebd., S. 189.

48 Mela Hartwig, *Inferno*, S. 75.

49 Vgl. Matthias Küntzel, *Djihad und Judenhaß. Über den neuen antijüdischen Krieg*, zweite Auflage, Freiburg 2003, S. 49ff.

50 Siehe dazu Frank Grüner, *Patrioten und Kosmopoliten. Juden im Sowjetstaat 1941–1953*, Köln/Weimar/Wien 2008.

51 Vgl. Wolfgang Kraushaar, *Die Bombe im Jüdischen Gemeindehaus*, Hamburg 2005; ders., »*Wann endlich beginnt bei Euch der Kampf gegen die heilige Kuh Israel?*«. *München 1970: Über die antisemitischen Wurzeln des deutschen Terrorismus*, Reinbek 2013.

52 Mela Hartwig, *Das Wunder von Ulm*, S. 290.

53 Zitiert nach Günter Eisenhut, „Mela Spira (Hartwig)", S. 426.

54 Vgl. Mela Hartwig, »Virginia Woolf«, in: *das silberboot. Zeitschrift für Literatur*, 5. Jahrgang, 1. Heft/1951, S. 47–48; Virginia Woolf, »Aus ›Between the acts‹«, Deutsch von Mela Hartwig, in: ebd., S. 49–52.

55 William Blake, »Der Tiger«, Nachdichtung von Mela Hartwig, in: Felix Braun (Hg.), *Die Lyra des Orpheus. Lyrik der Völker in deutscher Nachdichtung*, Wien 1952, S. 610–611.

56 Mela Hartwig, *Spiegelungen*, Wien/Linz/München 1953.

57 Ernst Schönwiese, »Mela Hartwig«, S. 409.

58 Mela Hartwig, *Die andere Wirklichkeit* (Auszug), in: *Literatur und Kritik*, Nr. 16/17, August 1967, S. 392–399.

Editorische Notiz

Der Text folgt der Schreibweise des 1948 fertiggestellten Typoskripts. Für die Publikation wurden Orthographie- und Interpunktionsfehler behoben sowie gesperrte Stellen kursiviert. Das Manuskript liegt in der Wienbibliothek im Rathaus, Handschriftensammlung, H.I.N. 231803.

© Literaturverlag Droschl Graz – Wien 2018

Umschlag: & Co www.und-co.at
Satz: AD
Druck: Theiss

ISBN 978-3-99059-020-1

Literaturverlag Droschl Stenggstraße 33 A-8043 Graz
www.droschl.com